BASTEI LÜBBE

HANNS KNEIFEL
im BASTEI-LÜBBE-Programm:

23 125 Jäger der Erinnerung

Hanns Kneifel

Jäger des Mondsilbers

Science Fiction
Roman

BASTEI
LÜBBE

BASTEI-LÜBBE-TASCHENBUCH
Band 23 127

Erste Auflage: Juni 1992

Lektorat: Reinhard Rohn
Titelillustration: Mariano Perez
Clemente, Norma Agency,
Barcelona
Umschlaggestaltung:
Quadro Grafik, Bensberg
Satz: KCS GmbH,
2110 Buchholz/Hamburg
Druck und Verarbeitung:
Brodard & Taupin, La Flèche,
Frankreich
Printed in France
ISBN 3-404-23127-9

KAPITEL 1

Wellen aus eisiger Kälte und brennender Hitze fuhren durch Cades Körper. Dicke Schweißtropfen bedeckten jede Handbreit Haut. Ein Traum fesselte seinen Verstand, in dem alle Bilder in rasender Schnelligkeit vorbeizogen und ihn in tödliche Angst stürzten. Er zitterte im Fieber: Der riesige Mond begann zu glühen, strahlte rot und schließlich eisig weiß, und einzelne Brocken lösten sich und stürzten in das kochende Meer. Das Zischen ungeheuerlicher Dampfwolken marterte die Ohren, dazwischen erschollen die kollektiven Schreie von drei Millionen verzweifelten, sterbenden Menschen. Röchelnd und keuchend fuhr Cade Chandra auf. Die Hängematte schaukelte, das Boot riß an den Festmacherleinen.

Der Jäger holte gurgelnd Luft und richtete die tränenden Augen auf das winzige Wachlicht. Das Moskitonetz war an der Außenseite schwarz von Insekten. In der unbewegten Luft stank das Brackwasser des Flusses noch durchdringender als am späten Abend. Das rechte Handgelenk schmerzte wie rasend.

»Verfluchte Orchideenmücken.« Cade stöhnte und zwang sich, planmäßig zu handeln. Er dachte an die Anfälle, die ihn auf Khalakwolt heimgesucht hatten, und befahl sich, ruhig zu bleiben und planmäßig zu handeln. Das Brennen an der Pulsader wurde unerträglich, die Haut juckte. Er löste den Knoten, ließ die Hängematte zum Bootsboden heruntersinken und rollte sich aus dem Netzwerk. Der nächste Griff galt dem kleinen Scheinwerfer. Als das Licht in breitem Kegel ins Bootsinnere fiel, übertönte das Sirren, Summen und Rascheln der Insekten das Keuchen des Jägers. Cade klappte die wasserdichte Hülle des Survivalkits auf, lud eine Doppeldosis Afebrin in die Kammer und setzte die Preßluftpistole an der Halsschlagader an. Dreimal rutschte das Gerät im triefenden Schweiß ab, dann zischte die Injektion in seinen Kreislauf. Er hielt das Handgelenk ins Licht; über dem Einstich hatte sich eine große, feuerrote Geschwulst gebildet, die im Rhythmus des Herzschlags pulsierte. Cade drückte eine Tube Salbe darüber aus. Schlagartig vereiste die Beule eine halbe Minute lang. Eine Binde legte sich dreimal um das Handgelenk.

»Ein schöner Anfang.« In Cades Alptraum schwammen sauriergroße Wale im kochenden Meer, preschten Jachten, die aus allen Geschützen feuerten, durch aufgewühlte Wogen, und in Todesnot sprangen Triton, Tethys und die übrigen Delphine hoch in die dampfgesättigte Luft.

Cade griff nach einem Würfel aus dünnem Kunststoff, schob den Saughalm durch das Ventil und trank gierig. Das Wasser, nicht kühler als der Fluß, schmeckte salzig und süß zugleich und löschte den Durst.

»Wenigstens weiß ich diesmal, wer ich bin, wo ich bin und was ich zu tun habe.«

An Schlaf war nicht mehr zu denken. Noch drei Stunden bis zur Morgendämmerung über dem Äquator von 2001 Islands. Cade zuckte mit den Schultern, spürte wieder den Schmerz im Handgelenk und schob die Stöpsel des *soundman* in die Ohren. Langsam besserte sich seine Laune, während er Singh Boncards Ode *Martern der Vestalin* hörte, ›in memoriam C. Monteverdi‹.

Beim ersten Licht, das sich zwischen den gewaltigen Doppelmauern aus Bäumen, Lianen, Bambusschilf und farbenprächtigen Schmarotzerpflanzen hereinstahl, löste Cade die Leinen und trieb das Boot mit Paddelschlägen in die Strömung. Träge, fast schwarz lief das Wasser im Susukida-Delta dem Meer zu.

In der Stille gellte der Doppelschrei eines Austernkranichs; Zeichen unmittelbarer Gefahr. Cade sah sich um, aber er konnte weder im Gebüsch am Ufer noch im Wasser voraus etwas sehen. Lianenbehängte Äste streckten sich dem Wasser entgegen. Kobaltblaue Blätter ritzten fadendünne Rillen in den bewegungslosen schwarzen Spiegel. Cade wedelte mit der Synopsis Fliegen von seinem Gesicht weg; er kannte jedes Wort des Auftrages, den ihm Commander Vance Horatio DuRoy erteilt hatte. Nicht erteilt: er hatte ihn geradezu inbrünstig darum gebeten.

Die Sonne BIG OKYO *(Levrod 4506, GO-Typ) besitzt 3 Planeten. Nur* 2001 Islands *ist bewohnbar. Der Mond des Planeten* ACHTUNG: UNGESICHERTE DATEN! =*Doanlikher. Extrem niedrige Albedo. Der siderische Monat betrug zum Zeitpunkt der Beobachtung 39 Tage 11 Minuten 29 Sekunden. Taumelnde Eigenrotation. Für starke Gezeitenunterschiede verantwortlich. Die Länge des Jahres auf 2001 Islands = 351 Tage = 9 Mondwechsel.*

Wie es die Planetarier fertigbrachten, die richtige Zahl 2001 zu ermitteln, ist unbekannt. Der Planetenname stammt von ihnen. Ca. 3 Mio Bewohner. Die größte Insel (siehe planetare Karte, in Anlage) ist Bandonao mit 32 000 Quadratkilometern, die kleinste Darothèe, ein ödes Riff von 0,2 Quadratkilometern. Offensichtlich sind sämtliche Inseln die Randgebiete von Kratern unterschiedlicher Größe, da verschieden große Kreisformen ineinander übergehen und sich untereinander schneiden; Reste untergegangener Landmassen.

Fauna und Flora wurden ergänzt durch planetoide/terranische Spezimen wie: Kleinrinder, Ziegen, Schafe, Hirschkäfer, Libellen, Eleonorenfalken etc. (Siehe Anlage II/A: 4 Stück Wale, 41 Stück Delphine).

Die Monate heißen: Acurimac, Bagamayo, Caazapi, Dasuya, Egridar, Fafa, Gingoog, Horgeisa, Idar-Ige.

General Chandra wird am 39. Caazapi im Susukida-River auf gleichnamiger Insel ausgeschleust.

Cade lächelte knapp, zerriß die Folie in winzige Schnipsel und streute sie gelangweilt in das träge Kielwasser des Bootes, das in der Flußmitte trieb. In der feuchten Luft hingen Libellen mit Flügeln aus schwirrenden Farbwirbeln und Edelsteinkörpern unter handtellergroßen Blüten. Die schwache Strömung kippte bronzefarbenes und hellgrünes Schilf nach links. Seelilien drängten sich an der Flanke des Bootes vorbei. Vor dem Bug sprangen große Frösche mit getigerten Körpern meterweit nach rechts, dem Ufer und kantigen Schlangenschädeln entgegen, die zwischen aufgedunsenen Kadavern auftauchten.

»Da ist etwas.« Cade starrte geradeaus und tastete nach dem Fernglas. Der Wasserlauf verbreiterte sich. Ins geheimnisvolle Halbdunkel zuckten zitronengelbe Lichtbalken. »Etwa schon die kichernden Wellenspringer?«

Unmöglich, dachte er. Die Delphine lebten im Meer. Erst weit vor dem Delta gab es reines Meerwasser. Ab und zu korrigierte Cade, bequem zurückgelehnt, Lage und Richtung des Bootes, in dessen Bug drei Viertel seiner Ausrüstung wasserdicht verstaut war. Er selbst, hoffte er, glich bis auf seine auffallend grünen Augen einem Eingeborenen von 2001 Islands.

Cade kratzte sich hinter dem Ohr. Unter den Fingern spürte er den implantierten Empfänger. Die winzige Narbe juckte so lästig wie schon seit Tagen nicht mehr. Cade sog scharf die Luft ein. Das Zischen verscheuchte ein kolibriähnliches Wesen, das durchs Sonnenlicht schwirrte und mit gekrümmtem Schnabel nach seinen Augen zielte.

»Du störst«, sagte er grinsend. »Oder bist du ein fliegendes Auge . . .?«

. . . der schauerlichen Sieben? ergänzte er schweigend. Alles war denkbar, auch die Überlegung, daß sie schon von den Riesenwalen, von seiner Mission und anderen bedrohlichen Seltsamkeiten wußten. Das Boot driftete jetzt schneller ins grelle

Licht der Sonne Gran Okyo, dem Gestirn dieser zauberhaften Welt.

Etliche Minuten, nachdem die ersten Korallenblöcke, umwuchert und aufgebrochen von moosschwellenen Wurzeln, aus dem Schlickboden des Deltas aufragten, zeichnete sich an Steuerbord wie ein riesiger Schiffsbug ein Fels ab. Etwa zwei Ormil/Kilometer weit war der Korallenfelsen entfernt.

›Ich ahne, daß die Leute vom Imperium bescheidene Zuverlässigkeit zeigten.‹ Cade suchte den strahlenden Himmel ab, richtete den Feldstecher auf den höchsten Punkt, musterte die Uferkulisse und entdeckte schließlich auf dem Fels eine Gestalt, die in seine Richtung winkte. Er winkte zurück.

›Anscheinend hat's funktioniert.‹

Cade genoß bewußt die letzte Stunde des Alleinseins. Das Boot, eine tropfenförmige Doppelschale aus Kunststoff, wie das Holz des Sangobaumes gemasert, steuerte auf einen Punkt unterhalb des Felsens zu. Cade hob die Hand. Der schlanke, braungebrannte Mann grüßte ebenfalls. Schneeweiße Wolkenballen trieben durch das tiefe Blau. Über dem Wartenden, der ein Seilbündel aufhob und mit gewaltigem Schwung ins Leere schleuderte, kreisten wachsam fünf Austernkraniche. Das Seil rollte in bizarren Schleifen in die Luft auf, das Ende schlug ins Wasser.

›Vorbei, Jäger, die Ruhe und die Selbstgespräche.‹ Cade seufzte. ›Du kommst wieder unter Menschen – mitten hinein in bizarre Probleme.‹

Fast drei Tage lang, vom Fuß des Inselgebirges bis zum Delta des Susukida, war er in der Lage gewesen, jeden Aspekt der ineinander verwobenen Probleme zu durchdenken. Einen Ausweg konnte er sich noch immer nicht vorstellen. Er starrte durch die Linsen. Der Mann über ihm steckte einige Finger zwischen die Lippen und pfiff gellend. Er deutete nach unten. Cade signalisierte ›Verstanden!‹

Kurz vor der Stelle, an der das Seil im Wasser kräuselnde Wirbel erzeugte, schaltete Cade den Motor ein und wendete das Boot. Als es gegen die Strömung stand, packte er das Seil. Rasend schnell rutschte der Mann in die Tiefe; er umklammerte mit der Rechten die Bremslaufrolle, in der Linken hielt er einen

Seesack. Er landete auf dem Bugdeck, federte in den Knien und riß dreimal scharf am Seil.

»Willkommen auf zweitausendeins Inseln, Jäger der Erinnerungen.«

Sie wechselten einen langen, harten Händedruck, während die Leine auf ihre Schultern und ins Wasser prasselte.

»Danke, Storzia.« Cade verstaute den prallen Sack, während Gardist Grur das Seil in eine Kausch legte und unter dem Vordeck verstaute. Das Boot drehte. »Ihr seid mit der gesamten Ausrüstung planmäßig und unbeobachtet ausgeschleust worden?«

»So wie du. Alle sind begeistert. Ich, die blonde Zakhari, dein nicht mehr ganz so dicker Jadar Kastor und Käpten Horze lo Venosta mit seiner Crew von liebenswerten Halsabschneidern. Jeder wartet auf Jäger Chandra.«

»Und ich warte auf Amourea Gonavard.«

Storzia Grur, fast so groß gewachsen wie Cade, mit einem Hauch erstem Grau im kurzen braunen Haar, hockte sich Cade gegenüber und kramte im Seesack. Er zog eine hellbraune, würfelförmige Nuß hervor und drehte den Stöpsel aus dem Loch.

»Hier. Naqnaq nach Art der Inseln.«

Cade und er musterten einander. Auch der Gefährte einer aberwitzigen Mission auf Khalakwolt war eineinhalb Jahre älter geworden und hatte vieles gelernt. Er trug weiche Hochsandalen aus Fischhaut, einen doppelt handbreiten Gürtel und einen Lendenschurz aus weißgebleichtem Wildleder. Cade nahm einen tiefen Schluck; es schmeckte nach hochprozentiger Kokosmilch, Sahne und Kakao.

»Wie lange seid ihr da?«

»Elf Tage. Zakhari und ich haben uns eingerichtet. Jadar betreibt sein Restaurant. Die Vorgaben sind erfüllt.«

Cade nahm einen zweiten Schluck, knurrte etwas und sagte zufrieden:

»Meine Schulung. Alle Probleme erkannt?«

»Nur der lebensnotwendige Teil. Als ältester Student der Poter-Skuardi-Universität und Commander DuRoys Vorzugsschüler habe ich den mittelalterlichen Dunst der Erkenntnisse durchstoßen. Ich und Zakhari, wir haben verdammt viel gelernt. Bei Kraim!«

Cade grinste verhalten, löste eine Sperre, und aus dem Kiel des Bootes kippte ein großes Schwert nach vorn.

»Mein Haus – bereit?«

»Über unserem Haus, hoch über einem herrlichen Strand, im Dorf Thut, nahe dem Haus des Caziqen Aissa mit seinen sieben Frauen. Taucher und Fischer freuen sich schon; Großlunge Aissa am meisten. Schönes Haus, Cade. Wann kommt Amourea?«

Cade hob die Schultern, setzte die Sonnenbrille auf und fing an, den Telekopmast auszuziehen.

»Sie kommt, wenn sie alle Informationen über die Verbrecher und möglichst viele über den Planeten gefunden hat.«

»Verstehe. Nach Steuerbord, Cade.«

»Wie lange segeln wir?«

»Hält der Wind aus dem nördlichen Quadranten an, haben wir zwei Tage und Nächte Zeit, alles zu besprechen. Übrigens: geradeaus, rund zweihundert Ormil, liegt die Insel der Sieben.«

»Damit sie uns für harmlose Fischer halten, spendierte das Imperium die Verkleidung. Amou und Tsamourgeli El Sayr wühlen sich durch alte Speicherbänke und versuchen herauszufinden, warum Zweitausend Islands erst so spät wiederentdeckt wurde. Und dabei kommt jedes Gramm Cryansed seit einem Vierteljahrhundert von hier. Wenn Amou hat, was wir brauchen, kommt sie mit der *Capsizal*. Das kann dauern, Storzia.«

Er verschloß die kantige Nuß und half, die telekopische Rah auszuziehen und das Segel anzuschlagen. Die Ebbe sog das Brackwasser aus dem Delta, die Geschwindigkeit des acht Meter langen Bootes nahm zu, während die Männer das Segel aufzogen und die Schot belegten. Cade und Storzia legten sichelförmige Schmuckstücke an; Brustschmuck und breite Armbänder aus Muscheln, Schuppen und Steinperlen. Wind fuhr in das Segel. Das Boot legte nach Steuerbord über und nahm Fahrt auf.

»Legen wir vor Thut irgendwo an?«

»Nein.« Storzia öffnete den Seesack. »Alles, was wir brauchen, habe ich hier.«

»Gut. Wie geht es Jadar?«

»Er baut am anderen Ende ›unserer‹ Insel seine Hafenschänke aus.«

Cade kicherte, lehnte sich zurück und verlor jede Heiterkeit.

»Wir haben ein fabelhaftes Abenteuer überlebt, Storzia. Du versuchst auf Ghada Kag die Zivilisation zu sichern, ich bringe Ordnung in die Welt von Beta Eridanis, von Morach-Center aus. Was den Cryansed-Komplex betrifft, bin ich ahnungsloser als damals. Ich verlasse mich auf dich; du hast inzwischen mehr erfahren und wirst mir in guter Ruhe erzählen, was du weißt.«

»Wir haben vierundzwanzig Stunden Zeit, Cade.«

Das Boot war weit in die breite Zunge dunklen Flußwassers im Meer hinausgetragen worden. Jetzt fuhr es, unweit der Küste, nach Süd. Kurz nach Mittag war es unerträglich heiß, und nur der Wind brachte ein wenig Erleichterung. Cade steuerte, Storzia packte eine Mahlzeit aus. Dabei leierte er in archaischem Singsang einige Sätze, fiel wieder in normale Sprechweise zurück und berichtete.

»Die sieben Frauen und Männer, die seit knapp fünfundzwanzig Jahren die Planetarier um geradezu stellare Geldsummen betrügen, sind Verbrecher. Einige sind dazu noch krank. Gewalttätig sind sie alle. Sie überfallen Fischerdörfer und Fischerboote, rauben Sklaven, und wenn sich die Insulaner wehren, feuern sie mit den Lasern ihrer schnellen Jacht auf die Hütten. Dadurch sichern sie sich die Ruhe der Furcht. Das geht seit ihrem Auftauchen so.«

Cade hörte schweigend zu. Storzia wickelte handgroße Teigrollen aus.

»Vor langer Zeit, nachdem sich die Menschheit vom Stammplaneten, der Erde, in alle Richtungen des Alls zerstreut hatte, gab es einen gewaltig schauerlichen Krieg zwischen den Sternen. Richtig?«

»Richtig. Riecht gut.« Cade biß in eine Rolle aus ölgebackenem Teig, der mit irgend etwas gefüllt war. »Fisch? Weiter.«

»Fisch, Eier, Fleisch, Tang und Gewürz. Krieg gab's, Erdlinge gegen Erdabkömmlinge und gegen andere Feinde. Viele Schiffe, voller Material und Kolonisten, flüchteten von den umkämpften Welten. Einige strandeten auf Khalakwolt, andere hier, wieder andere auf noch unbekannten Planeten.«

»Stimmt. Hast du Bier dabei?«

»Reichlich. Aus Schiffsbesatzungen wurden Siedler, die ihre neue Heimat erobern mußten. Schiffe wurden zu Angelhaken, Pflugscharen und Getreidemühlen geschmiedet. Mitunter finden sich Überreste hochwertiger Technik an der Seite primitiver Werkzeuge. Aus ersten Siedlern wurden schließlich Millionen Planetarier. Hier sind es rund drei Millionen.«

Er holte zwischen nassen Tüchern ein paar Bierdosen hervor und stellte sie vor sein Knie.

»Das Imperium einigte, recht und schlecht, die bekannten Planeten. Als Folge der Kriege herrscht stellare Unordnung. Keiner weiß wirklich Bescheid; siehe Khalakwolt und Zweitausend Eilande.«

»Ich hätt's nicht besser gekonnt, Storzia.«

Auf glattem Wasser, in gewaltig schwingender Dünung fuhren sie einer der nächsten Inseln des Negron-Archipels entgegen. Am höchsten Punkt der Welle zog sich Storzia am Mast hoch und sicherte nach allen Seiten.

»Leer«, sagte er. »Ich fürchte die *Tale O'Darkness*. Niemand zu sehen.«

»Leer wie mein Kopf. Jedenfalls was unser weiteres Vorgehen betrifft.«

Diesmal musterte Storzia seinen Lehrer, sein Vorbild, schweigend und lange. Er sah die vielen silbernen Härchen in Cades gestutztem Haar. Die Büroarbeit der Administration schienen dem Jäger mehr zugesetzt zu haben als der strapaziöse Aufenthalt am Hof des Chaotikers Skuardi. Noch während Cade überlegte, wonach Storzia suchte, überfiel die Männer wieder das Gefühl, sich mitten in drohenden Gefahren zu bewegen.

»Nur langsam setzt sich Ordnung durch. Commander DuRoy und andere sorgen dafür.« Storzia war offensichtlich mit dem Ergebnis seiner Musterung zufrieden. »Wir verdanken ihm die Rettung vor den Meteoriten des Spica-Fomalhaut-Schwarms. Er fand ebenso mühsam heraus, daß es hier ebenso bedrohlich steht wie auf der Welt ohne Erinnerungen.«

»Du hättest Historiker werden sollen«, sagte Cade mit unübersehbarem Ernst. »Gleich wirst du mir etwas über das verdammte Cryansed-Desaster erzählt haben.«

»Sofort. Das schier unbezahlbar teure Meermineral ist nur

ein Teilaspekt.« Cade aß weiter. Die Teile einer Katastrophe, die sich immer deutlicher abzuzeichnen begann, wirbelten wie Gischttropfen durcheinander. »Daß dieser Planet Ursprungsort des Minerals ist, entdeckte man erst, als die Wale ausgesetzt werden sollten. Sklavenhaltung, Bereicherung, Sadismus und andere bizarre Dinge, Versuche der Ausrottung unersetzlicher Lebewesen, die lethale Drohung einer seltsamen Sage, die Überlebenschancen von drei Millionen Menschen – das sind andere Teile. Wir werden Ordnung schaffen; das Imperium hilft uns mit seiner Logistik.«

Storzia senkte den Kopf und öffnete die Bierdose. Cade summte ein paar Takte eines obszönen Liedes und sagte:

»Cryansed. Teurer als Sternmaterie. Selten wie Geistesblitze. Unentbehrlich als Schutz für jeden qualifizierten Computer.«

»Deine Erinnerungen hat man dir jedenfalls nicht gestohlen. Und mich«, Storzia lachte, »hat man mit vielerlei Weisheiten ausgerüstet. Also, Jäger, was können wir tun?«

»Mir hat man einen neuen Empfänger, etliche Sprachkenntnisse und viele Namen eingepflanzt. Ich sage dir, was wir tun werden.« Cades Zeigefinger deutete zwischen Storzias braune Augen. Mit jener Schärfe, die Storzia begeistert wiedererkannte, sagte der Jäger: »Diesmal reiten wir nicht. Wir segeln, schwimmen und tauchen. Unser Überlebenspotential ist riesig. Wir denken lange nach, handeln, greifen an und ducken uns, wenn Kugeln oder anderes Tötungszeug schwirren, sehen alles und zeigen dieser schönen Welt, wie wir schnell Ordnung schaffen.«

Storzia lächelte kühl und atmete langsam aus.

»Jawohl, mein General.«

Er duckte sich. Die leere Bierdose zischte über seinen Kopf hinweg in die Wellen.

»Habt ihr etwas von den Walen gesehen oder gehört?«

»Nur die Begleitung. Horze sah einmal einen Wal auftauchen.«

»Und die Delphine?«

»Warten auf ihre Meister. Wie war es im Regierungspalast?«

Cade winkte ab. »Hier wird's spannender. Konntest du etwas über die Mondsilberlegende herausfinden?«

»Eine ganze Menge, und da es ein t'puoy ist, nichts Greifbares. Etwa: Das Ende ist nahe – aber nicht für alle. Die Legende ist Bestandteil eines Kollektivwissens.«

»Können wir die Insel der Sieben betreten?«

»Nicht auf herkömmliche Weise. Wäre unser sicherer Tod.«

»Also wird es unser erster Versuch sein.«

»Höchstwahrscheinlich.« Storzia machte beschwichtigende Gesten und öffnete die nächste Bierdose. »Schlaf erst einmal aus, mustere die Ausrüstung und sprich mit den Insulanern.«

»Bei Ahouri!« Cades Bewunderung war echt. »Was hat die Schulung in den stählernen Kavernen der Flottenschiffe bei dir alles angerichtet, Freund Storzia. Du gebrauchst Worte wie Zeus seine Blitze. Höchst bemerkenswert!«

Storzia dehnte in übertriebenem Stolz seine Brust. Der maritime Schmuck klirrte und rasselte. »Schließlich war Professor El Sayr eine meiner Ausbilderinnen.« Er grinste. »Was Zakhari herzhaft mißfiel.«

»Anerkennenswert. Wenn du weiterhin so schnell schießt und gut triffst, nehme ich das Übermaß deiner Bildung in Kauf.«

Plötzlich mußte Cade gähnen.

»Wenn ich dich an die Pinne lasse – ertränkst du uns?«

»Bei Kraim.« Storzia zeigte mit drei Fingern, was Cade tun könne. »Ich wache über unsere unwürdigen Leben wie ein Albatros über seine Eier.«

»So soll es sein.«

Cade öffnete die dritte Bierdose und versuchte, in der Enge zwischen Duchten und Ausrüstung eine Stelle zu finden, an der er leidlich bequem schlafen konnte. Er schaffte es nicht mehr, die Dose zu leeren. Schon vorher überfielen ihn Müdigkeit und wirre Träume.

Cade, der die Sterne dieser Welt noch nicht kannte, sah auf die Uhr: Mitternacht vorbei. Stöhnend richtete er sich auf, pelzig-rostigen Geschmack im Mund. Der Wind hatte aufgefrischt. Das Boot ritt auf den Wellen und jagte mit prallem Segel südwestwärts. Lautlos verglühten große Meteore zwischen kristallklar leuchtenden Sternen. Storzia schob eine Dose über die breite Ducht.

»Danke. Ich hab' von Cryansed geträumt. Glaub's oder glaub's nicht.«

»Ich erwartete, daß die Jacht längsseits kommt und uns tötet«, sagte Storzia. »Indessen: Stille, warmer Wind, auch keine neugierigen Delphine.«

»Ruhe vor dem Sturm.«

Die Insel, an der sie vorbeigesegelt waren, zeigte auch am südwestlichen Ende nicht das kleinste Licht. Cryansed. Cade memorierte, was ihm erklärt worden war:

*Cry*stal, *San*d, *Sed*iment ergaben als Kunstwort: *Cryansed.* Die Formel lautete: CD + n-wertiges Wolfram + drei/vierwertiges Dysprosium + X (oszillierender Faktor). Dreiundzwanzigmal teurer als Platin. Wolfram schmolz bei 3410 Grad C.; mit Säure, die aus den Vulkanen einer anderen Welt tropfte, konnte das Mineral aufgeschlossen und wie Gold hauchdünn gewalzt oder geschlagen werden. Ein Computer, eingeschlossen in Stahl- oder Aluminiumblech, auf der eine Cryansedschicht einige Mikron dünn aufgebracht worden war, blieb inert gegenüber nahezu jeder Art Strahlung, Wellen oder Partikel. Nur auf 2001 Islands fand man CD+n-Wn+Dy 3/4+X. In Muscheln, auf versteinertem Seetang, an Felsen oder Korallenblöcken; Die Eingeborenen tauchten nach den unberechenbaren Funden. Jeder Fund war ein Zufall. Fischer und Taucher, die das silbergrau oszillierende Mineral fanden, konnten es bei den Leuten von der Kondavaala-Insel gegen Dinge des täglichen Bedarfs eintauschen. Plastikbehälter, Angelhaken, Kunststofftauwerk, Solarzellenherde, Lampen, Windgeneratoren und Kühlaggregate für den Fischfang. Vom wirklichen Wert erhielten sie bestenfalls Prozente. Die Konten der Verruchten waren in der langen Zeit in abstruse Höhen gewachsen. Cade glaubte, im Bier bitteren Geschmack zu spüren, öffnete die Augen und stieß einen furchtbaren Fluch aus.

»Erschwerend kommt hinzu, daß wir die Sieben nicht einfach überfallen können. Das feine Netzwerk ihrer Verkaufsorganisation bräche zusammen.«

Storzia hob die Hand.

»Jäger Cade!« sagte er beschwörend. »Warte, bis die *Capsizal* mit Prinzessin Gonavard kommt. Ganz bestimmt hat sie die Informationen, die uns noch fehlen.«

»Wahrscheinlich bin ich zu ungeduldig.« Cade wechselte seinen Platz und massierte die Unterschenkel. »Immer geradeaus? Zweihundertzehn Grad? Schlaf dich aus, mein Freund.«

»Zweihundertzehn oder -zwanzig. Wären wir ein Raumschiff, hätten sie uns schon geortet. Waffen?«

Cade packte die Pinne, warf einen Blick auf den bläulich leuchtenden Kompaß und sagte:

»Mehr als genug für stundenlange Gefechte. Du machst das Frühstück, klar?«

»Unter anderem lernte ich bei Horze das harte Seemannsleben.«

Storzia faltete und schichtete Decken, kratzte sich an mehreren Stellen und stülpte eine Art Hut über sein Gesicht. Er schnarchte grauenvoll und verhinderte, daß Cade wieder einschlief. Das Boot surfte zwischen Wellen, die ab und zu weißsilberne Schaumkronen trugen, dem unsichtbaren Ziel entgegen.

Drei Stunden vor Sonnenaufgang schob sich der einzige Mond Doanlikher über den Horizont. Eine riesenhafte Scheibe zuerst, die, als sich die Hälfte füllte, fast achtzig Grad des Horizonts einnahm. Schwarzgrau, voller silberfarbener Linien und Kreise, eine Ansammlung von Kratern und Maria, mit einem winzigen, grellen Fleck am linken Rand. Wie eine Drohung hing der Trabant über dem Planeten, ein Gigant mit geringer Albedo und großer Wirkung auf die Gezeiten. Cade entsann sich des bizarr-märchenhaften Spiels der Khalakwoltmonde und fühlte, wie sich die Härchen seiner Unterarme aufstellten. Man könnte abergläubisch werden, dachte er, und natürlich war dieses Gestirn der Quell für Mondsilberlegenden.

Er hielt das Boot auf Kurs, zählte Sterne und prägte sich Konstellationen ein, betrachtete die Schatten innerhalb gigantischer Krater, fühlte, wie der Mond auf ihn wirkte. Anders erging es auch den Insulanern nicht. Auch sie erschauerten unter Visionen unbekannter Gefahren, denen sie ausgeliefert blieben. Die

Scheibe wuchs, wurde zur Kugel, wanderte und verdeckte die strahlenden Sterne, und war, als die nächste Insel, Baladaou, am Horizont auftauchte, wieder verschwunden.

Cade setzte den Feldstecher ab und sagte: »Wunderschön, Storzia.« Das Boot rauschte, zischte und krachte schaukelnd durch eine Brandungswelle, die mühelos mit den Brechern der Venosta auf Khalakwolt konkurrieren konnte. »Aber – was hilft uns Schönheit, wenn die Mission uns umbringt?«

»Man stirbt lächelnd.« Storzia nahm das Segel aus dem Wind und winkte zum Uferhang. Durch eine große Lagune glitt das Boot auf einen Strand aus mehligfeinem, platinfarbenem Sand zu. Zwischen den Fischerbooten standen etwa drei Dutzend Insulaner und winkten.

»Fatalismus war Teil deiner Schulung?«

»Kennst du DuRoys Lehrmethoden nicht, Cade?«

»Flüchtig. Offensichtlich ein begabter Stoiker.«

Im Westen sank die Sonne zwischen Vorhängen, Schleiern und Ballungen farbenprächtiger Wolkenbänke. Das Boot wurde von der letzten Welle auf den knirschenden Sand geschoben. Cade und Storzia luden rechts und links des Dollbords ihre Taschen, Kisten und Ballen aus. Ein braunhäutiger, breitschultriger Mann mit schneeweißen Tätowierungen auf der haarlosen Brust stapfte durch den Sand.

»Jäger, Schwimmer und Taucher Cade Chandra!« rief er dröhnend. Er strahlte hinterhältige Jovialität aus; Cade mochte ihn augenblicklich. »Willkommen auf Baladaou. Ich bin Caziqe Aissa.«

Storzia packe Cade am Arm und deutete aufs Meer.

»Da. Deine neuen Freunde.« Etwa zwei Dutzend riesiger Fischleiber sprangen und schwammen vor der Brandung durch die Wellen. Große Delphine; keine Produkte der Evolution dieser Welt. Cade schaute sich um und schüttelte Aissas Hand.

»Eines nach dem anderen. Wir werden beim Abendessen alles besprechen, Großlunge Aissa.«

Der Häuptling sprach mit unglaubwürdig tief dröhnendem Baß.

»Alles ist bereit. Unsere Freunde von den Sternen haben sich eingerichtet. Euer Boot?«

»Lagert es hoch und trocken.« Storzia strauchelte in der auslaufenden Brandung, als sich ihm Zakhari an den Hals warf. »Gemach, Schönste. Wir treffen uns gleich in Cades Haus.«

Zwanzig Insulaner, augenscheinlich gut vorbereitet, begleiteten Cade, Storzia und dessen Freundin zu einem Haus, das auf dicken Baumstämmen und einer Platte aus Bohlen und Airgel etwa zwanzig Meter über dem Strand und, neben einem Korallenfelsen, im Schatten mächtiger Zwitterzitronenbäume zu schweben schien. Cade zog eine Tür, Glas und Schattenjalousie aus Bambus, zur Seite und trat in einen großen, herrlich kühlen Raum.

»Wer, beim tieftauchenden Wal, ist dafür verantwortlich?« Cade starrte Storzia und Aissa an. Storzia deutete auf den Häuptling, der schwarzhaarige Mann kratzte sich unter der Achsel und dem klirrenden Muschelschmuck. Er kicherte und klatschte in die Hände.

»Die beiden und ich. Grüße von Amourea«, sagte Zakhari. »Sie ließ verlauten, wir würden böse Brandung erleben, wenn du unzufrieden bist, Jägertaucher.«

Cade rang sich zu einem breiten Lächeln durch. »Ihr seid eine Bande liebenswerter Schurken. Danke! Das Haus stammt aus Träumen, die ich hatte, ehe ich euch kannte.«

Zakhari schob den Häuptling zur Treppenplattform. Gepäckstücke stapelten sich. Stufen wendelten in kühner Halbspirale hinunter zum Dorfplatz. Zakhari holte Gläser und Flaschen aus einem bambusverkleideten, uralten Kühlschrank, mischte kitschfarbene Flüssigkeiten mit viel zerstoßenem Eis. Cade stützte sich auf einen Arbeitstisch, sieben mal drei Schritt groß, und betrachtete Karten, Aufnahmen aus dem Orbit, ein Dutzend Isobarenkurven, Ausschnittvergrößerungen und andere, meist stereoskopische Bilder an einer Pinnwand. Am meisten faszinierte ihn die Mercatorprojektion der Planetaren Karten, die fast die gesamte Längswand bedeckte.

»Sehr gut.«

Quer durch den blauen Ozean zog sich die Äquatorlinie. Den oberen und unteren Rand nahmen elliptische Ausschnitte der Polkappen ein. Entlang, südlich und nördlich des Äquators zeichneten sich kleine und große Kreise ab; riesige, einander schneidende Reste versunkener Landmassen, Inseln verschiedener Größe, Reste riesiger Wallkrater, von Korallenlagunen umgeben – chaotische Ringformen, die nur bei langem Betrachten zu erkennen gaben, daß eine lange planetologische Entwicklung diese Formen hervorgebracht hatte. Strömungen, Winde, Monsune und Passate wurden von Inselgebirgen und riesigen Felsriffen abgelenkt und fügten dem Ganzen weitere chaotische Linien hinzu. Es schien höllisch schwer zu sein, zwischen den 2001 Inseln zu segeln. Nur Menschen, die in diesen Winden und Strömungen aufgewachsen waren, fanden sich zurecht; jäh stieg Cades Achtung vor Aissa und seinen Leuten. Gedankenlos nahm er ein Glas aus Zakharis Fingern, musterte sie zerstreut – ihre blonde Haarflut war zu riesigem Flechtwerk aufgetürmt – und sehnte sich nach Amoureas strahlendblauen Augen. Er zeigte auf die Tafel aus Kork und die vielen Nadeln mit Bambusgriffen.

»Danke euch allen«, sagte er leise. »Ich wußte schon, daß wir Selbstmörder sind. Eine Handvoll Leute gegen sieben Monstrositäten. Wie damals, nach Poters Befehl. Und ihr seid glücklich, wie?«

Zakhari, vollbusig und schön, sagte in einem Ton, der Cade frösteln ließ:

»O großer Jäger Cade Chandra, alle hier wissen, daß du dein Leben einsetzt, um auch diese Welt zu retten. Setz dich endlich, trink! Und sei sicher, daß dir jeder und alle helfen werden. Nicht wahr, Caziqe?«

»So wurde es beschlossen!«

Mit dunkler, krächzender Stimme fügte Storzia hinzu:

»Hoffentlich siehst du, daß alle auf dich warten, dich verehren und lieben.«

Cade ließ sich beschämt in einen knarrenden Riesensessel aus Bambusgeflecht sinken. Schließlich hob er den Kopf und sagte:

»Geht in Ordnung, Gardist. Zeigen wir es ihnen.«

Storzia kniff erleichtert seine Freundin in den Oberarm.

»Der fremde Jäger will uns damit sagen, daß er die Feinheiten unseres Empfanges richtig schätzt. In einigen Monden haben wir das Kondavaala-Desaster gelöst.«

Cades Blick wanderte über Waffen, Geräte, Ausrüstung und technische Bausteine. Sie waren auf dem riesigen Tisch ausgebreitet. »Wahrscheinlich. Solange ich nichts Faßbares in den Fingern habe, bin ich unsicher. Ich rede und handle mit gewohntem Nachdruck, wenn Amou endlich hier ist.«

Zakharis Zehen glitten an Storzias Schienbein hinauf.

Storzia nickte im Takt.

»Du wirst warten müssen. Bis dahin sind wir bei dir, listenreicher Jäger.«

Cade warf ihr einen resignierten Blick zu. »Du hast recht, Zakhari.«

Während Cade wartete und zufrieden registrierte, daß ihm keine Erinnerungen fehlten, versuchte er, die Einzelheiten des Vorhabens so tief wie möglich zu durchdenken. Je länger er etliche, willkürlich zusammengetragene Informationen studierte, desto deutlicher zeigten fahlfarbige Mosaiksteinchen ein Bild voller Willkür, Gewalttätigkeit und Verbrechen auf der Oberfläche einer herrlichen Welt. Eine Liste, gespickt mit Holophotos, wanderte über den Bildschirm des kleinen Computers.

Scir Osmander, 56,
Scar Osmander, 58, Bruder Scirs,
Bloss Arthemalle, 43,
Assa Pitallisu, 46,
Birthelma Vandrey, 69,
Pazuul Shagorsen, 96,
Aricca Zorraddu, 46,

»Drei Frauen, vier Männer. Sieben Schurken.«

»Mehr Informationen gab es noch nicht. Vor fünfundzwanzig Jahren waren diese Leute hier gelandet, hatten zu ihrem Raumschiff eine Jacht zur Insel gebracht und das Monopol für Cryansed an sich gerissen. Wahrscheinlich waren sie zufällig auf das Mineral gestoßen. Mittlerweile gab es im Reigen von siebzig Imperiumsplaneten wenig Individuen, die über größere Habensaldos verfügten.

Shagorsen raubte junge Frauen und benutzte sie zu makabren Spielen; die Gebrüder Osmander errichteten einen Wall aus Radar-, Fernortungs- und Verteidigungseinrichtungen um ihre Paläste; Assa Pitallisu baute um, besorgte die Inneneinrichtung, stattete die Jacht aus; Bloss Arthemalle jagte alles, was sich in den Wellen zeigte – es würde nicht mehr lange dauern, bis er auf die letzten Wale stieß und die Meeressäuger tötete. Cade saß vor der Megalupe und studierte Bilder von Verbrechern, Inseln und Lagunen; hatte eine kosmische Katastrophe auch 2001 Islands gezeichnet?

Er hob den Kopf und blickte über das schlafende Fischerdorf in die Rundung des Mondes. Der grelle Fleck am Rand des Gestirns war heute, vier Nächte nach der Ankunft im Dorf Thut, heller und schärfer geworden. Bevor die *Capsizal* nicht hier war, hatte er keine Möglichkeit, Kurs, Umlaufgeschwindigkeit und Achsenbewegung des Mondes berechnen zu können. Storzia verlängerte die Bänder des Delphin-Kommunikationsgerätes und sagte:

»Geduld, Jäger.«

»Wann kommen endlich die Delphine? Ich lerne schon den halben Tag die Technik dieses Gerätes zu begreifen. Warum erfahre ich nichts von den Fischern?«

»T'puoy. Ich erfahre mehr. Sie verehren dich schweigend, Cade.« Storzia sortierte Schwimmflossen, Anzugteile, Preßluftflaschen und Zubehör auf dem weißen Sandboden des Wohnraums aus, zählte, verglich und testete, grinste Cade an und sagte: »Morgen mittag, bei Flut, sagt Aissa, kommen die Delphine.«

Cade antwortete mit einem gemurmelten Fluch und wandte sich wieder den Informationen zu. Je mehr er nachdachte, desto vielschichtiger wurde das Problem von 2001 Islands.

KAPITEL 2

»Natürlich könnte das Imperium einen Zerstörer einsetzen, Bodenkommandos ausschleusen und die sieben Hundesöhne und -töchter gefangennehmen oder erschießen. Der Cryansed-Vorrat wäre blitzschnell beschlagnahmt. Nichts leichter als das.«

Cade sah zu, wie Zakhari bedächtig ein fingerdickes Holzstück in Späne zerteilte.

»Commander DuRoy hat mich überzeugt. Die Flotte, also das Imperium, besonders die Zulieferer, brauchen stetigen Nachschub des Minerals. Stockt er, bekommt die Industrie ernsthafte Schwierigkeiten. Das Imperium wird die Sieben durch besonders ausgebildete Fachleute ersetzen. Wenn der nächste Transport nicht über die alten Kanäle weiterverkauft wird, hat das Imperium Probleme, gegen die unsere Mission eine Lächerlichkeit ist. Die Bevölkerung von Iten Cyone steht, sozusagen, geschlossen hinter ihren letzten vier Walen. Wenn den Meeressäugern etwas passiert, lynchen sie uns, Storzia.«

»Verständlich, ihre Sorgen.«

Zakhari wartete, bis die Späne brannten, blies die Flammen aus und ließ das Holz weiterschwelen. Sie schob die Stäbchen in ein weiß glasiertes, löcherverziertes Tonkrügelchen und wartete, bis sich dünner Rauch ausbreitete.

»Stechmücken? Skorpione?«

Cade schob den farbenprächtigen Wandschirm vor den großen Schlafplatz und lehnte sich gegen die Mauer aus Balken und Korallenblöcken, von der Bad und Küche gegen den Wohnraum abgegrenzt wurden.

»Du wirst dich wundern, Jäger.« Storzias Freundin trug Kleidung und Schmuck der Insulaner. »Unsere Freunde verbrennen jeweils mit einer bestimmten Holzart jeweils eine Stimmung. Ich habe Übelholz angezündet. Im Wohlrauch vergeht unsere schlechte Laune.«

Cade setzte sich stirnrunzelnd in den wohlig knarrenden Sessel aus Flechtwerk.

»Das soll etwa tatsächlich unsere Laune beeinflussen können?«

»Es wirkt, Cade«, bestätigte Storzia. »Wenn sie in sich gehen wollen, verbrennen sie ein anderes Holz. Gegen Schmerzen haben sie eine feuchte Rinde und so weiter.«

»Gute Laune und noch bessere Einfälle brauchen wir dringend.« Cade nahm den Brustschmuck ab und musterte die aufgereihten Empfänger, Funkgeräte und Monitoren auf der Tischplatte. »Ich dusche und komme dann mit euch zu Aissas Gastmahl.«

»Zwei Tanks im Uferhang werden ständig von Solarstrompumpen gefüllt. Im Bad hast du nötigenfalls auch warmes Seewasser.«

»Und frische Handtücher. Ihr habt wirklich alles perfekt vorbereitet.«

Storzia und Zakhari stiegen die Treppe hinunter. Cade betrachtete die Planetenkarte und begann sich wohl zu fühlen. Er ging auf die große, überdachte Terrasse und sah zu, wie die Sonne die Schaumkronen der Brandung färbte. Er war sicher, daß seine Stimmung nicht vom Wohlrauch des Übelholzes manipuliert wurde und freute sich auf den ölgebackenen Fisch, der ihn bei Aissa erwartete.

Tritons grausilbern-weißer Körper vibrierte zwischen Cades Schenkeln. Er hatte die Knie um die Seitenflossen gehakt, lehnte gegen die Rückenfinne und hielt sich an der Lederschlinge fest, auf die der Delphin biß.

»Nicht so schnell, Triton«, sagte er. »Oder weiter aus den Wellen hinaus.«

Das Wasser drückte gegen Schenkel, Brust und Knie. Die Übersetzungsanlage suchte aus Cades Worten jene Elemente heraus, die der Delphin verstehen konnte, und fügte sie zu etwas zusammen, das etwa: »Langsamer. Triton. Cade aus Wellen« lautete. Triton schnatterte und fiepte. Nach einigen Sekunden hörte Cade unter der grausilbernen Haube des Taucheranzugs:

»Aus Wellen, Cade. Sieben nicht sehen jetzt. Gut? Für uns Namen schönschön.«

»Hast du deinen ganzen Schwarm mitgebracht?«

»Ja. Besser. Ihr wie wir.«

»Richtig.« Cade winkte, bis zu den Hüften in den Wellen, zu Storzia hinüber. Um Thetys und Triton mit ihren Reitern tobten also weitere neununddreißig Delphine. Etwa zwei Dutzend waren zu sehen; glatthäutige Tiere, die sich mit unvergleichlicher Eleganz bewegten.

»Wir fallen nicht auf, wenn ihr uns deckt. Wann sind wir dort?«

»Nacht. Mit Flut.«

Hinter Triton und Tethys trugen zwei Männchen flache Tornister an einem leichten Geschirr. Daß die Delphine die Insel Kondavaala verfehlten, schien undenkbar. Über welche Ortungsanlagen die Bewohner der Insel verfügten, wußte niemand, trotz der vielen Holophotos, die von Bord des Transporters gemacht worden waren. Jadar, Storzia, Zakhari und Horzes Crew, zusammen mit einigen Tonnen Ausrüstung, waren nachts außer Sicht der Insel ausgeschleust worden. Nach einer

Stunde Ritt durch blaues Wasser und weißen Gischt hörte Cade, wie sein Begleiter fragte:

»Ouroboros und Okeanine? Fastitokalon und Nereide? Wo? Wie?«

»Wale weit weg. Gutgehen. Nereide Kind.«

»Oh! Dann müssen wir auf fünf Superwale aufpassen.« Storzia lachte schallend. »Kannst du etwas sehen, Cade?«

»Nichts.« Die Jäger trugen dünne Helme mit Visieren, gegen die unaufhörlich Tropfen schlugen. Hin und wieder klappte Cade das Fernglas vor die Augen und versuchte, etwas zu erkennen; ein Boot oder die Brandung von Kondavaala. Nicht einmal die Megajacht der Schurken war zu sehen.

»Wissen die Sieben auf Kondavaala von den Walen und von euch?«

»Einmal gesehen. Weit weg.«

Cade hatte Häuptling Aissa und dessen Fischer und Cryansedtaucher ausgefragt. Jadar, der schon am nächsten Morgen Cade besucht hatte, stellte Fragen in seiner Hafenschänke; dort erfuhr er mehr als jeder andere Insulaner. Offensichtlich langweilten sich die Sieben von Zeit zu Zeit, dann rasten sie mit der *Tale O'Darkness* durchs Meer, sammelten Cryansed, raubten junge Mädchen und Männer und ließen Tauschgegenstände zurück.

»Haben sie schon auf die Wale gejagt?« Cade gewöhnte sich daran, seinen Wortschatz bewußt einzuschränken.

»Nein. Tiefgetaucht. Weg.«

»Verstanden.« Cade klappte das Visier hoch und rief: »Storzia? Wir müssen annehmen, daß sie unsere Schützlinge jagen. Es ist unausweichlich, daß sie aufeinandertreffen.«

»Ich weiß. Das macht mir auch Sorgen.«

Cade klappte das Visier herunter und überließ sich seinen Gedanken. Er war mit Boot und Ausrüstung am Oberlauf des Susukidaflusses auf der Insel gleichen Namens abgesetzt worden. Die Landung der *Capsizal* war ein größeres Problem, weil der Funkverkehr auf allen gängigen Kanälen sicher von Kondavaala abgehört werden konnte. Cades winziger Empfänger gestattete die Verwendung anderer, geheimer Frequenzen. Als Storzia nach einer Weile vor Cade auftauchte und winkte, drehte sich der Jäger herum. Storzia deutete auf einen schwarzgrauen Gewittertum, der sich vor die Nachmittagssonne schob. Cade nickte und fragte sein unermüdliches Reittier:

»Delphine helfen gern den Walen? Helfen Delphine auch gern uns?«

Das Tier schnellte sich im flachen Winkel aus dem Wasser, schlitterte über den Hang der Dünungswelle und ließ sich Zeit mit der Antwort.

»Aissa uns gesagt«, schrillte es in Cades Ohrstöpseln, »dann Storzia Sprechding gebracht. Wir wissen. Sieben Fremde böse. Ihr gut. Ihr Böse töten.«

»Du bringst es auf den kleinsten Nenner.« Auf Iten Cyone waren die Wale fast ausgestorben. Vor eineinhalb Jahren hatte ein Tankschiff der Imperiumsflotte die Wale und ihre ›Bewacher‹ in einen sauberen Ozean gebracht. Noch waren die implantierten Positionssender der vier Riesentiere nicht aktiviert, aber die Marineabteilung hatte die intelligentesten Delphine mit angepaßten ›Werkzeugen‹ und den Sprech- und Übersetzungsgeräten vertraut gemacht. Der tierische Wortschatz, etwa dreihundert Begriffe groß, reichte zur dürftigen Konversation. »Wir versuchen, die Bösen zu töten. Zuerst sehen, wie sie leben. Vorher sagen, wenn tauchen, ja?«

»Bald tauchen müssen.«

Triton zwitscherte, pfiff und tauchte wieder halb ein. Ein riesiger Schatten huschte über die Wellen. Cade und Storzia drehten sich um. Die Gewitterwolken hatten sich höher aufgetürmt und rollten, von pfeifendem Südostwind getrieben, heran. Bevor Cade das Visier wieder herunterschob, sah er weit voraus den Dreifachgipfel Prithvanis, der vulkanischen Insel, genau westlich von Kondavaala. Er hörte Storzia sagen:

»Insel mit Rauchberg vor uns.«

Die Delphine verringerten ihre Geschwindigkeit nicht, aber die dunklen Wolken krochen über die Dünung näher heran. Betraten Storzia und er die Insel nachts und während des Gewitters, dachte der Jäger, wuchsen ihre Chancen, nicht entdeckt zu werden. Er schloß die Augen, sog frische Seeluft in die Lungen und überließ sich den wiegenden Bewegungen des Delphinkörpers und des schäumenden Wassers.

Donner rollte über die schwarzen Brecher. Im kalkweiß zuckenden Licht der Blitze sah Cade, als er zwischen nassen Felsen über den Strand rannte, wie am Ende der dünnen Leine der Tornister aus der Brandung in die Luft geschleudert wurde. Er holte Hand um Hand die Leine ein, schoß sie auf und schob sie in die Außentasche des Tornisters. Er kletterte über die Felsen aufwärts. Storzia winkte im Flackern des nächsten Blitzes, und nach einigen Minuten mühsamer Kletterei standen sie zwischen den Wurzeln eines mächtigen Sangobaumes, die sich in den Hang krallten.

»Hinauf?« Storzia deutete fragend nach oben. Cade nickte. Schweigend, die Tornister über den Schultern, kletterten sie bis auf einen breiten Ast hinaus. Schräg vor ihnen, jenseits einer Fläche aus sanft modellierten Hügeln, umgeben von Gärten und Stränden, erstreckten sich Pavillons, langgezogene Fronten aus Glas und Mauerwerk, von Säulen gegliedert, ein Teil stand auf mattschimmernden Stelzen. Xynienpalmen schüttelten ihre breiten Wedel über den Terrassen. Eine Lichtflut ließ etwa dreihundert Meter prunkvolle Fassade aus der Dunkelheit über dem Hafen hervortreten.

»Der Hafen ist sicher bei jedem Sturm«, sagte Storzia und öffnete den wasserdichten Tornister.

»Elf Jahre, sagte Aissa, haben einige hundert Männer an der Anlage geschuftet. Auch den Hafen mußten sie bauen.«

»Die Technik«, sagte Cade und erinnerte sich an die Aufnahme der Insel. Während Storzia versuchte, mit einem schweren Objektiv vor dem Gerät alles aufzunehmen, was sich jenseits der wütenden Regenschauer in den lichtdurchfluteten Räumen bewegte, packte Cade einige Geräte aus. Donner und Blitze wechselten einander ab. Die Brandung war fast so laut wie die Donnerschläge. Cade hängte sich die Geräte um den Hals und kletterte in die schwankende Spitze des Riesenbaumes. Er befestigte Hochleistungsobjektive, in Bambusrohr versteckt, mit breitem Haftband am Stamm. Mehrere Kameras richtete er auf verschiedene Ziele aus; eine kleinere Aufnahmeeinheit darüber konnte ferngesteuert werden. Er ließ die Blätter wieder vor die Objektive zurückschnellen, brach einige ab, so daß die Linsen die Front in mehr als hundert Metern Entfernung ungehindert bestreichen konnten. Sie deuteten nach Norden; Lichtreflexe konnten sie nicht verraten. Cade schaltete die Geräte ein und vergewisserte sich, daß jedes Objektiv genau das Ziel erfaßte, das er für wichtig hielt, daß einzelne Blätter nur bei einem wütenden Sturm davonwirbeln konnten, dann kletterte er an der glitschigen Rinde wieder abwärts und klopfte Storzia auf die Schulter. Das Gewitter wütete genau über der Insel; man konnte kaum noch die Fassaden erkennen. Die Tropfen schlugen wie Geschosse durch die handgroßen, wachsglatten Blätter.

»Fertig.« Storzia nickte und verstaute die Kamera. »Das beste Wetter für einen Rundgang.«

Einige Glasplatten glitten auseinander. Durch das Ferngals erkannte Cade den Ältesten, Shagorsen, den fetten Anführer der Gruppe. Er wirkte wie eine monströse Schildkröte, die einen Burnus mit Goldstickerei trug. Shagorsen blickte in das Gewitter hinaus, zum Hafen und in die Brandung. Cade schnallte den fast leeren Tornister fest und tastete sich den Stamm abwärts. Dampfende Gräser und Büsche duckten sich unter der Wasserflut. Cade stemmte die Sohlen gegen die rutschige Rinde und packte Storzias Fuß. Mit zwei Sätzen waren sie im triefenden Gebüsch und schlichen nach rechts, am Inselrand, von den Gebäuden fort.

»Es ist töricht, zu denken, es gäbe keine Fallen«, schrie Cade während des Donnerschlages in Storzias Ohr. Sie sprangen über Korallenfelsen und rannten über nassen Sand. Der nächsten Brecher spülte ihre Spuren fort.

»Nicht hier. An den Häusern und beim Raumschiff.«

Der Regen rauschte wie ein Wasserfall. Die Männer bewegten sich schnell und hielten an Punkten an, die ihnen gute Ausblicke erlaubten. Der kultivierte Teil im Süden Kondavaalas war groß, und die ovale Insel hatte einen großen Durchmesser von zwanzig und einen kleinen von sieben Kilometern. Kleine Parks, Kunstwerke aus Stein, Metall und stabilisiertem Airgel, kostbare Pavillons unter mühsam veredelten Bäumen, überwucherte Monolithen und Wege, Rampen, Treppen, Brunnen, an denen würfelförmige Roboter standen und mit farbigen Lichtern blinkten, während sich die Suchoptiken drehten. Eine Allee, begrenzt von beschnittenen Bäumen und barocken Blumenmustern, führte zu einer Öffnung in der Flanke eines Vulkankegels. Im Schutz des ausgegrabenen Kraters waren in diesem Ausschnitt ein Triebwerk und die Schleuse des Raumschiffes zu sehen. Auf dem Rand des Gartens, der in die urtümliche Umgebung hineinwuchs, rannten Cade und Storzia zurück in ein Palmenwäldchen, das parallel zum Strand wuchs.

»Sie rechnen nicht damit, daß sie von Fischern im Gewittersturm überfallen werden«, sagte Storzia, als sie sich am östlichen Hang des Kegels befanden. Indirekt strahlende Leuchtkörper schimmerten durch die Pflanzen. Wieder riß ein vielfach verzweigter Blitz das Gelände aus dem Dunkel und ließ die nassen Flanken des Raumschiffes erkennen. Cade erkannte den Typ und folgte Storzia, der einen dreihundert Meter breiten Strand entlangspurtete und ging hinter einem Felsen, neben der Rampe der Robotplattform, wieder in Deckung.

»Kann es sein, daß sie eines der Schiffe von uns entdeckt haben?« Storzia hob den Kopf über den Steinblock. »Ich weiß, daß alle Anflüge auf der anderen Seite des Planeten stattgefunden haben.«

»Ich bleibe Pessimist. Andererseits . . .« Cade hoffte, daß die Delphine an der gleichen Stelle warten würden. »Würde dann Shagorsen so ruhig das Gewitter bewundern?«

»Schwerlich.«

An einer Stelle, an der sie weder von den Gebäuden noch von den Robots beobachtet werden konnten, bogen sie ab und rannten der Brandung entgegen. Cade griff in die Brusttasche und schaltete den Sonargeber ein. Auslaufende Brecher warfen sie hin und her, während sie die Helme schlossen und die Ventile der Atemgeräte öffneten. Die Brandung donnerte auf sie zu, die Welle überschlug sich, und der Sog wirbelte Storzia und Cade in tieferes, ruhigeres Wasser hinaus. Sie schwammen, meist unter Wasser, einige Minuten lang, dann schob sich ein geschmeidiger, muskelstarrender Körper an ihre Seite; ein zweiter folgte. Im Dunkeln tasteten sie nach den Halteschlaufen. Cade sagte:

»Nach kleiner Insel. Dort gutes Versteck, ja?«

»Sofort. Schnell. Höhle.«

Das Gewitter hatte im Westen das Firmament leergefegt. Die

Sterne traten hervor, der untere Rand des Mondes löste sich vom Horizont. Der grelle Fleck war zu einer winzigen Sichel in der Schwärze geworden; Sonnenlicht und Planetenschatten formten eine zweite, hundertfach größere Sichel aus dem Nachtgestirn.

Im hintersten Winkel der Höhle breitete Cade ihre Schätze auf dem Schlafsack aus, öffnete Dosen und blickte zu den Anzügen hinüber, die wie groteske Puppen ohne Köpfe auf Felsen trockneten. Im blau gefärbten Tageslicht sah Cade die körnigen Rundungen und die unregelmäßigen Löcher der steinernen Hohlkugel. Storzia stellte die Kh'olkdosen in den Sand.

»Ausgeschlafen, Jäger?«

»So gut wie nie in den vergangenen Monaten.« Cade kratzte Sand zwischen den Zehen heraus. »Ich habe sogar nachdenken können.«

»Mit welchen Ergebnissen?«

»Commander DuRoy mag ein guter Kapitän sein, ein besserer Lehrer und ein anständiger Raumfahrer, aber als Sammler von Daten und Informationen taugt er wenig.«

»Cade!« Storzia hob eine erhitzte Dose auf und klemmte den Henkel an. »Du bist elf Tage auf dem Planeten. Man hat uns maximal ein Jahr gegeben. Noch dreihundertsechsunddreißig Tage!«

»Weiß ich. Eigentlich sollte ich froh sein, daß ich nicht am Schreibtisch in Morach-Center hocke.« Sie bliesen auf das heiße, süße Getränk, dessen Aroma den Geruch der Höhle überlagerte. »Dort bleibt jetzt vieles unerledigt. Wo bleibt Amou? Sie läßt sich verdammt viel Zeit.«

»Sie startet, wenn sie fertig ist. Nicht eher. Schäkere mit den Taucherinnen. Beim abendlichen Gastmahl Aissas durchbohren sie dich mit heißen Blicken.«

»Ich mag nicht immer Fisch und Seegetier.«

»Hier ißt du Flottennahrung«, sagte Storzia lachend. »Wohl bekomm's. Denkst du noch an die Spießbraten auf Khalakwolt?«

»Häufig. Und an die t'puoys.«

»Die findest du hier auch. In großer Anzahl.«

»Stimmt. Besonders über die Mondsilberlegende.«

Die Delphinschule jagte rund um das Inselchen. Ab und zu schnellte sich ein Tier aus dem Wasser, das die vordere Hälfte der Höhle ausfüllte, führte Kunststücke aus und gab knackende und schnatternde Laute von sich, deren Echo die Männer halb taub machte. Da es weder Triton noch Tethys war, verstanden sie kein Wort. Storzia zog die Folie von Sandwichriegeln.

»Jadar horcht die Kapitäne und Fischer in seiner Schänke aus. Horze läuft in viele Häfen ein. Bald werden sie wissen, was die Insulaner nicht sagen wollen. Und dann unsere Bilder und die Daten, die Amou bringt . . . viel zu viel, Cade.«

In vergangenen Zeiten hätte man auf die Karten weniger gut bekannter Planeten ›hic sunt leones‹ geschrieben oder schiffsverschlingende Ungeheuer eingezeichnet. Cade aß das reichhaltige Frühstück bis zum letzten Rest, kippte einen kräftigen Schluck Naqnaq in den Kh'olk und zupfte an der Badehose.

»Unsere insularen Gastgeber haben zumindest einen Vorteil«, sagte er, ehe er zu einem Delphin ins Wasser hechtete. »Sie sind immer gut gewaschen.«

»Aber ein wenig zu salzig, wie ich meine.«

Eine Stunde später saßen sie auf Triton und Tethys und waren unterwegs zum Dorf Thut.

Natürlich sehnte sich Cade nach seiner blauäugigen Geliebten. Er unterbrach seine Arbeit, tippte an den Holowürfel und erfreute sich sieben Sekunden lang an der Sequenz, die Amourea zeigte, wie sie die Stufen der Administration herunterschritt. Schließlich zeigte die Vergrößerung ihren Kopf, ihre Augen, sie lachte, und das Bild verblaßte.

Er stützte das Kinn in die Handflächen und starrte auf die Bildschirme, vor die ein Verstärker geschaltet war. Der Tisch war an der Vorderkante voller Geräte, die unter der Balkendecke und dem farbigen Flechtwerk der Wände seltsam brutal wirkten. Leben und Treiben der sieben Verbrecher wurde gezeigt. Jedes vierunddreißigste Bild wurde automatisch abgespeichert. Auf Kondavaala passierte nichts Aufregendes. Seufzend schob Cade einen gelben Informationswürfel in die Klammern des Lesegerätes.

Mystacoceti iten cyonensis; Blau- oder Finnwal des Planeten Iten Cyone. Cade las halblaut:

»Männliche Exemplare durchschnittlich dreißig Meter, weibliche Exemplare achtundzwanzig Meter lang. Gewicht um hundertsiebzig Tonnen. Geschwindigkeit maximal zweiundzwanzig Knoten. Höchste anzunehmende Tauchtiefe: um fünfzehnhundert Meter. – Und nun haben die lieben Giganten Nachwuchs bekommen. Hervorragend. Das saubere Meer sagt ihnen zu.«

Die Tiere wurden dann zum Problem, wenn die Herren Kondavaalas die Riesensäuger jagten. *Leviathan, Physeter magnus, Gargantua.* Cade beobachtete die Bilder und war fasziniert, als sie die Tiere bei weiten Sprüngen und beim Auftauchen zeigten.

»Ihr Wale! Tut mir einen Gefallen! Bleibt möglichst lange weit weg vom Äquator.«

Er vergewisserte sich, daß der Manipulator für die Positionssender der Vier ausgeschaltet war, und schob den Würfel ins Magazin zurück. Eine weitere Beobachtung der Verbrecher hatte Zeit. Er ging zur Terrasse und sah schweigend ins Dorf und zum Strand hinunter. Im Bereich des Dorfes lebten mehr als dreihundert Menschen; die Insel Baladaou, langgezogen und leicht gekrümmt, war ebenfalls ein Teil eines Kreisausschnitts. Aus der Menge seiner mäßig betriebsamen Dörfler löste sich Caciqe Aissa, winkte Cade und deutete auf die Stufen. Cades Unruhe war trotz Übelholzrauch nicht kleiner geworden.

»Komm herauf, Vater der Kiemen«, rief er. »Ich meine, jetzt haben wir Zeit, über alles zu reden.«

»In guter Ruhe, beim nassen Heiligtum.« Aissa klappte den Mund zu. Offensichtlich war er dabei, ein t'puoy zu verletzen. »Du sagst es, Jäger.«

»Wir haben genug zu trinken für ein langes Gespräch.«

»Weiß ich. Storzia hat's gesagt.«

Der Häuptling setzte sich vorsichtig in den zweiten Sessel, der noch lauter knarrte. Er betrachtete Cade, als wäre er sein mißratener Bruder. Cade füllte die Mischung aus Saft und streng riechendem alkoholischen Sud in große Schalen. Im Raum hing noch der Geruch des stimmungsfördernden Rauches.

»Ich muß, Schritt um Schritt, jede winzige Kleinigkeit wissen, die euch in fünfundzwanzig Jahren aufgefallen ist. Alles über Cryansed. Vergiß, wenn nötig, die t'puoys. Ich brauche deine Hilfe ebenso wie die aller anderen Häuptlinge. Jeder deiner Männer muß mithelfen. Storzia und ich riskieren unser Leben. Da solltet ihr nicht zurückstehen.«

Sie musterten sich über die Ränder der ›Schalen vom Töpfervogel‹. Cade hoffte, daß Aissa in seinem Gesicht erkannte, wie ernst er es meinte. Das breite, schweißüberströmte Gesicht des muskulösen Mannes schien Listigkeit, harten Pragmatismus und die Fähigkeit auszustrahlen, auf jede erdenkliche Weise für seine Leute zu sorgen. Aissa nahm einen langen Schluck und nickte.

»Ich hoffe, wir verstehen uns, mächtige Großlunge.«

»Es ist Ebbe, wie du weißt. Heute abend, bei Flut, wirst du bei mir essen. Dann zeige ich dir alles, was wir in drei Monden gesammelt haben. Daß die Verbrecher seit mehr als vierundzwanzig Jahren Jungen und Mädchen rauben, darüber haben wir schon gesprochen. Du weißt alles.« Cade schüttelte den Kopf.

»Du weißt, daß Jadar in seiner Fischbraterei jeden ausfragt, den er sieht?«

»Ja. Und auch Horze stellt tausend Fragen. Es sind, sozusagen, meine Brüder.«

Aissas Grinsen hatte etwas von öltriefendem Fisch.

»Zeig mir, auf welchen Kursen die *Tale O'Darkness* zwischen den Inseln kreuzt, welche Häfen sie anlaufen, wie oft, was sie dabei tun . . . alles.«

»Eine lange Geschichte, Jäger.« Aissa berichtete etwa eine Stunde lang, zog feine Linien auf der Karte, leerte vier Schalen und antwortete auf knappe Zwischenfragen. Cade legte die Füße auf den Tisch und starrte die Maserung der Deckenbretter an: Zu keiner Zeit waren die Insulaner vor den Herren der Insel sicher. In abenteuerlicher Geschwindigkeit kreuzten sie, mit vernichtenden Waffen ausgerüstet, zwangen Frauen und Männer, für sie zu schuften, und stahlen Cryansed. Von der Insel war noch niemand zurückgekommen, der berichten konnte, was geschah, wenn die Sieben unter Alkohol und der Droge standen – unter *Megaspeed* feuerten sie aus archaischen Büchsen auf alles, was sich bewegte: Delphine, Albatrosse oder in die Segel der Fischerboote. Nüchtern, betrunken oder im Dunst der Drogen; es schien Cade, daß es besser sei, wenn ihr Gewicht diesen Planeten nicht mehr beschwerte.

»Wenn du den wahren Wert von Cryansed erfährst, Aissa, wirst du mir nicht glauben.« Cade ertappte sich dabei, daß er von so viel Schurkerei beeindruckt war. Der Prunk, den die Objektive aus den Palästen übertrugen, die Bewegungen der halb willenlosen Dienerinnen und Diener waren für ihn schon jenseits des Begreifens. »Ihr bekommt, im besten Fall, weniger als ein Dreihundertstel des wirklichen Wertes.«

Aissas Gesichtsfarbe wechselte ins Aschgraue.

»Oder schlimmer. Seit vierundzwanzig Jahren wird der Planet betrogen.«

Aissa gab ein wimmerndes Stöhnen von sich. Er schüttelte minutenlang seinen schweißüberströmten Schädel. Cade deutete auf die Cryansedschnecke in Aissas Schmuck.

»Unzählige Millionen (Stellar, neue Bezeichnung) liegen auf versteckten Konten, irgendwo auf Imperiumsplaneten. Eines Tages verlassen sie Zweitausend Eilands, lassen euch mit dem Kram zurück, kaufen einen anderen Planeten und sterben im HgH-forte-Rausch.«

»Sie sind schon tot«, sagte der Häuptling nach zehn Sekunden. »Sie wissen es nur noch nicht. Wir verfüttern sie an Frösche und Kraken.«

Cade zeigte auf sein technisches Sammelsurium.

»Nicht bevor wir geklärt haben, wie es weitergeht. Sage deinen Freunden, den Dragomanen und Caciqen, daß sie viel Cryansed sammeln und möglichst wenig umtauschen sollen.«

»Wir, Inselleute, sollen die Wüstlinge ersetzen?«

»Nein. Später vielleicht. Wir brauchen Ratgeber aus eurer Mitte. Mit den angehäuften Unsummen müssen wir den Planeten in vielen kleinen Schritten an die Zivilisation und Kultur heranführen. Da brauchen wir Professionelle, Fachleute. Die

Zukunft wird's zeigen. Wir sprechen vom Ende. Aber wir stehen noch vor dem Anfang.«

Aissa drehte den Kopf. Mit ausgestrecktem Arm deutete er aufs Meer.

»Da! Das verfluchte Schiff!«

Sie waren mit langen Schritten an der Terrassenbrüstung. Cade drehte das schwere Teleskop herum und starrte durch die Linsen. Ein langgestrecktes hellgraues Luxusschiff mit hohen Aufbauten und kreisenden Ortungsantennen und voller junger Männer und Frauen an Deck fuhr in weniger als einer halben Seemeile Abstand nach Westen. An der Steuerbordseite richteten sich klobige Geräte auf das Dorf. Cade hielt sie für Laserbatterien oder Beobachtungsinstrumente. Mit weißer Bugwelle und mächtiger Heckspur schnitt die *Darkness* durch die Wellen. Aissa keuchte.

»Heute lassen sie uns in Ruhe. Wahrscheinlich machen sie Terror in Troynavant.«

Cade überließ die gummigefederten Okulare dem Caciqen. Je länger er dem technisch hochaufgerüsteten Schiff nachstarrte, desto mehr verdichtete sich die Ausstrahlung von Gefahr und einer gewaltigen, schwer definierbaren Bedrohung, die über dem Planeten hing. Aissa senkte das Objektiv, damit kein Sonnenreflex im Linsenglas die Beobachter verriet. Als die Jacht hinter den Felsen der Bucht verschwunden war, sagte Cade:

»Jadar wird nicht auffallen. Er wollte heute kommen.«

»Kann sein, daß sie sich dort draußen begegnen.«

»Wenn er nur ein Fischer unter anderen ist, Aissa, wird er wohl nicht auffallen.«

Delphine und paddelnde oder segelnde Stafetten übermittelten jetzt die wichtigsten Nachrichten. Noch konnten sie nicht riskieren, daß der Funkverkehr abgehört wurde; Amourla brachte die Geräte für die Häuptlinge. Der Häuptling setzte sich und blickte gedankenvoll in die leere Schale.

»Muß ich dir noch mehr über die Schurken erzählen?«

Cade verteilte den Rest in beide Schalen und lehnte sich zurück.

»Nein. Es wäre ein tödlicher Irrtum, die sieben Schurken zu unterschätzen.«

»Wir fürchten sie.« Aissa trank aus und ging zur Tür. »Heute abend bei mir. Dann wirst du alles über Cryansed erfahren.«

»Vielleicht kommt alles anders, als wir denken, Aissa.«

»Mag sein.«

Frischer Abendwind vertrieb die Gerüche von Fisch, Holzkohlenrauch und frischem Baumharz. Zwischen den Stelzen vieler Pfahlbauten schaukelten Tontöpfe und verbreiteten fahlen Rauch. Seit dem Auftauchen der *Tale O'Darkness* lastete ungewisse Furcht über Thut. Wohlrauch zog zu den Hausdächern hoch. Cade nickte den Fischern zu und stieg zur nächsthöheren Terrasse hinauf. Unter den weichen Stiefelsohlen knirschten Korallensand und Fischschuppen. Cade spürte, seltsam beruhigend, den Druck des Messergriffs im Stiefelschaft und sog den entkrampfenden Rauch ein. Er wandte sich an einen grauhaarigen Fischer, der mit einem riesigen Messer dünne Scheiben aus einem Riesenfisch schnitt und in eine schillernde Marinade versenkte.

»Du bist Se'u, nicht wahr? Wann erwartet ihr das Boot mit Jadar Kanopus?«

Se'u fischte eine rosa Scheibe aus der Tiefe des Bottichs, rollte sie zusammen und spießte sie auf einen Holzspan. Er hielt ihn Cade entgegen.

»Sie müßten bald kommen. Der Wind ist günstig, die Flut läuft auf.«

Cade zeigte kauend auf zylindrische, etwa kniehohe Tongefäße mit flachen Deckeln.

»Darin verschickt ihr den Fisch? Wohin? In andere Fischerdörfer?«

»Ins Innere der Insel. Zu den Hirten auf anderen Inseln. Schmeckt der Spytcherfisch?«

»Ausgezeichnet. Dafür bekommt ihr Holzkohle, Butter, Felle und Käse und andere Waren?«

»So ist es. Storzia wartet beim Caciqen.« Se'u winkte einem kleinen Jungen zu. »Die Tauschkarawanen verbreiten natürlich auch Nachrichten.«

»Vielleicht nicht schnell genug. Danke für den Fisch.« Cade

verbeugte sich knapp und kletterte zur Terrasse hinauf, die das Langhaus an drei Seiten umgab. Auf halber Höhe hing von einem Ast, links, ein ungewöhnlich großer Bambuskäfig. Auf einer Stange balancierte einer der merkwürdigsten Vögel, die Cade je gesehen hatte. Eine Kreuzung zwischen Ziertaube, Falke und Papagei, unerträglich farbenprächtig, musterte Cade aus schwarzglänzenden Augen. Der Vogel deutete mit zwei hellblau-gelbschwarzen Schwungfedern auf den Jäger und krächzte:

»Ich fall' tot vom Ast. Der dritte Fremde, der die Besinnlichkeit stört.«

Cade war zusammengezuckt, grinste und zwinkerte ungläubig. Er bekam einen Schwall Wohlrauch in die Lungen, hustete und sagte:

»Ich hab' schon buntere Vögel als Braten in der Pfanne gehabt. Benimm dich, häßliches Untier.«

Der Vogel klappte die Schwinge ein, senkte den Kopf und röchelte:

»Ich, Tangar, das Gewissen von Thut. Und das Gedächtnis, klar? Du hast keine Ahnung.«

Aissa beugte sich über die Terrassenbrüstung. Cade deutete auf den Vogel, zog das Messer aus dem Stiefel und rief:

»Wozu, außer mich zu ärgern, ist der flatternde Wandbehang nützlich?«

»Er gibt Auskünfte. Aus ihm spricht ein Weiser. Eine Aracanga-Amadine. Ungewöhnlich begabt.«

Cade schob eine Hand durch die angenagten Bambusstäbe. Der Vogel hackte danach, kicherte und krähte:

»Ihr werdet die Kerle von Kondavaala nicht kriegen!«

»Ich denke«, rief Cade und zielte mit der Messerspitze nach dem Tier, »daß sein Fleisch zäh ist, auch in Öl gebraten. Woher willst du das wissen, du regenbogenfarbene Fledermaus?«

Tangar zwinkerte, klickte ratternd mit dem goldfarbenen Schnabel und kreischte.

»Wissen ist wichtig. Wissen ist Macht. Die Herren der Insel wissen alles. Du weißt nichts. Deshalb sind sie mächtig, klar?«

Tangar schlug kräftig mit den Flügeln, wirbelte Federn, Staub und Milben durch die Käfigstäbe und stieß einen überaus mißtönenden Schrei aus.

»Wissen ist wie Stallmist«, sagte Cade verdrossen. »Nützt nur, wenn man es ausstreut.«

»Seit ich aus dem Ei kroch, vor einem Vierteljahrhundert, tyrannisieren sie uns. Mondlegende. Alle tot.«

Cade zog das Messer zurück. Der Vogel schlug die Flügel über dem Kopf zusammen wie eine aufgebrachte Matrone. Spiralig gekrümmte Zierfedern, die wie Blütenteile aussahen, schwankten und zitterten. Cade griff nach dem Hals des Vogels und zeigte die blitzende Messerschneide. Ein paar Frauen sahen ihm schweigend zu.

»Wenn ich lachen will, sehe ich in den Spiegel. Was du weißt, weiß ich schon lange. Rede wieder, wenn du mir alle t'puoys der Inseln erklären willst, klar?«

Er ließ den Vogel los. Tangar fing seinen Sturz mit rasendem Flügelschlag ab und krallte sich an der Stange fest. Er pfiff, klapperte mehrmals und maulte.

»In Ordnung, Jäger. Kannst mich jederzeit fragen.«

Cade blieb kopfschüttelnd vor Aissa stehen.

»Dein Ernst, Caciqe, dieses Vieh als Orakel?«

»Ich weiß es nicht anders. Meine Vorgänger hatten auch solche Vögel. Auf ihre Art recht unterhaltsam.«

Cade folgte ihm ins Langhaus. Der lange Tisch war mit weißen Tüchern, farbigem Geschirr und Batikservietten prachtvoll gedeckt. Aissa winkte den Jäger durch einen Nebenausgang, über eine federnde Hängebrücke und in eine Art Museum hinein, in dem viele Fischtranlichter brannten. Schweigend ging Cade von einem Fundgegenstand zum anderen: versteinertes Seegetier, kleine Felsen und Kiesel, Unterwasserpflanzen und Muschelschalen jeder Form und Größe. Die Gegenstände aus kristallisiertem Ozeanmineral wirkten wie aufgerauhtes Platin; die Flammen entfalteten ein schimmernd-schillerndes Spiel auf den Oberflächen.

»Wir werden interessante Tage und Nächte auf den vielen Inseln haben«, sagte Cade endlich. »Wie lange habt ihr gebraucht?«

»Du weißt, daß jeder Fund ein Zufall ist? Drei Monde fast, Cade.«

Cade rechnete sehr überschlägig, hob etwas auf, das wie ein surrealer Hummer aussah. Etwa tausend Gramm schwer.

»Dafür würdest du ein Haus bekommen, für deine sieben Frauen, mit allem darinnen, was gut und teuer ist. Und noch ein paar ausgesuchte Flaschen für die Bar samt Gläsern.«

»Der wahre Wert, bist du sicher?«

»Völlig. Wie viele Häuptlinge?«

Cades Hand beschrieb eine umfassende Geste.

»Eineinhalbtausend.«

»Diese Menge mal eineinhalbtausend: Dafür gibt's schon ein mittelgroßes Raumschiff.«

Sorgsam löschte Aissa ein Lämpchen nach dem anderen und führte Cade an den Ehrenplatz der Tafel. Sechs junge Frauen arbeiteten an der Kochstelle und huschten hin und her, wirkten aber nicht im mindesten unwillig. Ein Dutzend Hocker umrahmten den Tisch. Storzia und Zakhari hielten Becher in den Fingern.

»Wir warten auf Jadar und den Häuptling von Troynavant.« Aissa klatschte in die Hände. »Was plant ihr in den nächsten Tagen?«

»Das hängt von Jadars Wissen ab und davon, was uns Horze lo Venosta erzählt.« Cade trank etwas Kühles, Säuerliches; es mochte die Milch jener viereckigen Nüsse sein. »Und davon, was wir von Amourea erfahren, die mit der *Capsizal* hoffentlich bald landet.«

»Also?« Zakhari zündete weitere Dochte in Schalen voller gereinigtem Fischöl an.

»Wir sortieren die Ausrüstung, machen uns kundig und warten.«

Cade zuckte zusammen. Am Strand und am Steg gab es Lärm. Er richtete sich auf und sah zwischen Baumstämmen und Treppen, daß Jadars Boot an den Strand gezogen wurde.

»Endlich.« Cade winkte hinunter. »Wieviel Gäste erwartest du noch, Aissa?«

»Ein paar Caciqen vom anderen Ende der Insel.« Aissa wandte sich in die Richtung der Kochstelle und brüllte einige Befehle. »Lauter gute Gäste: Sie trinken reichlich.«

»Ich bin beruhigt.«

Wieder roch es unter den Dachsparren nach Wohlrauch und Siggah, einem komplizierten Fischgericht. Holzkohle verglühte mit stechendem Rauch. Unverkennbar laut waren die Tritte Jadar Kastors, der die Stufen heraufstapfte, die Tür aufriß und die Arme ausbreitete. Cade ließ sich von seinem riesenhaften Freund mit dem fast haarlosen Schädel an die Brust ziehen.

»Mann!« Cade stöhnte. »Wie gut, dich wieder zu sehen. Storzia und Zakhari kennst du schon. Ich bin verdammt froh, Häßlicher Wirt.«

Jadar ließ ihn los, hieb ihm auf die Schulter und strahlte die übrigen Anwesenden an. »Wird eine lange Nacht, Jäger. Wo steckt die Blauäugige mit deinem Schiff?«

»Würde ich auch gern wissen. Der halbe Planet wartet.«

Cade grinste säuerlich. Zwei Häuptlinge traten ein. Jadar begrüßte Aissa; Cade begriff, daß Thuts Caciqe einflußreicher war, als es schien. Mühsam beruhigte sich die Tischgesellschaft, die Gespräche glitten ins Ernsthafte ab, und spätestens als Aissas Frauen das Hauptgericht auftischten, stellte Jadar die Frage, auf die auch Cade keine Antwort wußte.

»Wer löst die sieben Diktatoren ab? Besorgt das Imperium irgendwelche Spezialisten? Hast du eine Idee, Cade?«

»Ideen mehr als genug. Aber es findet sich noch nichts recht zusammen.«

Es wurde eine trunkene Nacht voller Gespräche. Vier Stunden nach Mitternacht stand Cade am Ende des Steges, zählte Sterne und betrachtete den Mond: Die Sichel war breiter, und der rätselhafte grelle Fleck war größer geworden – ein scharfgezeichnetes, linsenförmiges Oval aus glänzendem Silber.

KAPITEL 3

Es roch durchdringend nach Kh'olk, als Cade blinzelnd in den langgestreckten Arbeitsraum wankte und sah, daß Jadar und Zakhari, Kopfhörer über den Ohren, vor den Monitoren saßen und die Objektive steuerten. Cades nackte Sohlen tappten über die feuchte Moosschicht und in den kühlen Sand, den unsichtbare Helfer geharkt hatten. Jadar hob den runden Schädel und kniff ein Auge zu.

»War eine gute Nacht, Jäger.« Er streifte die Kopfhörer ab; seine braune Pranke zog den Regler zurück. »Ich hab' gerade etwas Interessantes entdeckt. Könnte uns helfen.«

»Meinst du mein graues Gesicht und die blutunterlaufenen Augen?«

»Nein.« Jadar stieß Zakhari an, die in Bilder und Geräusche von Kondavaala vertieft war. »Daß unsere furchtbaren Sieben HgH*forte* nehmen, wußtest du schon. Bloss Arthemalle und Assa Pitallisu, introvertierte Einzelgänger, ziehen sich tage- und nächtelang in abgeschiedene Teile der Paläste zurück, mit kleinen Gruppen von Mädchen und Knaben.«

Cade nickte. Sein Verstand arbeitete mit gewohnter Schärfe, redete er sich ein. »Sie wären also als erste zu ersetzen. Sie sind nicht auf der Jacht?«

»Nein.«

»Gut, das zu wissen. Aber es ist zu früh, einen zweiten Vorstoß zur Insel zu riskieren.«

Er setzte sich auf die Terrassenbrüstung, stellte die mächtige Tasse voll rußschwarzem Kh'olk ab und blickte aufs Meer. Der Tidenhub zwischen beiden Wendekreisen – nur wenige bewohnte Inseln befanden sich nördlich oder südlich der gedachten Linien – betrug mehr als zwölf Meter. Ebbe: Die Bucht war trockengefallen bis zur nächtlichen Brandungslinie. Dutzende Fischerboote mit hellen Dreieckssegeln gruppierten sich vor dem Horizont. Kinder wateten durch Schlick, Sand und Tangreste, sammelten Krabben und Schwemmgut in große Körbe und suchten nach Cryansed. Stahlblauer Himmel, gemustert von endlosen Folgen wattiger Wolken, Schaumkronen auf kurzen Wellen und die Gemächlichkeit der Dünung kennzeichneten den Sommer über diesen Teil des Planeten. Der zweite Kontakt mit versprengten Überlebenden mörderischer Kriege, die ohne Verbindung mit Zivilisation, Technik und Gesetzen des Imperiums aufgewachsen waren. Technik; der am wenigsten wichtige Teil der Auseinandersetzung. Aissa und die Dragomane, mit denen Cade lange gesprochen hatte, waren repräsentativ für 2001 Inseln. Waren sie es wirklich? Langsam trank Cade die Kh'olktasse leer und dachte an die Konsequenzen, die sein Handeln bestimmten. Sein Verstand arbeitete zuverlässig.

HGH, Human Growth Hormone, bedeutete die Chance, die fünfzig möglichen Zellteilungen eines menschlichen Organismus nicht nur kraftvoller, sondern in größeren Abständen stattfinden zu lassen. Hundertfünfundzwanzig Terra-Jahre aktiven Lebens waren das absolute Maximum. Je häufiger HGH angewendet wurde, desto größer war das Risiko geistiger Fehlfunktionen und nahenden körperlichen Zusammenbruchs. Waren die Altersangaben auf dem Dossier korrekt? Amou brachte hoffentlich mehr Informationen. Cade ging zurück, schloß die Tür und setzte sich zwischen Jadar und Zakhari.

»Wo ist Storzia?«

»Er befragt die Caciqen. Thema: Mondsilberlegende.« Zakhari schaltete die Tonwiedergabe ab. »Sie warten alle auf die Flut.«

Cade nickte. Er duschte ausgiebig, verteilte Schutzgel auf der Haut und hörte dem unmelodischen Chor der Töpfervögelstimmen ringsum in den Bäumen zu. Er legte eine verkleinerte Version des Schmucks an, wickelte sich in den schreiend bunten, aber überraschend stilvoll gemusterten Stoff und schlüpfte in die Stiefel. Eine Sonnenbrille verfremdete sein Aussehen. Er setzte sich und sagte:

»In Khalakwolt gab Poter die Befehle. Hier befehle ich. Schauerlich; ich fange an, ein schlechtes Gewissen zu entwickeln, weil wir nicht einfach lossegeln und zuschlagen wie damals.«

Jadar gab mit heiserem Baß die Antwort, die Cade halbwegs erwartet hatte.

»Ungeduldiger junger Narr!« Sein Blick bohrte sich in Cades Augen. »Willst du dich und alle Insulaner umbringen? Warte auf Amou! Machen wir die Sieben mißtrauisch, lassen sie ihre Wut an den Insulanern aus. Geh mit Triton schwimmen, such ein Versteck für die *Capsizal*, halte Zwiesprache mit Fischern, Tauchern und Häuptlingen, gehe dem Gerücht nach, das von einem uralten Kult- und Versammlungsplatz spricht. Stelle fest, ob im Meer irgendwelches Viehzeug lauert, das uns gefährden kann. Wie lange brauchten wir in Poters makabrem Reich, bis wir wußten, wie alles zusammenhängt.«

Zakhari lächelte Cade an und koppelte ihre Kopfhörer aus. »Er hat recht. Wir wissen tatsächlich noch nichts, Jäger des Mondsilbers.«

»Wenn ich euch nicht hätte. Und ein paar andere!« Cade seufzte herzerweichend. »Ihr habt völlig recht. Ich reagiere meine Frustrationen mit Triton und Tethys ab.«

»Komm der Jacht nicht in die Quere.«

Bei höchstem Flutstand (zweimal innerhalb von 22 Stunden 19 Minuten, 31,7 Sekunden) kamen meist die Anführer des

Delphinrudels zur Bucht von Thut; so hatten Storzia und Cade es mit Triton ›besprochen‹. Es blieb genug Zeit. Cade erkundete die Umgebung. Nach zwei Stunden kannte er die Kaps, die vielen betäubend schönen Ausblicke auf Küste und Meer, die schmalen Pfade zum Inselinneren und die freien Flächen über den schroffen weißen Felsen. Er sah zu, wie die Jugendlichen die Nester der Töpfervögel plünderten und mit breitbäuchigen Amphoren, Schalen und Schüsseln unterschiedlicher Größe und konischen Bechern zurückkamen, begleitet von den wütenden Schreien der Vögel, die unverzüglich darangingen, aus der Lehmhöhle Ton zu holen und neue Nester zu bauen. Es gab Tausende dieser Vögel, groß wie fette, lautstarke Tauben.

Über die Serpentinen kam eine kleine Karawane ins Dorf. Kleine, gedrungene Ochsen mit zebroidem Fell trugen aufgetürmte Lasten; Mehl aus unterschiedlichem Korn, wilder und kultivierter Reis, Würste und Schinken. Aissas älteste Frau, Brionada, fertigte die Karawanenführer ab und kümmerte sich um die Unterbringung der Tiere. Andere Dörfler banden eingelegte Fischdelikatessen, lebende Schalentiere, Salz- und Dörrfisch, Salz in Form von Platten und in Säcken, große Körbe voller Muschelschalen und gedörrten Tang in die Tragegestelle. Als die ersten Flutwellen über den schlickigen Sand zischten, kletterte Cade die Stufen hinauf, vorbei an Tangar, der Aracanga-Amadine, die rücksichtsvoll schwieg. Storzia zog ihn in den Arbeitsraum.

»Ich habe viele Gerüchte gehört.« Er sprach eindringlich. »Wir müssen mit vielen t'puoys rechnen. Die Caciqen sind störrisch.«

»Nichts ist einfach in diesem Universum.« Cade murmelte einen Fluch. Die drei Häuptlinge betrachteten mit großen Augen die Planetenkarte, die vielen Geräte, dann begrüßten sie ihn mit verlegener Freundlichkeit, aber ohne die ehrfürchtige Bewunderung des letzten Abends. Cade drückte Aissa eine Schale vergorenen Beerensaftes in die Hand und zeigte auf einen Sessel. Storzia hob das Kinn in Richtung auf Cade.

»Die Befehle gibt Jäger Cade. Ich sprach mit euch, weil er Schlaf dringend nötig hatte. Er verzehrt sich in Sorgen um euch. Sage dem Jäger, Aissa, was wir beredet haben.«

»Zuerst sollen alle Häuptlinge wissen, daß die unbekannten Herren des Imperiums beschlossen haben, eine brutale und geldgierige Diktatur gegen die strapaziösen Segnungen der Demokratie zu tauschen. Die Bedeutung aller neuen Begriffe wurde von Storzia, Jadar und Zakhari erläutert. Wir sind einverstanden, sprechen mit den Häuptlingen der Nachbarinseln und diese mit ihren Nachbarn und so fort. In einem halben Mond macht ein Gerücht einmal die Runde.«

»Ist dieser Zeitraum verbindlich?« Cade wechselte mit Storzia einen langen Blick.

»Längstens ein Mond. Vierzig Tage, Jäger.«

»Verstehen die anderen Häuptlinge, was wir tun müssen? Wühle ich im Steinbruch meiner Erinnerungen, weiß ich, daß sehr bald der eine oder andere Würdenträger versuchen wird, sich zum Planetenherrscher aufzuschwingen.«

»Das können die anderen Dragomane rasch und nachdrücklich verhindern.« Aissa legte die Pranke auf den Griff des Messers. Cade sah mit einiger Zufriedenheit kalte Entschlossenheit in den sonnengebräunten Gesichtern. »Wir brauchen bald schnelle Nachrichtenverbindungen. Auch zwischen deiner Kneipe in Troynovant, Jadar, und mir. Aissa?«

»Die Delphine, schnelle Boote, auch Kuriertauben. Habt ihr nicht mehr Geräte wie jene hier?«

»Meine Geliebte bringt sie im Laderaum meines Schiffes.«

»Ich gebe euch«, Aissa wandte sich an Jadar und die Caciqen, »ein Dutzend Tauben mit. Mit dem nächsten Boot bekomme ich eure Vögel.«

»Einverstanden, Aissa.«

»Wieder ein Problemchen gelöst.« Storzia wanderte unruhig vor dem langen Tisch auf und ab. »Ich denke, wir sollten den Hafen Troynovant kennenlernen. Ein Ort, wo unzählige Schiffe anlegen. Die Delphine können uns zurückbringen, Cade und mich.«

Boi'i machte eine einladende Bewegung. »Kommt mit uns. In zwei Stunden ist die Flut da. Das Boot ist groß genug.«

»Das klingt gut. Ich spreche mit Triton«, sagte Cade, grüßte und holte seine Ausrüstung. Dann lief er hinunter zum Steg.

Die Konstruktion aus Holz, dünnen Planken, Bambusgeflecht und mit geöltem Leder bespannt, entwickelte eine beängstigende Geschwindigkeit. Die Schwimmkörper der Ausleger wirbelten steile Fontänen Gischt in die Höhe. Das überdimensionierte dreieckige Leinensegel und sämtliches Tauwerk summten vor Spannung, und das Kielwasser zeichnete einen scharfen Winkel. Jadar umklammerte die Bambuspinne und grinste breit unter dem dauernden Schauer salziger Tropfen, die vom Bug her bis zum Heck über das Deck prasselten. Cade und Storzia lagen an Steuerbord, die Köpfe auf den Taschen ihrer Ausrüstung. Eine lange Folge harter Stöße erschütterte den federnden Kiel, der von Welle zu Welle zu springen schien. Eine Stunde später hob Cade den Kopf über die Bordwand und musterte träge durch den Feldstecher die Küste. Ab und zu geriet ein Delphinkörper vor die Linsen. Etwa die Hälfte von Tritons Rudel begleitete das Boot. Cade rief durch den orgelnden Wind:

»Die Planetenkarte kennen wir, Boi'i. Ich kenne nur vier Inseln. Ihr habe eine herrliche Welt.«

»So kann sie bleiben. Aber sie sollte weniger beschwerlich sein.«

»Alles ändert sich, wenn wir die Böslinge ausgeschaltet haben. Reichtum wird einkehren, mit jedem Raumschiff, das hier landet.«

»Und eine unbeschreibliche Vielfalt von Werkzeugen, Waren, Ideen wird auf euch herabregnen.« Storzia nahm Cade den Feldstecher ab. »Musikubes, Lesewürfel, Schulen und Lehrer, Universitäten und Fähren von Insel zu Insel.«

»Und Gleichberechtigung.« Cade murmelte; sein Standpunkt zur Vielweiberei, wie sie Aissa praktizierte, war noch nicht gefestigt. Buchten, steile Felsabstürze in grellen Farben, durchzogen von schwarzem Geäder, runde Hügel und flache Hänge voller Weidevieh, undurchdringliche Uferwälder, vor denen Fischerboote dümpelten; die südliche Küste der Insel war ein ausdrucksvolles Beispiel für zahlreiche andere Eilande. Storzia murmelte:

»In fernen Jahren werden hier nicht nur Fährenbetreiber ihre Vermögen verdienen.«

Cade winkte ab. »Interessiert mich kaum. Dort vorn, Jadar – der Hafen?«

»Ja. In einer Stunde gibt's kühlen Wein in meiner überaus beliebten Schänke.«

Die Bucht von Troynovant, ein mächtiger Ringwall mit zwei breiten Lücken, lief in einen breiten Strand aus. Brandung schmetterte gegen dicke Korallenblöcke. Auf dem Kamm der Woge schoß das Boot nach einer scharfen Wende durch die Lücke, vorbei an salzüberkrusteten Balkenkonstruktionen der Leuchtfeuer. Einen Meter rechts und links der Ausleger gurgelte schäumend das Wasser. Triton schnellte sich aus den Wellen und tauchte ins Kielwasser. Cade klammerte sich ans Stag und musterte die breiten Stege, die schweren Korallenquader und die Basaltblöcke, an denen die armdicken Trossen dickbäuchiger Schiff belegt waren. Eingerammte Baumstämme, gepflasterte Straßen, Lagerhäuser hoch über der äußersten Flutgrenze; das Gelände stieg sanft an und wurde am oberen Halbrund von schwarzberindeten Bäumen abgegrenzt. Sadda half Boi'i, das Segel an der langen, wippenden Doppelrah zu belegen. »Ich bin Dragoman von Troynovant, Cade. Boi'i lenkt Wohl und Wehe des großen Dorfes, landeinwärts.«

»Ein gesegneter Landstrich.« Cade richtete sich auf. Jadar steuerte das Boot an einem Segler vorbei und setzte es auf den Sandstrand. Storzia, den Taubenkäfig in der Hand, kletterte aus dem Kielraum über Bord. Cade schleppte die Ausrüstung, setzte sie im trockenen Sand ab und winkte dem Delphin, der im stillen Hafenwasser seine übermütigen Kunststücke zeigte. Dutzende Männer waren an den Schiffen beschäftigt. Die Plätze, an denen sonst Fischerboote lagen, waren leer. Dragoman Sadda sprach mit einigen Frauen, die ihre Marktstände aufräumten. Er warf erleichtert die Arme in die Höhe und spreizte in dämonenabwehrender Geste die Finger.

»Die *Tale O'Darkness* ist weit draußen vorbeigerast und nahm Kurs auf Ezm Chuk Chuqvu.«

»Auf die Stelle, an der sich die meisten Inseln gruppieren?« Jadar nickte in Cades Blick und zog die Bootsbesatzung zu einem vierstöckigen Haus aus Korallenblöcken, mächtigen Balken und Lehmziegeln. Ein doppelter Vorhang aus Holz- und Steinperlen, Ton- und Knochenröhrchen und Lederschnüren rasselte und klapperte.

»Willkommen! He, Mädchen! Ich bin zurück, wir haben Gäste. Wein! Kh'olk! Leckerbissen!«

Aus der Küche kamen acht junge Frauen, stießen Läden auf, zogen Bambusrollos hoch und schoben Späne in die Glut. Jadar wartete hinter einer weißen Mauer aus glattgestrichenen Lehmziegeln. Seine Gäste setzten sich auf Gestelle aus Bambus, Holz und geflochtenem Rohr. Metall war auf 2001 Islands selten. Cade legte seine salzbedeckten Unterarme auf die weiß gescheuerte Riesenbohle und sagte:

»Für mich nur Wein, Jadar. Storzia und ich haben längere Delphinritte vor uns.«

»Ist klar. Die vorläufig letzte Möglichkeit, über das versunkene Heiligtum und über die Mondlegende zu sprechen. Unsere Häuptlinge helfen sicher weiter, wenn Storzia stockt.«

Der helle Wein roch nach Blüten und ein wenig nach Honig. Cade wußte, daß es den Insulanern keineswegs behagte, über diese Punkte zu sprechen. Er provozierte; Storzia schwenkte den Becher und rief:

»Irgendwann, einmal jedes Jahr, ist der Unterschied zwischen Springflut und tiefster Ebbe ganz besonders stark. An einem Ort, den nur die Häuptlinge kennen, aber nicht verraten wollen, eine Kultstätte, angeblich ein Kreis aus Steinen, aus dem Meer. Dort sammeln sich alle Caciqen und Häuptlinge und bestimmen, was im nächsten Jahr passiert. Richtig?«

Die Häuptlinge starrten in den Inhalt ihrer Becher. Cade bemühte sich, seine Überraschung nicht zu zeigen. Sein Gesicht blieb ohne Regung. »An welchem Tag? Oder dürfen wir ihn auch nicht wissen?«

»Es sind t'puoys verletzt worden«, sagte Boi'i düster. »Nicht von uns.«

»Es sind zwölf Dutzend Bemerkungen zusammengerechnet worden«, antwortete Jadar. »Von uns.«

Cade und Storzia grinsten listig.

»Mit meinem feinen Raumschiff ist es leicht, diese Stelle zu finden. Wenn ihr noch mehr verschweigen wollt, Häuptlinge; nur zu. Dann habt ihr noch länger unter den sieben Verbrechern zu leiden.« Cade roch am Wein und sah zu, wie Jadar seine Küchenmägde mit großartigen Gesten unterwies. »Auf dieser Versammlung, wenn sie nicht gerade übermorgen ist, wird ein wichtiger Vertreter aus dem Imperium erscheinen und mit den Häuptlingen reden wollen.«

Die Häuptlinge nickten und schwiegen beharrlich.

»Und was besagt die Mondsilberlegende?« Storzia zeigte seine Verärgerung. Seine Stimme wurde schärfer. Boi'is Erklärung klang reichlich vage.

»Eines Tages ist die Menge der Verbrecher, der schlechten Taten und Vergehen gegen unsere Gesetze zu groß geworden. Der Mond senkt sich ins Meer und verbrennt die sündigen Inseln . . .«

». . . dieser Mond wird sich nicht in euer Meer versenken«, sagte Cade schroff. »Das scheint nur so.«

Boi'i fuhr unbeeindruckt fort: ». . . Mondlegende, Mondfeuerlegende, Mondsilbersage, Nächte des kochenden Meeres, der glühenden Inseln – so nennen wir's. Tag und Nacht dauert das Große Sterben. Alle sind verwirrt und tun Buße. Der Mond steigt aus dem Nebel, zwischen die Sterne, und lange dauert es, bis er wieder Gericht über uns hält.«

»Eine wenig erquickliche Sage.« Cade leerte den Becher, klappte die Muschelschale des Handgelenkschmucks hoch. Er sah auf die Uhr, vermißte das Signal, das die *Capsizal* ankündigen würde und schlug Storzia auf die Schulter. »Die Rennpferde des Meeres warten. Wann, sagtest du, wird der Mond das Meer kochen lassen, Dragoman?«

»Ich habe nichts gesagt, denn ich weiß es nicht.« Auf den Gesichtern Boi'is und Saddas bildeten sich dicke Schweißtropfen. »Das Große Unglück trifft einmal jede Generation oder seltener.«

»Wann kochte der Mond das Meer zum letztenmal?« Storzia stand auf und stützte sich auf die Theke. Jadar sagte ernst:

»Es gibt überall alte Frauen und Männer, die sich noch daran erinnern.«

Cade starrte in die Augen der Häuptlinge. Das Schweigen wurde unbehaglich. Er hob die Hand wie zu einem Schwur.

»Ich sage euch allen: Noch könnt ihr abwägen zwischen Zusammenarbeit oder bestimmten Verboten oder Gesetzen, die Auskünfte an Fremde verbieten. Die Bereitschaft meiner

Freunde, für euch zu kämpfen, wird sich aber in dem Maß verringern, in dem Zeit vergeht. Es wäre Torheit, von uns Todesmut zu verlangen, wenn das Schweigen andauert. Höre dich weiter um, Freund Jadar; sag es auch Horze. Bringst du uns zum Steg?«

Sie nickten den Caciqen zu, übersahen die ausgestreckten Hände und ging zu ihrer Ausrüstung, die am äußersten Ende des linken Steges lag. Während sich Cade und Storzia die grünblausilbern gemusterten Anzüge überstreiften und die Ladungen der Atemluftflaschen kontrollierten, lachte Jadar und deutete mit dem Daumen über die Schulter.

»Du hast sie erschreckt. War Absicht, ich weiß. Ich höre mich weiter um. Erfahre ich etwas, schicke ich euch eine Taube. Aber – wenn sie der Adler schlägt?«

Cade antwortete melancholisch: »Mach eine lesbare Kopie und nimm zwei Tauben, Freund.«

»Das ist die Lösung!«

Er half ihnen ins Wasser. Triton und Tethys schienen sich auf die wilde Jagd zurück zu Aissas Dorf zu freuen. Sie schleuderten die Halteriemen in die Luft, fingen sie wieder auf und hielten gerade so lange still, bis die breiten Bänder der Übersetzungsgeräte straff saßen. Aus dem Grunzen, Klicken und Schnattern wurden halbwegs verständliche Worte. Cade zog den Halteriemen des Tauchermessers an der rechten Wade fest, spürte, wie sich Triton unter ihn schob und losschwamm, um Storzia in der Mitte des Rudels einzuholen.

»Wir haben viel Zeit, Triton«, sagte Cade ins winzige Mikrophon. »Verbrauch nicht zuviel Kraft.«

»Wir nicht schnell. Immer so.«

»Meinetwegen. Weiter!«

Der Delphinschwarm zog entlang der Küste, die Sonne im Rücken. Cade und Storzia hatten viel Zeit, die Küstenlinie ein zweitesmal genau zu betrachten. Die ersten Fischerboote strebten den Häfen zu; die Delphine schwammen im weiten Bogen um mögliche Netze oder Angeln herum. Ab und zu winkte eine Crew zu den Gestalten in den Wellen herüber. Als Cade schon die Klippen vor Aissas Dorf erkennen konnte, wichen die Tiere wieder einem Unterwasserhindernis aus und schwammen aufs offene Meer hinaus. Die Wolken der Stunden vor Sonnenuntergang ballten sich am Horizont zusammen. Unvermittelt schrien beide Tiere in die Mikrophone vor den schnabelförmigen Schnauzen: »Kleine Tot-Wild-Fische!«

Das Rudel stob in wilden Sprüngen in alle Richtungen auseinander. Cade griff nach dem Visier.

»Was für Fische?«

Triton sprang aus dem Wasser und keckerte:

»Fressen alles. Auch uns. Auch euch. Großer Schwarm. Bald tot.«

Cade brüllte zu Storzia hinüber:

»Es wird gefährlich. Irgendwelche kleinen Fische mit scharfen Zähnen. Triton, Tethys – was können wir tun?«

Wieder kamen beide Antworten gleichzeitig.

»Schnell schwimmen. Tief tauchen.«

Cade und Storzia zogen die Masken vor die Augen und öffneten die Ventile der Atemgeräte. Noch während sie hantierten, kamen einzelne Tiere des Rudels zurück, peitschten rasend das Wasser, tauchten senkrecht in die Gischt und machten gewaltige Sprünge. Triton und Tethys spannten die Muskeln, bewegten die Schwänze in flatterndem Rhythmus und wurden binnen weniger Atemzüge doppelt so schnell wie bisher. Die Wasseroberfläche brodelte und kochte. Cade fühlte, wie etwas an seiner Schwimmflosse riß und zerrte, dann wurde er kopfüber in die Tiefe gerissen. Fingergroße Fischleiber sprangen in die Luft, wirbelten umeinander und hatten sich in einem weiten Kreis um das Delphinrudel ausgebreitet. Cade packte den Halteriemen mit der anderen Hand und fühlte, wie sich der Körper machtvoll krümmte und wand. Das Mundstück gab einen Strom kühler Luft ab. Eine Blasenwand bildete sich beim Ausatmen und wirbelte nach hinten davon. Die Tiere schossen fast senkrecht abwärts, durch unübersehbare Mengen der räuberischen Winzlinge hindurch; das Wasser war voll von ihnen, und schon in wenigen Metern Tiefe schluckte ihre Menge das Licht. Es war, als bewegten sich Delphine und Männer durch ein Gebilde aus Wasser, Fischen und Luftblasen. Von allen Seiten kamen sie und bissen mit winzigen Mäulern zu, die vor noch kleineren, nadelfeinen Zähnen starrten.

Sie rissen an den Flossen, den Anzügen der Männer, versuchten sich in die glatte Haut der Delphine zu verbeißen, bohrten sich zuckend in die Zwischenräume des Helms. Cade spürte einen Anfall von Klaustrophobie; sein Herz schlug rasend schnell, seine Haut schien zu vereisen, und ihn schwindelte. Halb bewußt spürte er, wie sich die Muskeln unter Tritons dicker Haut zusammenkrampften, spürte die rasenden Schwanzschläge, und nun wurde es unter der Maske völlig dunkel. Die Geschwindigkeit, mit der die Delphine tauchten, war beängstigend: als wären sie aus Stein.

Überall bissen sich die Räuber fest. Cade versuchte, sich festzuhalten und die Fische von der Maske und den Schläuchen abzustreifen. Dann wurde der Widerstand des Wassers so stark, daß er sich mit beiden Armen flach an den Rücken und um den Hals Tritons festklammern mußte.

Die Dichte des tödlichen Schwarms schien abzunehmen. Nur noch einzelne Fische schwammen in dem tiefen, von Blasen durchwirbelten Halbdunkel. Cade versuchte die Tiefe zu schätzen. Dreißig Meter oder mehr? Der würgende Anfall verging, während ein Fisch nach dem anderen seine Kiefer öffnete und die Beute losließ. Einige Atemzüge danach richtete sich der Delphin wieder auf und schwamm weiter. Dann eine Drehung nach links. Aus dem Halbdunkel schob sich das Gespann Tethys-Storzia heran. Die Männer musterten einander, und um sie herum nahm die Helligkeit zu. Die Delphine schwammen nebeneinander, noch immer rasend schnell, und verständigten sich mit Knacklauten, mit denen der Translator nichts anfangen konnte. Ebensowenig erkannte Cade die Richtung, in die sie schwammen.

Nach einer endlos scheinenden Zeit kamen Steinbrocken, kleine Schluchten und große Sandflächen, voller wedelnder Tanggewächse, vom Boden herauf. Sand reflektierte den Rest Sonnenlicht. Die Beklemmung wich langsam völlig; es wurde heller. Die Delphine bewegten sich jetzt in einem weiten Bogen nach links und hielten stets den gleichen Abstand zum Boden. Erst nach einigen Augenblicken begriff Cade, daß sie durch einen Fischschwarm schwammen, dessen Einzeltiere davonzuckten. Wehende grüne Tangwedel und Korallen schoben sich in den Weg. Kein Zweifel – die Tiere schwammen über die Sandfläche, hinweg über farbenschillernde Seeigel, auf das ansteigende Ufer zu. Eine Minute später durchstießen die Köpfe die Wasserfläche, und Cade sah sich in der Lagunenbucht vor Thut. Er schloß das Ventil, schob die Brille auf die Stirn und atmete keuchend. Er spuckte Salzwasser und sagte erschöpft, als er Grund unter den Füßen spürte:

»Wir haben überlebt. Warum haben uns die kleinen Fische angegriffen?«

Neben ihm tauchte Storzia auf und hob den Arm im zerfetzten Ärmel. Triton antwortete:

»Bösetotfische leben viermal Zehntag. Heute ist dreimal Zehntag. Nur ein Tag böse. Dann paaren und sterben. Wir nicht gewußt, wo Schwarm.«

»Jäger!« Storzia keuchte und hustete. »Alptraum unter Wasser. Ich bin überall angefressen.«

Sein Handschuh war ebenso angefressen wie die Vorderkanten der Flossen und jede einzelne Schlauchverbindung. Die Zähne hatten in die verchromten Stahlteile feine, tiefe Rillen gerissen. Einige kleine Wunden waren unter dem Gewebe, das Seewasser verdünnte das Blut.

»Ich auch.« Cade klopfte und streichelte die Haut des Delphins. Aus dem Atemloch pfiff Luft und riß Wassertropfen in die Höhe. »Ihr wart einmalig, Triton. Wie kann ich mich bedanken?«

»Die anderen? Sind sie in Sicherheit?« fragte Storzia aufgeregt. Die Delphine waren ebenso aufgeregt wie die Männer, die erst jetzt den Schock spürten. Salz biß in den Rissen und Schnitten.

»Schnell geschwommen. Tief getaucht. Bösetotfische alle weg. Bald fressen wir Fische.«

Cade watete auf den Strand zu. »Morgen schwimmen wir keinen Meter weit.« Die Delphine begleiteten die Männer, bis das Wasser zu seicht war. Dann schnatterten sie Abschiedsworte und schnellten sich mit grotesken Sprüngen durch die Luft und tauchten schließlich in die Brandungswellen. Cade hängte die Halteriemen und die Translatoren über die Schulter und blieb im feuchten Sand stehen. Teile der Ausrüstung waren halb durchgenagt, selbst das Stahlgewebe war an einigen Stellen zerbissen. Der Jäger nahm Helm und Haube ab und sagte:

»Heute nacht werde ich wieder einmal schlecht träumen.«

»Vom Totenmond, Mörderfischen und einem versunkenen Kultplatz, glaube ich?«

»Hoffentlich auch von Amou.« Cade fluchte leise, während er sich der ramponierten Kleidung entledigte. Er schleppte die Ausrüstung ins Bad hinauf und weichte die Teile in Süßwasser ein.

Kurz nach Mitternacht richtete sich Cade schwitzend und frierend auf. Er stöhnte, löste eine Schlaftablette in Fruchtsaft auf und schlüpfte in den Bademantel. Während er trank, dabei auf die Terrasse hinausging und seine Gedanken zu ordnen versuchte, schien der Mond sich auf ihn stürzen zu wollen; der dunkle Teil mit den dünnen Konturen der Krater und Narben, die fette bleiche Sichel und der seltsame Lichteffekt, ein Oval mit nadelfeinen Spitzen, vergrößerten Cades Unbehagen. Er fühlte, wie sein Schweiß trocknete, und trank in kleinen Schlucken.

Unerwartete Vorfälle häuften sich. Zeichen einer Welt im Umbruch? Er war, auch von dem Kommunikationsterminal auf Beta Eridianis, schnelleres Arbeiten gewöhnt. Die *Capsizal*, Amourea Gonavard, Käpten Horze lo Venosta und die ungenügenden Informationen vermischten sich zu einem schwer entwirrbaren Durcheinander. Er fluchte und rief sich zur Besonnenheit.

»Mehr Geduld, Jäger. Cade gegen den Rest des Planeten – ein Verhältnis, das sich gegen dich stellen wird.«

Er schlug nach einer sirrenden Mücke. Fledermäuse zuckten zwischen Ästen und Blattwerk hindurch. Cade gähnte, dachte in quälender Sehnsucht an Amou und schlich zu seinem großen Bett, in dem er sich noch einsamer und weniger zuversichtlich fühlte.

Einige Tage lang vertrieben sich Zakhari, Storzia und Cade die Zeit durch das unablässige Starren auf die Monitore. Die Wege, Treppen und Parkanlagen, die Teile der Küste und der Hafen, soweit sie im Bereich der Zoom-Objektive lagen, zeigten wenig Aufregendes. Cade und Storzia versuchten herauszufinden, wie sie unbemerkt in die Paläste eindringen konnten. Fallen und Alarmanlagen waren vorhanden; einige waren leicht auszuschalten, andere mochten so versteckt sein, daß sie die Verbrecher warnten. Auch die Mikrophone fingen kein Wort auf, das dem Jäger weitergeholfen hätte. Zakhari legte ihm die Hand auf die Schulter; als er die Kopfhörer abstreifte, deutete sie zum Strand.

»Der Kapitän wartet voller Ungeduld.«

Cade zog Storzia in die Höhe. Sie rannten zum Steg und sahen sich einem auffällig gebauten und verzierten Schiff und einer nicht minder bizarren Crew gegenüber. Horze sprang auf die federnden Bretter und breitete kurze, muskelstarrende Arme aus.

»Die gnadenlosen Jäger Cade und Storzia«, brüllte er, packte Cades Arm und warf ihn beinahe ins Wasser. »Schön, euch endlich wiederzusehen, Freunde! Wir haben uns viele schöne Geschichten zu erzählen.«

»Ich platze vor Neugierde«, sagte Cade und musterte die Crew.

Acht Mann, vier von Khalakwolt, von DuRoys Psychodynamikern geschult, vier von den Inseln. Cade breitete die Arme aus und rief:

»Klar euren Sturmvogel auf, kommt zu mir ins Haus. Ihr könnt duschen; nachher sprechen wir mit dem Caciqen Aissa. Wie lange seid ihr schon auf dem Planeten?«

Horze lo Venosta hob ehrfurchtgebietend die schwielige Hand.

»Einen Mond länger als Storzia. Man hat uns und die *Nihil obstat* am anderen Ende der Welt abgesetzt. Das Transportschiff hieß ebenso. Daher der Name.«

Cade starrte in die Dämonenfratze des Galions, betrachtete die Verzierungen, entdeckte einen Anker aus Schmiedeeisen und andere Eigentümlichkeiten. Er nickte Horze zu.

»Zwischen den Pfählen meines Hauses liegen ein Motor und Ersatzteile für eine Megajacht. Du beförderst Frachten?«

»Und Nachrichten. Wir haben schließlich das zweitschnellste Boot dieser herrlichen Welt.«

»So greift ein Haifischzahn in den anderen.« Storzia führte die Crew zu der Terrasse von Cades Haus hinauf und bat Zakhari, Handtücher und Getränke zu verteilen. »Beides bitte reichlich.« Aissa schrie nach Brionada, Lvoff und Porlaghi. Horzes Steuermann, ein Khalakwolter namens Cartaou, kam aus der Dusche und rief:

»Ein trefflicher Hafen ist das hier.«

Die Frauen des Häuptlings brachten hellgrünen Tangsalat, Teigrollen und verschiedene Getränke. Auf der Terrasse standen wenige Minuten später ein Tisch, Stühle, Sessel und Hocker. Es roch durchdringend nach Naqnaq.

»Setz dich, Horze, und erzähl, was ihr von der Mondlegende und dem Treffpunkt-Heiligtum wißt.« Cade war sicher, daß Horze seine Crew nach bestimmten Grundsätzen zusammengesucht hatte. »Auch wenn Aissa zuhört und t'puoy! schreit. Oder wißt ihr auch nichts Genaueres?« Horze hatte seine Crew gut vorbereitet. Die Männer hatten keine Schwierigkeiten, Cades Autorität zu akzeptieren. Er setzte sich auf seinen Lieblingsplatz und schaukelte mit dem rechten Bein. »Ich höre.«

»Die *Nihil obstat* – guter Name, wie? Nicht einmal Wellen und Strömungen können ihr etwas anhaben –, sie segelt von Insel zu Insel. Winde und Strömungen wechseln fast jeden halben Tag. Wir haben zahllose Geschichten gehört. Rede weiter, Cartaou.«

In langen Nächten an der Pinne schien der Steuermann seinen Bericht auswendig gelernt zu haben.

»Die Eingeborenen«, ein kurzer Blick traf Aissa und Brionada, »obwohl Nachkommen gestrandeter Schiffsbesatzungen, haben schöne Beispiele von Aberglauben, Furcht und begründeten Ängsten entwickelt. Caciqen, Häuptlinge und Dragomane benutzen diese Ängste raffiniert und ohne spürbare Skrupel, um ihre Herrschaft zu festigen. Natürlich ist nicht jeder Häuptling ein Schlitzohr. Allen Insulanern geht es gut, Alte und Kranke werden versorgt.«

»Paradies unter warmer Sonne.« Storzia nickte Porlaghi zu, die auf das Essen deutete und zur Tür hinausschlüpfte. »Weiter, Navigator.«

»Ihr kennt die Karte des Planeten?«

»Drinnen hängt eine Großausgabe.« Cade deutete durch die Scheiben. »Mein Interesse konzentriert sich auch auf die vielen Archipele der Ballung.«

»Mit Recht, Jäger Cade.« Horze betrachtete traurig seinen trockenen Becher. »Denn dort, irgendwo zwischen den Inseln der größten Zusammenballung, wird zu gegebener Zeit tatsächlich ein ausgedehntes Gebiet auftauchen, voller uralter Steinformationen, glänzend und ehrwürdig. Wann? Übermorgen früh, in einem Mond oder innerhalb des nächsten Jahrzehnts. Ich könnte wochenlang erzählen, aus wie vielen winzigen Bruchstücken wir dieses Bild zusammengefragt haben. Jede Nachricht mußten wir den Insulanern aus den braunen Nasen ziehen. Darauf läuft's hinaus.«

Cade, Storzia und Horze wägten die Bedeutung eines jeden Wortes ab. Storzia fragte: »Und was ist nun mit diesem verdammten Riesenmond los?«

Fast gleichzeitig hoben alle Crewmitglieder die Schultern und blickten Storzia ratlos an.

»Vielleicht mehr als eine Legende«, sagte schließlich der Kapitän. »Wir haben auch nur vages Zeug gehört. Irgendwann passiert etwas, das vom Mond ausgeht, die Welt schädigt und die Rache namenloser Götter vollzieht. Vielleicht fällt ihnen der Mond auf den Kopf. Groß genug ist er.«

»Richtig.« Cades nächtliche Eindrücke erhielten eine zusätzliche Bedeutung. »Ich weiß ziemlich viel über Monde und deren Funktion. Was ist, außer der Größe, an Doanlikher so anders?«

»Die Masse der Sagen und Bedeutungen«, sagte Horze. »Ungewisse Zeitangaben. Doanlikher richtet schwere Verwüstungen an. Aber: siebenundachtzig Prozent der Planetenoberfläche sind Wasser. Der Rest, Inseln und Polarkappen –, sie leiden unter dem Strafgericht.«

»Auf welche Weise?«

Horze versenkte seinen Blick in Aissas Augen. Der Häuptling drehte den Kopf.

»Das wissen nur ein paar Greisinnen und Greise. Und sie geben keine klaren Antworten.«

Cade sah ein, daß er auf diese Weise nichts Wichtiges erfuhr.

»Du bekommst eines der wenigen Funkgeräte für eine Nachricht von großer Wichtigkeit. Amourea bringt weitere Geräte. Laß nicht zu, daß dich die Schurken orten oder die Durchsage verstehen.«

»Nicht, wenn wir Venosta-Dialekt sprechen.«

Horze schlug mit der flachen Hand auf den Bauch. Der Muschelschmuck klirrte.

»Hunger«, sagte er. »Wieder einmal – was ich dir nicht mißgönne – hast du die volle Verantwortung.«

Cades Lachen hatte einen Unterton von Verzweiflung.

»Ich weiß. So ist es. Leider.« Er drehte sich herum und zeigte auf die vollen Schalen und Platten. »Laßt es euch gutgehen, Freunde.«

KAPITEL 4

Cade warf Blicke voller düsterer Skepsis auf Zakhari und Storzia, die neben ihm durch den nassen Sand tappten und den klappernden Krabbenscheren auswichen. Ein schönes, junges Paar, dachte der Jäger; zurückgekehrt nach Khalakwolt würde Zakhari Storzia zur Heirat überreden, er würde begeisterter Vater etlicher Söhne werden und ebenso oft aus der Ehe ausbrechen. Cade musterte das regungslose Profil des Caciqen Aissa und fragte halblaut, aber in eindringlichem Ton:

»Was haltet ihr davon, wenn ich mich von Triton nach Kondavaala bringen lasse und Arthemalle oder Pitallisu entführe?«

Aissa hüstelte. Zakhari blickte entsetzt, und Storzia schüttelte entschieden den Kopf.

»Ich dachte gerade an Horze lo Venosta und sein malerisches Schiff, das die Wogen durchpflügt auf der Suche nach dem Hafen der Wahrheit. Du erschreckst mich, Jäger. Ein Plan, aus der Verzweiflung der Einsamkeit geboren. Aber – ich käme mit!«

Aissa zählte schweigend einige Brandungswellen und sagte:

»Du mußt ein Mann sein, der leichtfertig sein Leben wegwirft. Offensichtlich hast du mit allen Freuden des nahen Alters gebrochen, wie? Es ist dies eine sehr unkluge Entscheidung, Herr Jäger. Wo bleibt eigentlich deine Geliebte?«

»Keine Ahnung.« Cade bückte sich nach einem Meeresschneckenhaus und warf es in einen Ebbetümpel, als er sah, daß sich kein Cryansed darauf abgelagert hatte. »Ich weiß nur, daß ich sonst vor Untätigkeit platze wie ein Kugelfisch.«

»Deine Nase möge Grimmrauch einatmen«, sagte der Häuptling. »Komm. Trinken wir säuerlichen Palmwein. Fischer und Jäger brauchen oft endlos viel Geduld.«

Cade seufzte. »Wie wahr.«

Sie gingen zum trockenen Strand und hinauf in Cades Haus. Ereignislose Tage und Nächte, wechselnde Gezeiten und zunehmender Mond, stetige Lageveränderung und Vergrößerung des silbernen Kraters, viele Stunden an den Monitoren, lange Diskussionen über zu vermutende Fallen und völliges Ausbleiben neuer Nachrichten hatten Cade ungeduldig und leicht reizbar werden lassen. Er schloß die Jalousien, duschte und setzte sich auf die Terrasse, die Füße auf dem Geländer. Unter den Balken hängte tatsächlich eine Frau des Caciqen einen Tontopf mit schwelendem Holz auf. Cade hielt sich an verdünnten Naqnaq, atmete Grimmrauch und tastete immer wieder nach dem winzigen Empfänger hinter seinem Ohr.

»Mir wäre wohler, abwesende Geliebte, wenn du endlich hier wärest«, murmelte er verdrossen und sah zu, wie die Brandungswellen sich krachend brachen. Aus seinen Gedanken schälte sich fast unmerklich langsam eine Vision heraus: eine Reihe planetarer Perlen, lose aufgereiht, die ›vergessenen Planeten‹ des Imperiums.

Khalakwolt, heimgesucht vom Spica-Fomalhaut-Asteroidenschwarm aus einer Dunkelwolke, war ebenso wie 2001 Islands einer jener Planeten. Gab es zwei, existierten wahrscheinlich Dutzende. Schüttete man Perlen oder Kugeln in flache Gefäße, bildeten sich Muster. Hinter diesen Gesetzmäßigkeiten des

Zufalls verbarg sich kosmische Bedeutung. Gefahr? Verhängnis? Oder nur neue Welten für das Imperium?

»Wir werden es wohl irgendwie erleben.« Er gähnte und leerte den Becher. »Vielleicht in einem meiner schlechten Träume.«

Er setzte im Schlafraum die Temperatur der Klimaanlage um zwei Grad tiefer, schlüpfte zwischen kühle Laken und schlief fast übergangslos ein. Er träumte von Amourea, der *Capsizal* und unzähligen kleinen Raubfischen.

Die Brandungswoge hob sich, verdeckte den Horizont, ein weißschäumender Saum bildete sich gurgelnd und zischend, und als Cade in die Höhlung der heranrollenden Welle gesogen wurde, verstärkte sich das dröhnende Zischen und Fauchen in seinen Ohren. Er wachte stöhnend auf, umklammerte seine Knie und hob den Oberkörper. Die Laken troffen vor Schweiß. Das Zischen in seinen Ohren blieb, und in seinem Bewußtsein wurden flüsternde Stimmen daraus, die sich zunächst überlagerten und dann verständlich wurden: Amoureas Stimme.

». . . hoffentlich nicht gerade tiefste Nacht, Liebster. Ich bin's, Amou.« Cade atmete keuchend und beruhigte sich langsam. Er tastete nach einem Tuch und rieb Schweiß von der Haut. Der mikroskopisch kleine Lautsprecher im Knochen hinter dem Ohr wisperte weiter. »Ich habe eben die *Capsizal* für eine kurze Stellarorientierung in den Normalraum zurückgebracht. Natürlich bin ich auf dem richtigen Weg. Auf dem Weg zu dir.« Sie kicherte. »Empfindsamste und aufmunternde Grüße von Vance Horatio DuRoy und Tsamourgeli El Sayr. Die Laderäume sind voller nützlicher Sachen; fast alle wasserdicht. Deine athenäische Eule wurde mit unzähligen Informationen gefüttert. Die Instrumente sagen, daß ich in ziemlich genau zweieinhalb Tagen den Planeten erreiche. Ich steuere die Inselwelt auf der gegenüberliegenden Hemisphäre an und fliege dicht über dem Meer dorthin, wo Storzias erste Basis liegt.

Das Imperium reagiert tatsächlich. Ein Meßschiff ist unterwegs und wird sich auf dem Mond Doanlikher verstecken. DuRoy denkt, daß er mit der *Golden Legend* kommen kann;

später. Viel edler Champagner liegt bruchsicher im Kühlfach, ich liege angeschnallt und sehnsuchtsvoll im Pilotensitz. Du hast sicher schon ein Versteck für dein Schiff gefunden.« Sie machte eine zweite Pause. »Ich sehne mich nach dir, Jäger Cade. Such einen einsamen Strand für uns zwei aus. Ich sende für euch einen kurzen Peilton beim Anflug. Dir sende ich einige Tonnen leidenschaftlicher Erwartung, Cade.«

Das Flüstern riß ab. Cade schluckte und murmelte: »Herrlich! Endlich! Geht in Ordnung, Prinzessin.«

Er duschte kalt, wickelte sich in einen trockenen Sarong und ging auf die Terrasse hinaus. Der erste graue Schimmer der Morgendämmerung legte sich über den Horizont. Cade stützte sich auf die Brüstung und wartete, bis sich Mast, Wanten und Rah der *Nihil obstat* tiefschwarz gegen das flammende Gelbrot des Sonnenaufganges abzeichneten. Schweigend überdachte er seine Lage, den Umfang des Vorhabens und den Umstand, daß er über die Insel der Sklavenhalter zu wenig wußte. Er faßte seinen Entschluß, ging leise über die taufeuchte Treppe zum Steg und setzte sich auf den Poller am Bug des Schiffes.

Horze lo Venosta hatte ihn gehört, öffnete ein Auge und flüsterte, gähnend in der Hängematte schwingend:

»Dein Gesichtsausdruck verspricht viele Seemeilen feinster Abenteuer. Was hast du vor?«

»Du hast nicht mehr als eine schlechte Karte der Insel. Aber die Eingeborenen kennen jede größere Welle. Zwei Delphine helfen uns. Ich will sobald wie möglich auf der Nordseite Kondavaalas sein.«

»Gut, Jäger. Etwa eineinhalb Tage bei bestem Wind.«

»Auch zwei Tage. Aissa wird dir den besten Kurs zeigen. Kannst du in einer Stunde abgelegt haben?«

»Mit prallem Segel und größtem Vergnügen, Jäger Chandra.«

Cade nickte, drehte sich um und ging zurück. Mit fast pedantischer Gründlichkeit suchte er seine Ausrüstung zusammen. Alle dreißig Sekunden blickte er auf die Monitoren und versuchte, mehr von der Insel zu erkennen.

Aissa lehnte im Bug der *Nihil obstat*, betrachtete schweigend die schmale Kielspur und blickte abwechselnd nach links und rechts. Triton und Tethys sprangen übermütig auf gleicher Höhe mit der Bugwelle durchs Wasser und schnatterten. Storzia, Cade und Horze saßen im Heck, hinter Cartaou, dem Mann am Ruder, ihre wasserdicht verpackte Ausrüstung lag am Mastfuß. Hinter der *Nihil* lösten sich aus dem Morgendunst der Küste etwa zwei Dutzend bunte Lateinersegel. Horzes Schiff würde im Schwarm der Fischer nicht auffallen.

»Ich bin sicher, Cade, daß du dir von dem Wahnsinnsunternehmen etwas versprichst. Aber ... was?« Storzia füllte vorsichtig heißen Tee in Becher. »Überflüssig, zu betonen, daß ich mitmache.«

Sie segelten nach Nordost. Die Sonne, eine Handbreit über den Wellenkämmen, blendete stärker als Khalakwolts Yilmabasar (Psen 4531 des Imperiums-Stellarkatalog); selbst Horze trug eine dunkle Brille.

»Du bringst mich bis ans Land und organisierst den Rückzug. Ich sehe mich um, nichts anderes. Wir müssen im entscheidenden Moment mehr wissen, als wir nachts gesehen haben und über die Linsen und Monitoren erfahren. Wir haben bisher unsere Gegner nicht unterschätzt.«

»Tun wir hier auch nicht, Jäger.«

Horze schüttete kalt gewordenen Tee nach Lee und brummte:

»Laß dir von einem alten Klippenzerbrecher eines sagen, Gardist Grur: Cade hat natürlich recht. Wenn er die Verstecke der Insel kennt, weiß er mehr als wir alle zusammen. Meckere hier nicht herum, sondern hilf ihm, Grur. Klar?«

»Nein, Herr Horze. Ich meckere nicht. Ich sorge mich nur um die Gesundheit meines lieben Freundes, lo Venosta. Klar?«

Sie grinsten einander an. Storzia träufelte Naqnaq in den Tee und füllte die Becher. Nach der zweiten Halse hatte die kleine Armada aufgeschlossen; die Boote lagen weit übergeholt in den Wellen, und die Bugwelle zischte mit ungewohnter Schärfe. Die Segel standen prall, und Horze brummte gegen Mittag:

»Kaum ist dieser Chandra an Bord, segeln wir Rekorde heraus. Dein ungesunder Ehrgeiz überträgt sich auf Rigg und Segel, Cade.«

»Hoffentlich nicht auf den Anker.« Cade zog den Schild der Mütze über die Augen, streckte sich aus und wedelte mit der Hand. »Weckt mich, wenn wir zwischen den Klippen segeln.«

Zwei Stunden vor Einbruch der Abenddämmerung hatte sich die Fischerflotte zu einer weiten Linie im Westen und Norden Kondavaalas auseinandergezogen. Die ersten Bootsbesatzungen warfen Netze und Angeln aus. Das Funkgerät hatte weder geblinkt noch gesummt. Jetzt kamen die Delphine wieder zurück, und Cade winkte sie heran. Storzia und der Jäger befestigten die Riemen des Kopfgeschirrs und schalteten die Übersetzungscomputer ein.

»Triton! Tethys! Ihr müßt mich, wenn Nacht ist, zur Insel bringen. Zum besten Versteck. Verstanden?«

»Kleinbucht gut. Schiff verstecken, ja?«

»Richtig. Wenn Licht bald weg ist, wir beide, Triton?«

»Dunkelschwimmen, schön.«

Die *Nihil* kreuzte über eine Stunde lang, von den Delphinen geführt. Sie umrundeten in sicherem Abstand ein Felskap, fuhren zwischen messerscharfen weißen Klippen hindurch und kamen im letzten Licht in eine Bucht, die sich verengte und ins Land hineinkrümmte wie ein von Gicht geplagter Finger. Cade hob die Hand, der Anker fiel.

»Wasser schlecht für dünn Schiff. Viel Scharfstein.«

»Deswegen brauche ich dich, Triton. Gleich.«

Cade hatte den Tauchanzug übergestreift, zog die Flossen über und schloß den wasserdichten Saum der Tasche. Er sprang über Bord, der Delphin schob sich unter ihn, und er lehnte sich gegen die Rückenflosse. Triton wartete, bis Storzia das Bündel heruntergereicht hatte, dann schwamm er langsam los. Die Fischer hängten Lampen in die Wanten und übers Heck. Im ruhigen Wasser spiegelten sich die Lichter in langen, verwischten Mustern. Der Delphin schwamm langsam und im Zickzack auf das ferne Sandufer zu; eine kleine Bucht, die sich hell gegen Felsen abzeichnete. Als Cades Flossen über den Grund streiften, stand er auf, watete an Land und sah viele Höhlenöffnungen rechts und links von sich.

»Warten, Triton! Ich bin hier, wenn Mond dort ist!«

Cade deutete auf eine bizarre Felsformation. Triton klickte dreimal, sprang hoch und überschlug sich, dann wedelte er davon. Cade zog sich um, kontrollierte seine Ausrüstung und huschte am Rand der Sandfläche hundert Schritt schräg aufwärts. Er hatte jede Einzelheit der Photokarten lange genug studiert und wußte einigermaßen genau, welche Landschaft vor ihm lag.

Er sah sich um, holte tief Atem und lief geradeaus. Jenseits der Felsen breitete sich eine Art Savanne aus. Im Sternenlicht und im schwachen Widerschein des Riesenmondes unterschied Cade Chandra Glühakazien, dürres Gestrüpp und Gras, das staubig unter den weichen Stiefelsohlen raschelte.

Er bemühte sich, nicht häufig durchs Gras und mehr über feinen Kies zu laufen. Die Berge und der Kegel des Vulkans hoben sich gegen den Sternenhimmel ab. Nach rund zweitausend *ormil* senkte sich der Boden. Zwischen verwitterndem Holz begann ein Erdspalt, dessen Schatten einigermaßen auf den Photos zu erkennen gewesen war. Cade rannte auf den einzelnen Baum, eine Krüppelzeder, neben dem Spalt zu. Das ohrenbetäubende Zirpen einiger Millionen Grillen riß plötzlich ab; die Stille erschreckte den Jäger. Er preßte sich gegen den Stamm und verschmolz mit dem Schatten.

Ein Vogel krächzte herausfordernd. Das Rauschen der Wellen war fast nicht mehr zu hören. Die Lichterkette der Fischerboote schien am Horizont zu schwanken. Aus den Ranken, die über die Kanten des Erdspalts hingen, lösten sich fingerkuppengroße Leuchtkäfer und summten wirr durcheinander. Die Grillen fingen, offensichtlich alle auf einmal, mit sägendem Zirpen an. Cade duckte sich und zog, während er in den Spalt hineinhuschte, den Scheinwerfer aus der Oberschenkeltasche.

Er bewegte sich über Moospolster, dünne Steinplatten, die von den Wänden abgesplittert waren, knackendes Holz und modernden, stinkenden Schmutz im Zickzack weiter. Hinter ihm schrie wieder ein Vogel; ein heiserer, aggressiver Raubvogelschrei. Ein anderer antwortete aus der entgegengesetzten Richtung. Der Spalt wurde breiter und tiefer. Hin und wieder ließ Cade einen breit gefächerten Lichtkegel aufblitzen und lief weiter. Bis zum Hang des Vulkans betrug die Entfernung von der Bucht mehr als fünftausend *orhun*. Cade blieb stehen, wischte Schweiß aus dem Gesicht und hob den Kopf. Doanlikher hob sich über den Grabenrand.

Vor der halben Mondscheibe flatterten schwarze Silhouetten vorbei. Die Schreie der nachtjagenden Raubvögel waren kürzer, schärfer, aber auch leiser geworden. Cade rannte geduckt weiter, stolperte und prallte gegen Äste und Wurzeln. Jedesmal, wenn er den Scheinwerfer aufblitzen ließ, ertönte wütendes Vogelgeschrei. Er blieb mitten in einer wirbelnden Wolke Leuchtkäfer stehen, lehnte sich gegen die Wand und verlagerte sein Gewicht auf den anderen Fuß. Unter der Sohle zerbrachen trockene Dinge mit mißtönendem Knacken. Er leuchtete seine Stiefelspitzen an und fluchte unterdrückt.

Teile eines menschlichen Skeletts zerbrachen und fielen auseinander. Der Schädel rollte einen *orhun* weit. Cade schaltete die Lampe aus, wischte Spinnweben von den Augen und bewegte sich weiter durch den Spalt. Noch befand er sich halbwegs unter den Ästen kleiner Bäume. Hundert Schritte weiter geradeaus verbreiterte sich der Spalt, dessen Boden feucht geworden war. Rattenähnliche Tiere flüchteten pfeifend.

Cade blickte nach oben. Ein kleiner Schwarm schwarzer Vögel, größer als Khalakwolt-Falken, kreiste über der Vertiefung. Hinter sich hörte er ein schrilles Zischen, dann schlug ein Raubvogel seine Krallen in seine Schulter. Schnabelhiebe trafen seinen Kopf. Cade griff nach hinten, riß den Vogel am Hals von seinem Nacken und schmetterte ihn gegen den Fels. Der Mond war höher gestiegen und leuchtete die Hälfte des Spaltes aus. Das gellende Geschrei der Vögel hallte von den nackten Hängen der Hügel wider.

»Wenn sie mich nicht umbringen«, stöhnte Cade, »dann wecken sie die ganze Insel.«

Er zog die Waffe, drückte die schwarze Lederkappe tiefer in die Stirn und rannte weiter, hinüber in den Schatten und geradeaus. Der nächste Angriff kostete zwei Vögeln das Leben. Cade brach ihnen mit dem Waffenlauf in der Luft die Knochen, ehe sie ihn erreichten. Der Lärm über ihm wurde bedrohlich laut, und als er sich umdrehte und in die Sterne blinzelte, sah er einen großen Schwarm genau über sich kreisen. Staub, Milben, Vogelkot und Federn regneten stinkend auf ihn herunter. Cade rang mit einem Hustenanfall, blieb stehen, zögerte, holte Luft und brummte:

»Eine einzige Lichtschranke oder eine ähnliche Falle – ich bringe Storzia und alle anderen in Gefahr. Zurück, Jäger!«

Er riskierte einen letzten Versuch. Er spurtete los, lief auf die am wenigsten steile Kante des Erdspalts zu und mit Schwung hinauf. Die Vögel folgten ihm in einiger Verwirrung. Cade sah sich um, bemerkte undeutliche Helligkeit hinter unregelmäßig geformten, torähnlichen Spalten im Vulkanhang, sah die Sterne über dem gezackten Hügelrücken und die Fläche der Savanne. Bevor sich die Vögel wieder auf ihn stürzten, fing er zu rennen an und hastete am Rand des Grabens entlang nach Norden. Sein vager Schatten bewegte sich vor ihm her. Er rannte fünfzig Schritte und schlug nach den Raubvögeln. Fast jeder Hieb traf einen Angreifer, zerschlug Flügel oder Hals und ließ das Tier zuckend abstürzen. Cade rannte auf den nächsten Baum zu und hörte mit Erleichterung, wie ein Dutzend Vögel wie Hagel in die Zweige prasselten.

»Unehrenhafter Rückzug«, keuchte er und jagte im Zickzack über eine Fläche aus schmutzigem Geröll.

Er versuchte, während er von Baum zu Baum lief, seine Umgebung zu erkennen. Nach Osten zu bedeckte Wald einen Teil der Insel, bis zur Felsküste. Er kannte die Ausdehnung von den Bildern. Die Savanne war, so weit er sehen konnte, von kleinen, wellenförmigen Erhebungen durchzogen, nur ein halbes *orhun* hoch. Auch im Westen wechselten Felsen, Grasflächen und windzerzaustes Gebüsch miteinander ab. Er wirbelte herum, duckte sich und schmetterte zwei Vögel gegen den Baumstamm. Er wollte nicht riskieren, daß die Sklavenschinder die Detonationen der Waffe hörten.

Als er den Schleier phosphoreszierender Leuchtkäfer erreichte, der wie eine flache Nebelwolke über dem Anfang des Spaltes rotierte, löste sich der Vogelschwarm auf. Die Tiere stoben mit schweren Schwingenschlägen in drei Richtungen davon. Cade hörte zu rennen auf und erreichte schwitzend den schützenden Schatten des letzten Baumes auf seinem Fluchtweg.

»Fehlschlag«, murmelte er. »Wenigstens ohne Verluste.«

Er trottete in langsamem Lauf weiter, bis er die gezackte, schräge Felsformation erkennen konnte. Er hob einen dürren Ast auf, bevor er die Sandfläche erreichte, und verwischte die Spuren hinter sich, obwohl er sicher war, daß kaum jemand nach ihm suchen würde. Am Rand des feuchten Sandstreifens setzte er sich und zog die durchgeschwitzte Kleidung vom Körper. Ehe er die Schwimmjacke anzog, watete er ins Meer und tauchte unter. Triton und Tethys schwammen betont langsam heran. Cade schloß sein Bündel, trat in die Schwimmflossen und befestigte die Bügel der Sprechanlage an seinem Kopf.

»Mit dem Seegetier habe ich mehr Freude als mit den Raubvögeln«, sagte er und watete auf die Meeressäugetiere zu. Triton schlängelte sich zwischen seine Beine und tauchte auf. Cade hielt sich am Kopfgeschirr fest.

»Triton richtige Zeit?«

»Triton ist pünktlich wie ein kosmisches Uhrwerk«, sagte Cade zufrieden und fühlte, wie sich seine Spannung löste. Die Dünungswellen hoben und senkten sich, während die Delphine in weitem Bogen aus der Bucht schwammen und auf die *Nihil obstat* zuhielten, die vor dem Anker dümpelte. Cade schlug leicht mit der flachen Hand auf den Kopf des Delphins und sagte:

»Ihr Delphine kennt tausend gute Verstecke. In der Nähe von dort, wo ich wohne, Triton. Ich brauche ein Versteck für ein sehr großes Schiff. Sternenschiff. Viermal so groß wie ein Wal.«

Triton schnatterte fröhlich, dann verstand Cade:

»Große Höhle? Unter Wasser? Mit Sand und Luft? Nur wir Großschnellfische kennen, Cade!«

Cade lachte kurz. »Hier in der Nähe?«

»Du kennen Riff? Halbkreis? Unter Wasser Ganzkreis? Höhle mit Tropffelsen von oben? Riesengroß.«

Cade kannte das kreisförmige Land unter und über Wasser. Wahrscheinlich die Überreste eines prähistorischen Vulkans. Knapp zwei Drittel der Wand ragten aus dem Wasser und bildeten eine Mauer, dreihundert Meter hoch und phantastisch zerklüftet. Sie schwammen auf Westkurs, genau darauf zu. »Wenn großes Schiff bei uns ist, zeigst du uns die Höhle, Triton. Vielleicht, wenn Licht am hellsten, ja?«

Triton stieß einen Laut aus, der einem Kichern ähnlicher als allem anderen war.

»Wir zeigen. Wir tauchen. Nicht tief. Lange. Ihr Luft aus Rückenkasten, Cade.«

»Einverstanden. Bring mich jetzt bitte zum kleinen Wasserschiff.«

Storzia saß auf dem Bugspriet, ließ einen Scheinwerfer aufblitzen und blendete Cade.

»Er ist da. Anker aus dem Grund, Horze.«

Cade ließ sich zum Heck bringen, hielt sich an der Bordwand fest und sagte leise:

»Es war alles andere als ein großartiger Erfolg. Aber ich kenne jetzt das Gelände bis zu dem Hügelkamm. Hier, mein Zeug.«

In seinen Ohren piepten die umgeformten Laute des Delphins.

»Euch zurückbringen. Begleiten Schiff. Wir viel sprechen in Nacht.«

»Von mir wirst du nur kurze Vorträge hören.« Cade stieß die Flossen von den Füßen und stemmte sich hoch. »Aber Storzia wird dir viele Geschichten erzählen.«

Er kletterte an Bord, während Venosta und seine Männer das Ankertau einholten und den schweren Anker hochhievten. Mit einigen lautlosen Ruderschlägen wurde die *Nihil* von den Klippen weggeschoben; das Segel flappte feucht und lustlos im warmen Südwind.

Cade leerte einen kleinen Kanister Süßwasser über seinem Kopf aus, trocknete sich ab und sah zu, wie der Rudergänger den Motor einschaltete. Das Schiff schwenkte herum und nahm Kurs auf die Lichter der Fischer.

»Was war los? Dein Lächeln ist nicht gerade strahlend?« Storzia gab Cade den Becher und schüttete Tee hinein. »Mißerfolg?«

»Der Fehler eines sturen Jägers.« Cade trank gierig und hielt Storzia den leeren Becher hin. »Hört zu. Sollten wir die Insel nachts stürmen müssen, müssen wir uns vor scharfäugigen, sehr aggressiven Raubvögeln schützen.«

»Stinkende, gefräßige Fischfresser«, sagte Aissa und nickte bedeutungsschwer. »Aber daß sie nachts auf dem Land und nicht von den Klippen jagen – ich schwör's! Ich höre es heute zum erstenmal.«

Cade berichtete, was er erlebt hatte. Er war nicht sicher, ob er wirklich dreimal ein leopardenähnliches, schlankes Tier gesehen hatte, aber er sagte wahrheitsgemäß, daß er mehrmals in große, reflektierende Augenpaare geblickt hatte. Das Schiff schob sich den Hang der Dünung hinauf und rauschte ins nächste Wellental hinunter. Die Männer hörten aufmerksam zu.

»Also auch kein Mißerfolg.« Storzia schlug Cade auf die Schulter. »Wir wissen, daß wir den Bildern trauen können.«

Cade streckte sich aus und schabte Salz aus dem Nacken.

»Es war nicht besonders klug.« Er gähnte. »Ich hätte in der Dunkelheit ein Dutzend Fallen übersehen können. Es ist unglaublich, daß die Sieben dieses Gelände ungesichert gelassen haben. Wahrscheinlich gibt es Sperren und Hindernisse auf der Linie des Hügelkammes. Zurück zum Inseldorf, Aissa.«

»Was länger dauert, denn der Wind steht ungünstig.«

Horze deutete in die Bilge.

»Nicht für uns. Wir sind auch ohne Wind schnell genug.«

Die Delphine jagten an der Grenze des Hörbereiches. Die Lichter der Fischerboote wurden größer; einzelne Gestalten waren zu erkennen. Der Mond hing über dem Meer, riesengroß und drohend, und der strahlende Krater war wieder ein Stück gewandert. Cade schob das zusammengerollte Badetuch unter seinen Kopf, blickte eine Weile in die Sterne und schlief ein, von den gleichmäßigen Bewegungen des Schiffes beruhigt.

Sein Schlaf war flach; jedes ungewöhnliche Geräusch weckte ihn kurz auf und verhinderte ein Absinken in Tiefschlafphasen. Er blinzelte in die strahlende Helligkeit des Vormittags, als ihn das Flüstern in seinem Schädel völlig wach machte. Weit voraus erkannte er die Zacken, Nadeln und Spitzen des halbkreisförmigen Riesenriffs. Amourea Gonavards Stimme war ungewöhnlich deutlich.

»Ich bin in drei Stunden bei euch, Cade!«

Cade lächelte, tippte Storzia auf die Schulter und deutete auf das Funkgerät. »Amou ist da!«

Storzia grinste, nickte und knüpfte den Trageriemen von dem Handlauf. Amou sagte:

»Die *Capsizal* taucht gerade durch die dichteren Schichten der Lufthülle, Liebster. Ich bin auf direktem, energiearmen und langsamen Anflug auf das Ziel. Wenn ihr eine Änderung wünscht, funkt kurz auf Kanal dreiundneunzig. Ich richte mich nach dir, hoffentlich habt ihr ein gutes Versteck gefunden. Bis bald, Cade.«

Cade nahm das Gerät, wählte den Kanal und kippte den Schalter für die Kodierung. Er sagte langsam und deutlich:

»Von Nordwesten einfliegen. Ziel ist die lagunenartige Riffmauer westlich Kondavaalas. Das Versteck ist gut, aber ungewöhnlich. Einige Inseln auf dieser Einfluggeraden haben hohe Berge.« Das Gerät speicherte und komprimierte den Text. »Bis gleich. Peile den Impuls an. Er bringt dich ins Ziel. Antwort wie gehabt.«

Er drückte einen wasserdichten Schalter. Einige Mikrosekunden lang sendete das Gerät. Zehn Sekunden später kam die Antwort, die nur er hörte; er schaltete das Funkgerät ab.

»Verstanden, mein aufgeweckter Liebling. Ich habe die Karte vor mir liegen.«

Cade richtete sich auf, deutete nach West und rief:

»In zwei Stunden sollten wir im Inneren der Riffmauer sein. Die Prinzessin ist mit der *Capsizal* im Anflug. Sie kommt von dort.« Er deutete auf die Sterne in Nordwest. »Die Fischer sollen uns folgen. Wir haben volle Laderäume. Endlich!«

Die Flotte der Fischer nahm Kurs nach Süden. Sie mußten kreuzen. Horze lo Venosta ließ das Segel an der Rah festzurren, sein Rudergänger setzte die Motorleistung herauf, und die *Nihil* hob den Bug aus den Wellen und stürmte auf dem kürzeren Weg zur Riffmauer. Die Delphine, zu denen der Rest des Rudels gestoßen war, hatten Schwierigkeiten, die Geschwindigkeit zu halten.

Cade Chandra suchte den Himmel und rundherum das Meer mit dem schweren Feldstecher ab. Storzia hatte sich im Heck zusammengerollt, den Hut übers Gesicht gezogen und schnarchte. Horze stand am Ruder.

»Wenn wir mit diesem irrwitzigen Tempo von der Jacht aus gesehen werden, sind wir enttarnt und nicht mehr lange am Leben«, sagte Cade mürrisch.

»Muß sein, Jäger.« Horze grinste kalt. »Sonst hängt das Schiff stundenlang in der Luft.«

Cade nickte. »Ich weiß. Über das Versteck werden wir uns alle wundern.«

»Bei Kraim! Ich glaube, ihr seid wirklich ein gutes Paar, die Prinzessin und du. Du strahlst wie polierte Bronze, seit sie sich gemeldet hat.«

»Erstens stimmt's, was du sagst.« Cade setzte den Feldstecher ab und federte die Stöße des Kiels mit den Knien ab. »Zweitens bekommen wir alle Ausrüstung, die wir dringend brauchen, und unzählige Informationen, die nicht weniger wichtig sind. Das macht mich heiter.«

»Mich auch. Wird Zeit, daß etwas Dramatisches passiert.«

Vor der *Nihil* ragte die Riffmauer aus dem Meer. Der Durchmesser der kreisförmigen, erodierten Felsen betrug rund drei *ormil*. An der höchsten Stelle zeigten messerscharfe Grate mehr als dreihundertfünfzig *orhun* zum Himmel. Verschiedenfarbiger Fels, einst aus dem Planeteninneren hochgetürmt und bis zur Unkenntlichkeit verwittert, zeichnete schmale und breite Bänder in auf- und absteigenden Wellen. Tausende Vögel nisteten auf Kanzeln, Simsen und Vorsprüngen; Kot troff wie geschmolzenes Kerzenwachs über die Flanken. Um die höchsten Nadeln und Türme bildeten sich immer wieder dünne Nebelschleier, selbst jetzt am Mittag. In der Mitte der gebogenen Mauer ragte die Gesteinsmasse am höchsten auf, zu beiden Rändern fiel sie ab, und die Kreisform wurde nur noch von unterseeischen Felsen und einer Handvoll Klippen nachgezeichnet, die das Wasser durchstießen und um deren Fuß sich gischtende Brandung bildete.

Horzes Schiff fegte in sicherem Abstand im Norden um den Wall herum. Cade starrte durch die Linsen und sah blauen Himmel und treibende weiße Sommerwolken. Am Ende der Riffmauer verringerte Horze die Geschwindigkeit. Das Delphinrudel holte auf, und als die *Nihil* in einem weiten Halbkreis in die Lagune einfuhr, setzten sich Triton und Tethys an die

Spitze. Der scharfe Bug tauchte in die Wellen; eine Reihe harter Schläge durchlief das Schiff. Storzia Grur richtete sich auf, blickte sich gähnend um und zog sich in die Höhe.

Wortlos fing er an, seine und Cades Ausrüstung zu sortieren. Cade riß den Arm in die Höhe: Dicht über dem Horizont sah er einen dunklen Punkt, der rasch näher kam und deutlicher wurde. Ohne Zweifel war es das Raumschiff.

»Da ist sie«, sagte er. »Präzise auf Kurs.«

Horze richtete den Bug nach den Wellen aus und schaltete den Motor in den Leerlauf zurück.

»Was habt ihr vor, Jäger?«

»Tauchen«, sagte Cade und deutete auf die beiden Delphine. »Wir müssen die *Capsizal* verstecken.«

»Unter Wasser?« Horze starrte Cade an, als sei er eine Meerjungfrau. »Etwa hier? Seid ihr alle verrückt?«

»Horze!« Cade hielt den Zeigefinger hoch und grinste belehrend. »Ob ein Schiff raumfest oder wasserdicht ist, läuft auf dasselbe hinaus. Wenn es nicht tief tauchen muß, gibt es kaum Probleme mit dem Auftrieb. Da unten soll es eine riesige Höhle geben, sagt Triton. Wir können uns ein Jahr lang dort verbergen.«

Der Kapitän verzichtete kopfschüttelnd auf eine Antwort. Als er zum Bug lief, trat er mit den Zehen gegen ein bleiernes Tauchgewicht, fluchte laut und stieß einen Mann der Crew zur Seite. »Lauter Selbstmörder, diese Imperiumsleute!«

Storzia und Cade legten die Tauchkleidung an, verbanden die Preßluftbehälter mit den Atemgeräten, verrieben Speichel in den nassen Taucherbrillen, hängten die Flossen über die Köpfe von Belegnägeln und halfen sich gegenseitig in die Jacken, in deren Taschen die Gewichte und Flaschen steckten.

Die Delphine vollführten kleine artistische Kunststücke vor dem Bug. Cade sah zu, wie die *Capsizal* abbremste und fünfzig *orhun* über den Wellen in der Luft verharrte, einen guten Bogenschuß weit entfernt. Er hob die Arme und gab Amourea einige Signale. Kurz darauf wisperte sie in seinem Ohr: »Ich verstehe. Ihr taucht, und ich soll euch folgen. Unterwasserhöhle also. Verstanden, Cade.«

Er ließ die Arme sinken, nickte Storzia zu und setzte sich

neben ihn auf die Bordwand. Sie zogen die Flossen an, hielten Maske und Mundventil fest und kippten fast gleichzeitig über Bord. Unter Wasser schossen Triton und Tethys heran, warteten, bis die Taucher in der richtigen Position waren und schoben sich langsam zwischen deren Beine.

Cade murmelte zwischen dem Gurgeln der Luftblasen:

»Langsam und sicher. Triton!«

»Viel einfach. Untief, Cade«, fiepte der Delphin. Nebeneinander schwammen sie etwa auf den Mittelpunkt der Lagune zu. Cade und Storzia hielten sich an den Riemen fest, atmeten durch das Ventil und spürten den Widerstand des Wassers. Sie schwammen auf den Mittelpunkt der Mauer zu, auf die Stelle, die unter der höchsten Erhebung lag. Das Raumschiff folgte, legte sich auf die Wasserfläche und sank langsam ein. Ein riesiger Schatten hinter den Tauchern schob sich durch die Muster des Sonnenlichtes auf den Wellen. Es ging tiefer hinunter; zwei, drei, schließlich fünf Mannslängen weit.

Blasen stiegen auf. Das Blei in den Kammern verhinderte den Auftrieb. Der Grund war noch nicht zu sehen; langsam wich die Helligkeit. Cade sah auf den Tiefenmesser: neunzehn Imperiumsmeter. Er winkte zu Storzia hinüber und machte das Zeichen, daß alles in bester Ordnung sei. Kurz darauf schalteten sie die Scheinwerfer ein, leuchteten senkrecht nach unten, wo sich das Licht verlor. Die Delphine schwammen langsam, und aus dem Dunkelgrau voraus wuchsen unförmige schwarze Umrisse heran. Die Sonargeräusche der Säugetiere erfüllten das Wasser. Sie schwammen im Zickzack auf die Felswand zu; schließlich trafen die Scheinwerferkegel die Wand und ließen im einförmigen Dunkel wieder Farben entstehen.

Cade drehte sich um. Im gleichen Augenblick schaltete Amou sämtliche Scheinwerfer an. Das Schiff kam näher, langsam und vorsichtig steuerte Amourea hinter den Delphinen her. Die Wände wichen zurück, verschwanden über den Köpfen, und sandiger Grund stieg an, übersät von Lebewesen und schlängelnden Algenarmen in vielen Farben: Neunundzwanzig Meter.

Die Tiere spannten ihre Muskeln und bewegten sich geradeaus vorwärts. Sie schwammen dicht über dem Grund und gingen höher, als feiner, weißer Sand zu einer schiefen Ebene wurde. Weder Wände noch Decke waren zu sehen; offensichtlich befanden sie sich in dem großen Höhleneingang. Die Taucher und die Tiere zogen lange Wolken aus Luftblasen hinter sich her. Fünf Atemzüge lang ging es weiter, dann tauchten die Delphine auf und durchbrachen in schimmernden Wolken die Wasseroberfläche.

Sie bugsierten ihre Körper rückwärts zwischen den Beinen der Taucher hervor, wirbelten durchs Wasser, und Cade ging langsam vorwärts, während er die Brille in die Stirn schob und das Mundstück aus den Zähnen nahm.

Die Delphine schnellten sich hoch, schlugen einen Kreis in der Luft und ließen sich fallen. Ein gewaltiger Regen überschüttete Storzia und Cade, die im knietiefen Wasser in die dunkle Höhle hineinwateten und die Scheinwerferstrahlen umherschwenkten. In der Felsenhalle verloren sich Licht und Echos. Der unterseeische Strand, dessen fast silberweißer Sand den Höhlenboden bildete, war etwa hundertfünfzig *orhun* breit. Die Delphine tobten durchs Wasser. Storzia winkte Cade zur Seite, als sich die Lichtflut näherschob. Nach hundert Schritten legten Cade und Storzia die schweren Jacken und die Flossen ab, drehten sich um und warteten. Ein dumpfes Brummen brachte die kühle, trockene Luft der Höhle zum Vibrieren, als sich der Bug des Raumschiffes heranschob und in die Felsenhalle schob. Triton und Tethys balancierten auf ihren Schwanzflossen neben dem langgestreckten Metallellipsoid, sprangen in die Wellen, die ablaufendes Wasser erzeugte, und jagten davon. Storzia murmelte in grenzenloser Verblüffung:

»Das ist mehr als unglaublich. Bei Kraim! Euer Einfallsreichtum kennt keine Grenzen.«

Cade legte ihm die Hand um die Schultern, sah zu, wie sich der Koloß brummend in die Höhle hinaufwälzte und rief:

»Der Einfall stammt von Triton. Wer außer den Delphinen kennt ein solches Unterwasserversteck?«

Das Raumschiff in der Lichtflut sämtlicher Scheinwerfer hielt an, als es einigermaßen ebenen Boden erreicht hatte. Cade und Storzia konnten jetzt einigermaßen zuverlässig die Größe der Höhle abschätzen. Vom größten Teil der Decke hingen Stalagtiten in phantastischen Formen; Bänder, umgekehrte stumpfe und spitze Kegel, Türme, Säulen und unbeschreibliche Strukturen. Das Licht erzeugte sinnverwirrende Reflexe. Einige Scheinwerfer erloschen, ein Summer ertönte, das Schleusenschott winselte auf, und über die Außenlautsprecher sagte Amou fröhlich:

»Hier bin ich, ihr beiden. Kommt ins Schiff – auf einen Willkommenstrunk.« Sie schalteten die nutzlosen Scheinwerfer aus und umrundeten schweigend den Bug des Raumschiffes, das kaum ein Zwanzigstel der Halle ausfüllte. Cade und Storzia ignorierten die phantastische Umgebung. Ihre nackten Füße knirschten im Sand. Jedes Geräusch rief wispernde Echos hervor. Als nur noch fünf Scheinwerfer und die Schleusenbeleuchtung strahlten, verwandelte sich die Halle in eine märchenhafte Höhle absoluter Magie: Formen, Farben und alle Eindrücke vermengten sich zum Gefühl reiner Verzauberung. Cade schwang sich in die Schleuse, machte drei Schritte und breitete die Arme aus. Amou kam auf ihn zu, preßte sich an ihn, küßte ihn und zog ihn ins Schiffsinnere. Sie lachte und flüsterte:

»Alles wird gut, Cade. Ich habe auf dem Flug genug Zeit gehabt, mich auf dich zu freuen. Auf uns. Wenn ich's gewußt hätte, auch auf die Höhle.«

Storzia räusperte sich hinter Cade; Amou strahlte ihn an, küßte ihn auf beide Wangen und führte eine schwungvolle Geste aus. Ihr schwarzes Haar wirbelte um ihre Schultern.

»Kommt, ihr Helden. Storzia, dort ist die Flasche. Wir haben viel zu erzählen.«

Fast lautlos öffnete Storzia die Champagnerflasche. Sie hoben die Gläser und sahen einander in die Augen. Cades Blick glitt über die Einrichtung; er setzte sich und sagte leise: »Daß du endlich hier bist, Herrin meines Herzens, ist das Schönste in diesen Tagen. Während wir ein paar Augenblicke für uns ausnützen, leert Storzia die Laderäume. Wir ziehen uns um, essen und sorgen dafür, daß die Fischerflotte die Ladung aus der Lagune wegschleppen kann.«

Storzia blickte sinnend ins Glas und hob die Schultern. Cade fühlte plötzliche Müdigkeit und schüttelte sich. Amourea verteilte den Inhalt der Flasche.

»Wenn das Zeug bei Aissa ist und ausgeteilt wird, können wir wirklich etwas unternehmen«, sagte Storzia. »In einer Stunde fange ich an, Cade. Irgendwelche neue Anordnungen?«

»Nichts. Alles beschriftet, Storzia.« Amous Blick ging hin und her. »Ich freue mich so, euch zu sehen, und . . . ich fange gleich an, Unsinn zu reden.«

»Mir geht es nicht anders, Prinzessin.« Cade setzte das Glas ab, stand auf und streichelte Amous Haar. »Erhitze ein paar Rationen, Liebste. Danach werden wir tun, was sinnvoll und wünschenswert ist und unserem Wohlbefinden dient.«

Er schloß, nachdem er in den Kleidungsfächern gewühlt hatte, das Schott des Sanitärbereiches hinter sich. Storzia öffnete die nächste Flasche. Amou durchquerte den Raum und aktivierte die Einrichtungen des Computerterminals.

Aus den Lautsprechern kam Musik und bildete den besänftigenden Hintergrund für ihre aufgeregten Gespräche, das Gelächter und das Klirren des Bestecks. Amou berichtete Neuigkeiten aus dem Imperium; etwas Klatsch und viel Ernsthaftes. Cade fragte nach der Vollständigkeit der Frachtliste und beruhigte sich. Man schien an alles gedacht zu haben. Er schilderte Amou kurz, was sie erwartete, fragte, wie gut die Arbeitsgruppe ihn in der Administration zu ersetzen versuchte, und Storzia heiterte sie mit Geschichten aus dem Dorfleben auf.

»Täusche dich nicht, Geliebte«, sagte Cade. »Der Planet mag der Skurrilität nicht entbehren, aber es wird eine höllisch gefährliche Aktion.«

»Du hast die besten Fachleute dafür.« Amou streichelte seine Hand. »Deine Freunde. Und am Material wird es nicht fehlen. Für einen Imperiums-Raumhafen tut Commander DuRoy fast alles.«

»Um endlich mit dir allein zu sein, tue ich noch mehr«, sagte Cade. »Einen langen Höhlenspaziergang, während Storzia im Schiff kramt.«

Der Gardist zuckte mit den Schultern und deutete zur Schleuse, durch die angenehme Luft aus der Höhle strömte.

»Nichts gegen planvolle Arbeit«, brummte er. »Aber sinnlose

Eile ist unangebracht. Die Wasserwelt lebt im Wechsel von viel Ebbe und wenig Flut.«

Cade Chandra zwang sich zur Ruhe. Ein Schritt nach dem anderen, sagte er sich. In diesem Versteck waren sie so sicher wie nirgendwo sonst; er sehnte sich danach, mit Amou allein zu sein. Er überdachte die nächsten logischen Schritte, kalkulierte einige Widrigkeiten und entschloß sich, alles außer Prinzessin Amourea einige Stunden lang völlig zu vergessen.

KAPITEL

5

Lichtreflexe und zuckende, wirbelnde Schatten umgaben Amourea und Cade. Am Rand der runden Sandfläche stachen die Flammenlanzetten weniger Kerzen zur dunklen Höhlendecke. Die Außenlautsprecher der *Capsizal* füllten einen Teil der unterseeischen Halle mit leiser Musik der alten Erde. Cade hatte Decken und Kissen auf dem Sand ausgebreitet und lehnte an einer metallenen Provianttruhe, auf der Gläser und Flaschen standen. In unregelmäßigen Abständen unterbrachen die Geräusche der Entladeeinrichtung die Cembalo- und Oboenklänge.

»Mitunter bin ich überrascht.« Amourea streichelte Cades rasierte Wangen. »Jetzt von deiner Fähigkeit, einzigartige Arrangements romantisch-erotisch zu nutzen.«

Er lächelte müde. Seine Finger spielten in ihrem Haar. »Ich habe diese Halle nicht konstruiert. Es ist ein herrlicher Platz.

Auch in Aissas Dorf Thut haben wir ein Haus, von dem aus wir alles unternehmen können.«

Inmitten der einzigartigen Kulisse hatten sie sich zärtlich und mit lang entbehrter Leidenschaft geliebt. Amou zog die leichte Decke über die Knie und griff nach dem Glas.

»Sprich nicht soviel, Cade. Küß mich.«

»Sofort, Prinzessin.«

Die Gläser klirrten, die Echos der Passacaglia zitterten zwischen den glänzenden Stalagtiten. Cades Zeigefinger wischte einen Schweißtropfen aus Amous Brauen. Als er schließlich den Kopf hob und in die Flämmchen der heruntergebrannten Kerzen starrte, müde und glücklich, sah er den versteinerten Seestern am Fuß eines silberweißen Pylons. Cade streckte den Arm aus, hob den handtellergroßen Fund auf und drehte ihn ins Licht. Die Versteinerung wog ungewöhnlich schwer. Cade richtete sich auf; ein plötzlicher Verdacht machte ihn hellwach. Er brach einen Arm des sternförmigen Steintieres ab, betrachtete die Bruchstelle und keuchte.

»Amou!«

Sie drehte sich auf den Rücken und blinzelte.

»Was erschreckt dich?«

Er ging zu den Kerzen, betrachtete den Fund noch gründlicher und sagte rauh:

»Dieser Pseudostern, uralt – er besteht aus . . .«

»Cryansed? CD?« Ein seltsamer Ausdruck der Betroffenheit trat in ihr Gesicht, das eben noch von der Gelöstheit wohliger Müdigkeit erfüllt gewesen war.

»Ja. Ich glaube nicht, daß ich mich täusche. Ich habe viele Funde im Ausstellungsraum Aissas in den Fingern gehalten.«

Sein Blick ging über den Sand, kletterte über die verwirrenden Formen der Tropfsteingebilde, glitt hinauf zur Höhlendecke. Cade richtete sich starr auf, schüttelte sich und ließ die Schultern sinken. Die Versteinerung fiel aus seinen Fingern.

»Die ganze verdammte Höhle, Amou, das ist alles Cryansed. Alles! Ein paar zehntausend Tonnen.«

Er ging auf sie zu, schweigend und überwältigt, fast erschrocken. Amous Blicke gingen an ihm vorbei und huschten über den unvorstellbaren Reichtum, von dem sie umgeben waren. Plötzlich war aus der romantischen Höhle eine Schatzkammer von bedrückender Gewaltigkeit geworden. Der Bergzug, die Wassermassen, die auf der Höhle lasteten, wurden für Cade und Amou zu einem erstickenden Gewicht. Cade zog sich langsam an.

»Wieder fehlen mir treffende Worte und geistreiche Bemerkungen.«

»Was ändert der Fund an unserer Mission?« Amous Augen wurden feucht. »Nichts. Er hat nur die Stimmung kaputtgemacht.«

»Ich kann noch nicht ruhig darüber nachdenken. Komm, Liebste. Gehen wir ins Schiff und erschrecken Storzia.«

Sie wickelten die Decken zusammen, hoben den Container auf und gingen zur *Capsizal* zurück. Unter den nackten Sohlen knirschte der Cryansedsand.

Die Leuchtfelder und Farbcodizes zeigten, daß in den meisten Laderäumen Atemluft zirkulierte und im Maschinenraum Luft in einem Tank komprimiert wurde. Vor dem Auge der verschwörerisch blinzelnden Eule las Cade:

*Scir Osmander, 77, * in Diamond Wings, Planet Leander. Eltern unbekannt. Lehrzeit (Fischereigehilfe) abgebrochen. Waisenhauszögling (ausgebrochen), Jugendstrafen wegen: Diebstahl, Rauschmittelverkauf, Gewalttätigkeit, Unterschlagung, Einbruch in Tateinheit mit Raub & Körperverletzung; mehrere Vergewaltigungen. Ermittelte Aufenthaltsorte seit 17. Lebensjahr:*

(Es folgte, fast wie eine Rubrik aus dem Planetaren Generalkatalog, eine beeindruckend lange Liste.)

»Beim armlosen Oktopus!«, sagte Cade. »Er ist wahrlich weit herumgekommen.«

Verschollen seit dem ... Lebensjahr. Sein Bruder: Scir Osmander, 98, (s.o.), Systemanalytiker-Ausbildung mit mehreren Auszeichnungen auf Sigma Draconis, Orville, abgeschlos-*

sen. Wegen Wirtschaftsverbrechen angezeigt, verurteilt; nach fünfjähriger Haft auf Arconis, Epsilon Draconis geflohen. Verschollen . . .

Cade las Kontenbezeichnungen von Banken mit exotischen Namen und Sitz auf nicht minder seltsamen Randwelten. Die Habensaldi waren atemberaubend hoch. Den Einzahlungen standen im wesentlichen nur die Ausgaben für das extrem teure *HGHforte* gegenüber. Cade pfiff durch die Zähne. »Be-eindruckend!«

Er schaltete den Holocomp ab und wandte sich um. Storzia las, die Lippen zusammengepreßt, in den Dossiers und hatte die Bilder der Sieben in einer Reihe vor sich liegen. Er bemerkte Cades Blick, sah auf und sagte:

»Irgendwie haben sich die Sieben gesucht und irgendwo gefunden. Zweitausendein Islands ist eine Entdeckung Tibault Olanrevajus, der kurz darauf als verschollen gemeldet wurde. Das hat mir DuRoy während der Ausbildung erzählt. Welch eine begabte, gänzlich skrupellose Schurkenschar. Wie werden sie auf unsere Eingriffe reagieren?«

»Wir haben Zeit, genau dies herauszufinden. Mir schweben schon einige wirkungsvolle Überraschungen vor«, sagte Cade. »Wollen wir die letzten Ballons aufblasen?«

»Einverstanden. Dauert nicht mehr lange«, sagte Storzia und folgte Cade zum Rand der Höhle.

Hinter den Felsen des Kaps tauchten viele kleine Lichter auf. Das Delphinrudel und die Fischerboote änderten ihre Richtung und steuerten im rechten Winkel auf die Brandungswelle zu. Die Leinen, an denen Tiere und Bootsbesatzungen die Kisten und Container der Raumschiffsladung zwei Meter unter der Wasseroberfläche schleppten, strafften sich wieder. Die Ballons, von denen die schweren Lasten in der Schwebe gehalten wurden, tauchten kurz auf, als die Brandung die Boote hob, mit sich riß und auf den Strand zuschleppte. Der Bug des führenden Bootes senkte sich. Amou stieß einen leisen Schreckenslaut aus, als das Boot hochkippte und die Insassen von einem Regen salzigen Wassers durchnäßt wurden. Der Widerschein des Feuers leuchtete auf den Wellen. Ein paar Kisten und Ballons tauchten hinter den Booten auf, als Storzias Ruf die Hälfte der Einwohnerschaft an den Strand brachte.

»Wir brauchen kräftige Männer zum Schleppen eurer Schätze«, rief er. Aissas Stimme übertönte mühelos Rufe, Lärmen und Gelächter. Die Luft zischte aus den ersten Ballons.

»Wir kommen, Storzia. Ist Jäger Cade bei euch?«

»Näher, als du ahnst, Caciqe.« Cade watete, den Arm um Amous Schulter, ans Ufer. Mädchen liefen umher und verteilten flackernde Fischöllampen. Eine halbe Stunde lang herrschte wildes Durcheinander, bis alle Boote hoch und trocken lagen und die Kisten im Magazin des Häuptlings, Storzias und Cades Haus und in einem Strandversteck verstaut waren. Die Delphine verschwanden in der Dunkelheit. Cade zog die wichtigsten Menschen in seinen Arbeitsraum und zeigte Amourea Küche, Schlafplatz und Bad. »Neuigkeiten, Aissa? Von Käpten Horze, Jadar oder gar von dir?« Storzia und Zakhari packten einige Kisten aus und stopften die schlaffen Ballons hinein. »Die Kinder können erst damit spielen, wenn die *Darkness*-Leute nicht mehr aufmerksam werden können.«

»Verstehe. Deine Freunde haben keine Nachricht geschickt.«

Niemand wußte, wo die Megajacht kreuzte; jedenfalls nicht vor den nächstliegenden Inseln des Archipels. Cade stellte Fragen, hörte zu und nickte dankend, als Lvoff einen großen Krug Braunbier brachte und ausschenkte.

»Wir haben kleine, leistungsfähige Funkgeräte in den Kisten, Aissa. Jeder wichtige Häuptling – es sind tausenddreihundert Stück! – bekommt eines. Aber es wird noch dauern, bis jeder mit jedem sprechen kann.«

»Das ist eine gute Nachricht, Jäger.« Aissa sah leidenschaftslos auf die schwingenden Hüften seiner zweiten Frau. »Was hast du auf Kondavaala erlebt?«

Cade winkte ab und berichtete von seinem Mißerfolg. Aissa sagte, ohne sichtbare Erregung:

»Der Tag, an dem die altgewordenen Sklaven zurückgebracht werden, ist also noch fern, Jäger?«

»Nicht ferner als etliche Monde.«

Aissa hob beide Hände, fluchte und starrte Cade in die

Augen. »Die Jacht wird viel Cryansed holen und viele junge Sklaven rauben. Du wirst die Verbrecher bald bestrafen, Jäger?«

»Nicht mehr heute nacht«, sagte Cade. »Die Stunde der Rache ist noch nicht gekommen, Caciqe. Ich habe schon einen Plan, aber keinen, der unseren Erfolg und unser Leben sichert.«

»Sag's, und tausend Männer werden an deiner Seite kämpfen. Deine schöne Freundin wird einen Schmuck bekommen, der meiner würdig ist, nicht wahr, Lvoff?«

»Ja, Herr von Thut.« Es war nicht deutlich, ob die junge Frau sarkastisch oder ehrfürchtig sein wollte. Aissa schüttelte Cades und Amous Hände, winkte und polterte vor Lvoff die Stufen hinunter. Sein seltsamer Vogel schimpfte hinter ihm her. Cade betrachtete einige Minuten lang die Bilder auf den Überwachungsmonitoren, dann beugte er sich über den Tisch und packte Storzias Unterarm.

»Morgen spielen wir alles Wissen, das Amourea mitbrachte, in die klugen Maschinen ein. Den nächsten Vorstoß nach Kondavaala bereiten wir besser vor als meinen Alleingang. Das Beiboot werden wir dort verstecken, wo die Insulaner und die Töpfervögel ihren Ton aus dem Berg scharren. Siehst du nicht, daß Zakhari todmüde ist und sich nach einem guten Wort von dir sehnt?«

»Du hast's getroffen, Cadelein.« Zakhari strahlte ihn dankbar an, gähnte und trat Storzia gegen das Schienbein. Storzia lachte und hob die Ausdrucke der Dossiers auf.

»Ich bin schon viel zu lange geblieben«, sagte er. »Bei Sonnenaufgang schicke ich«, er hob die Folienrolle, »einen oder zwei geflügelte Kuriere zum dicken Wirt.«

Cade nickte und deutete zwischen Storzias Augen.

»Und – bei Kraim! – nicht ein Wort über die Cryansed-Höhle.«

»Kein Sterbenswörtchen. Welche Höhle?« Storzia zog Zakhari zu ihrer Behausung, in der sich zwei Dutzend unausgepackte Container stapelten.

Cade wachte zweimal auf und ging um den Wandschirm herum in den langgestreckten Arbeitsraum. Während er, von schwer ergründbarer Nervosität geweckt und in Unruhe versetzt, auspackte und sortierte, sich schließlich noch ein Glas Rotwein einschenkte, lauschte er auf die Brandung und die wenigen Geräusche des schlafenden Dorfes. Das zischende Krachen der Riesenwellen erinnerte ihn an Kondavaala; einen solchen Fehler wollte er kein zweites Mal riskieren. Auf den Bildschirmen, weit nach Mitternacht, waren nur leere Terrassen und ein leerer Hafen zu sehen. Irgend etwas störte ihn. Am Rand seines Blickfeldes oder tief in seinen Überlegungen blinkte eine Idee, eine Einsicht oder das Gefühl, etwas übersehen zu haben. Er ging, das Weinglas in den Fingern, auf und ab, hinaus zur Terrasse, drehte sich langsam, musterte jede Handbreit des Raumes, der mit Möbeln und technischem Gerät überfüllt war. Nichts. Er schaltete die Monitoren ab, ging wieder auf die Terrasse, blickte aufs mondhelle Meer und hörte die Töpfervögel gurren.

Er kannte diese Art Unruhe: Sie hatte ihm und anderen mehrmals Gesundheit und Leben gerettet. Schließlich, als er im knarrenden Sessel hing, sah er, daß der Wein rhythmisch seine Farbe veränderte. Hinter dem Glas, ein paar Handbreit entfernt, blinkte ein winziges Kontrollicht. Cade warf sich nach vorn, stützte sich auf der Tischplatte ab und sah, daß der Transpondersender eingeschaltet war. Cade starrte den Schalter aus Halbmetall an, erfaßte die Bedeutung des Blinkens und erinnerte sich, daß es ihn schon gestört hatte, als er mit Zakhari und Storzia gesprochen hatte.

»Verdammt.«

Er fluchte leise und erbittert, während er den Schalter wieder zurückkippte. Es war eine Wortkombination von graziler Obszönität, die er von Steuermann Cartaou gelernt hatte.

»Mindestens siebenmal habe ich Zakhari beschworen, daß Unordnung auf einem Arbeitstisch überlebenswichtig ist. Verfluchte Putzwut!«

Das Blinken hatte aufgehört. Cade zuckte mit den Schultern, zog die Antennen aus dem Gerät und schob sie wieder hinein. Vielleicht hatte die Sendeenergie doch nicht ganz ausgereicht ... »Wahrscheinlich haben wir Pech. Und die Schurken finden ganz schnell heraus, wo die Tiere stecken.«

Der Schaden war angerichtet. Er setzte sich wieder, hob die Füße auf die Tischplatte und spürte Amou hinter sich. Sie nahm das Glas aus seiner Hand, trank und sagte leise:

»Den Fluch kannte ich noch nicht. Bemerkenswert. Hat das Verhängnis eben zu galoppieren begonnen, Jäger?«

»Es schwimmt. Zwanzig Knoten und schneller.«

»Die Wale?«

»Ja. Zakhari hat das Gerät bestimmt ohne Absicht eingeschaltet. Ouroboros, Nereide und Consorten. Jetzt können sie von den Kapitänen der *Tale O'Darkness* geortet werden. Und wir sind verantwortlich für die letzten Exemplare aus den ruinierten Ozeanen von Iten Cyone.«

Kühle Finger strichen Cades schweißnasses Haar aus der Stirn. Amou setzte sich auf seine Knie und hob die Hand.

»Unsere liebste Freundin Tsamourgeli dachte etwas weiter. Kluge Frau, übrigens. Sie sprach mit einer Ökocid-Gruppe. In einer der Kisten findest du zwei Dutzend identischer Sender. Frau Professor El Sayr muß dergleichen geahnt haben. Rüste deine Schweinsfische damit aus und erkläre ihnen, wie sie die Sender ein- und ausschalten. Deine hochintelligenten Tauchgenossen können mit den Geräten die Jacht ein Jahr lang durch alle Sieben Meere hetzen.«

Cade atmete tief ein und aus und antwortete fast tonlos:

»Seit Poters abstrusem Meteoritenfest scheine ich wirklich noch nicht genug gelernt zu haben. Du hast den Monat gerettet.«

»Dein Wohl ist mir wichtiger als jeder Monat.«

Cade streichelte ihren Nacken, und sie wurden abgelenkt, als auf dem winzigen Nebenmonitor grelle Lichter auftauchten. Cade aktivierte die größeren Bildschirme, bewegte behutsam die Fernsteuerung und betätigte die Vergrößerung.

Binnen weniger Minuten flammten Dutzende Tiefstrahler auf. Der Hafen links unter den Palastterrassen war in grelles Licht getaucht. Cade sah auf die Uhr: zwei Stunden vor Sonnenaufgang. Die Megajacht schob sich am Wellenbrecher vorbei, drehte langsam und driftete mit dem Heck voraus an den

Liegeplatz. Sklaven wimmelten auf dem Kai. Um die nachgeahmten Stümpfe ionischer Säulen legten sich die Belegtaue. Undeutlicher Lärm erscholl aus dem Kopfhörer, der neben dem leeren Weinglas lag. Die Sklaven führten etwa zwei Dutzend Gefangener über die Gangway; die Jacht hatte sämtliche Lichter gesetzt.

Mit gesenkten Köpfen trotteten junge Insulaner zwischen einigen Robotern und Männern der Jachtcrew über die Gangway und wurden zu den wenigen Häusern am Hafen geführt. Die Inselfürsten waren nur kurz zu sehen, während sich die Ladebäume am Kai hoben und senkten und große Körbe aus Drahtgeflecht voller Cryansed aus dem Schiff holten. Säcke aus Fischhaut schienen CD-Sand zu enthalten. Konzentriert und schweigend beobachteten Cade und Amourea jede Bewegung rund um den Hafen.

»Pazuul Shagorsen hat auf Iten Cyone einen Mittelsmann«, sagte Amou. »Undenkbar, daß er nichts von der Wal-Aktion weiß.«

»Wer fand das heraus?«

»Irgendein Agent der Flotte.«

Schließlich trafen sich die sieben Inselfürsten. Sie redeten eine Weile miteinander; die Mikrophone fingen nur Gemurmel auf. Aricca Zoraddu deutete aufs Meer, auf die strahlend beleuchteten Paläste, dann stiegen sie in einen offenen Wagen und fuhren entlang der mehrfarbigen Lichtinseln des Parks in die Richtung des Raumschiffs.

»Denkst du, was ich denke?« fragte Cade.

»Daß die Geschichte ihre schlimmstmögliche Wendung noch nicht genommen hat?«

»Diese sieben Frauen und Männer sind alt. Mindestens fünf davon haben nicht länger zu leben als zwanzig Jahre, höchstens. Ich rechne mit dem Schlimmsten. Beispielsweise können sie aus Rache den Planeten vergiften und zu einer anderen Welt flüchten.«

»Ohne daß das Imperium diesen Fluchtpunkt kennt. Wir sollten zuschlagen, wenn das Raumschiff gestartet ist und die Jacht wieder abgelegt hat. Hoffentlich tun sie uns diesen Gefallen.«

»Ich bleibe pessimistisch.« Cade schaltete den Monitor ab. »Vermutlich kann ich jetzt auch wieder einschlafen.«

Sie sahen noch einige Minuten lang zu, wie die Beute aus den Ladebuchten der Jacht zum Raumschiff gefahren und dort gestaut wurde. Als die Tiefstrahler auf Kondavaala wieder erloschen, schob sich Daonlikher vor die Terrassenbrüstung. Der Mond hatte sich rostigrot gefärbt, und der gleißende Krater näherte sich dem unteren Rand des Gestirns.

Die Ebbe hatte einen großen Halbkreis des Meeresbodens trockenfallen lassen. Heiße Mittagsluft wallte und brodelte über feuchtem Sand; dünner Nebel hing über der fernen Brandung. Das Dorf war in schläfrige Stimmung gefallen, und das Gefieder der Kuriertaube schien zu tropfen. Jede Bewegung rief Schweißausbrüche hervor. Cade nahm den feuchten Finger von der Terminaltastatur und drehte sich betont langsam herum, als Storzia die Schiebetür schloß. Ein Schwall feuchtheißer Luft kroch in den leidlich kühlen Raum.

»Jadar«, sagte Storzia mit müdem Grinsen. »Auf den Dicken ist Verlaß.«

»Auf die Putzsucht deiner Geliebten ebenfalls.« Cade bündelte eine Handvoll Späne und schob sie in den Tonkrug. »Übelholz. Brauchen wir dringend, denn Zakhari hat die Positionssender der Wale aktiviert.«

Storzia starrte Cade schweigend an, in steigendem Ärger. Unter seinem linken Auge begann ein Muskel zu zucken. Cade zeigte, als das Holz schwelte, auf das wuchtige Gerät vor sich.

»Überdies ist heute nacht Cryansed von der Jacht ins Raumschiff verladen worden. Die Wahrscheinlichkeit, daß sie ein Walecho aufgefangen haben, ist groß. – Was schreibt Jadar?«

Storzia faltete den Papierstreifen zu einem handtellergroßen Blatt auseinander und las vor:

»Innerhalb von drei Monaten verbrennt der Mond Teile des Planeten. (Mondstern, Silbermond, Mondsilber, Rächender Mond = viele Namen und Sagen.) Alle 71 Jahre? Schwierig zu ermitteln. Es heißt immer: damals, als Vater ertrank und ich noch nicht schwimmen konnte usw. Aber kollektive Ahnung, daß das Ende nahe ist. Von Horze seit Tagen nichts gehört. Wann schlagen wir los? Grüße an alle: Jadar.«

»Hm«, machte Cade. »Erst einmal muß die Insel leer sein.«

»Können wir etwas gegen die Signalauslösung tun, Cade? Du weißt, wie Zakhari ist. Sie wollte nur deinen Tisch aufräumen ...« Storzia hob die Schultern. Er wirkte verstört, fast hilflos. Cade schüttelte den Kopf.

»Wenn die Flut steigt, kannst du mit Triton sprechen. Erkläre ihm und seinen Partnern, wie die Signalgeber ein- und ausgeschaltet werden können. Sind die Delphine da?«

»Triton versprach, jeden Tag bei höchstem Wasserstand hier zu erscheinen.«

»Dann werden wir die Geräte vorführen. Die Leute von Iten Cyone haben mitgedacht.«

Er zeigte auf den Container, auf dessen Deckel die Silhouette eines springenden Delphins gemalt war. Amourea brachte dicke Tassen, aus denen Tee dampfte. Angeblich gut gegen die Schweißtropfen, sagte sie. Während Cade skizzierte, wie er sich die nächsten Einsätze vorstellte, atmeten sie den würzigen Rauch ein und stellten fest, daß sie sich entspannten und daß mehr Ruhe in ihre Überlegungen zurückkehrte.

Am dritten Egrigar, gegen Mittag, heulten und röhrten die Raumschiffstriebwerke über die Nachbarinseln Kondavaalas hinweg. Cade und Zakhari hoben die Köpfe. Storzia zeigte auf die Monitoren.

»Nur Shagorsen, Vandrey und die Wölfin sind auf der Insel.« Storzia lauschte dem abklingenden Triebwerksdonner. »Das Raumschiff bleibt, sagen die Dörfler, etwa einen Monat lang weg. Wenn die drei auf Waljagd gehen ...«

»... erobern wir die Insel«, sagte Cade. »Du und ich, Geliebte, wir besuchen heute nacht die *Capsizal*. Riskieren wir's?«

»Natürlich. Der beste Zeitpunkt.«

Zakhari blickte auf die farbigen Seiten des Dossiers. Das Bild einer Frau von kalter, maskenhafter Schönheit sprang ihr in die Augen. Sie blinzelte und las die Charakterisierung.

*Aricca Zoraddu, 46, Soziopathin. (nennt sich ›La lupara‹ = die Wölfin). * in Binz, Planet Ulweiler, Gamma Niaplacidus. Ausbildung als Linienstewardeß, Zusatzkurse: Navigatorin, Xenobiologin (abgebrochen), dann Eheverträge mit: Naveth Abubacar (gest.), Fua Marc Rusillon (gest.) und Tibault Olanrevaju (Prospektor, Entdecker der Welten Hisshiss, Amenemhet und Cythera, verschollen)...*

Storzia legte das Kinn auf ihre Schulter und sagte abschätzig: »Du wirst zwangsläufig in tiefe Abgründe eines kranken Verstandes blicken müssen. Aber du solltest dich nicht zu sehr mit diesen Verbrechern beschäftigen.«

»Sie ist eine Schönheit, Storzia.«

»Äußerlich. Ihr Herz ist so zerfressen wie ihre Moral. Sie ist in einer anderen Welt, nicht unserer. Wir werden sie wahrscheinlich töten müssen.«

Er zog das Dossier aus Zakharis Fingern, küßte sie auf die Wange und schob die Bögen in Cades Mappe zurück. Von seiner Terrasse rief Aissa. Storzia rannte hinunter und hielt eine Nachricht Jadars in den Fingern. Er las, schnippte mit den Fingern und sagte:

»Jadar will helfen. Horze liegt mit der *Nihil obstat* im Hafen von Troynavant.«

»Schreibe ihm, Storzia, daß Horze die Kisten mit den Funkgeräten abholen und verteilen muß. Jadar soll die nächsten Tage noch in seiner Schänke bleiben. Wir warten auf die Flut, auf die Delphine und auf einen kundigen Fischer, der uns nach Lei'ana bringt.«

»Ohne ungebührliche Hast, aber mit Entschlossenheit«, sagte Amourea. Vier Stunden später waren drei Boote, darunter Cades Kunststoff-Nußschale, auf dem Kurs zur Korallenmauer. Zwei Delphine folgten den Seglern, die in beängstigender Schräglage durch die Wellen schossen. Cade und Amourea schliefen, zwischen den Duchten ausgestreckt. Nicht jeder Insulaner war in Cades Pläne eingeweiht, aber Aissa rief seine zuverlässigsten Männer zusammen, die Storzia unterweisen sollte. An der Südküste der Insel segelte, hoffentlich, Horze lo Venosta nach Thut. Am Abend wachte Cade auf, blinzelte in die Sterne und sah den riesigen abnehmenden Mond. Cade drehte den Kopf und fragte gähnend:

»Großlunge Guchuy – wie weit bis zum Ziel?«

»Kurz nach der Morgendämmerung, Jäger.« Cade ließ sich zurücksinken und zwang sich, die Blicke von dem Mond zu lösen. Der blitzende, funkelnde Krater verschwand bereits hinter dem unteren Rand des Gestirns. Einzelheiten der Pläne, viele Lösungsmöglichkeiten und die gedanklichen Versuche, auch das Scheitern einzuplanen, wirbelten durch Cades Kopf. Er griff nach der kantigen Naqnaqnuß und hoffte, der nächste Schluck würde ihn so lange betäuben, bis er wieder durch körperliche Anstrengungen gezwungen wurde, nur an die unmittelbare Zukunft zu denken. Überstieg die Größe des Problems seine Fähigkeiten? Er war unsicher. Selbstzweifel? Er murmelte:

»Aber ja. Und wie!«

Er trank noch einen Schluck, verkorkte die Nuß und sank in einen sackartig schwarzen Tiefschlaf.

Triton und Tethys wirbelten herum, sprangen in das aufgewühlte Wasser des Höhlenausganges und schwänzelten wieder zur Wasseroberfläche zurück. Cade schob die Maske in die Stirn und watete auf die *Capsizal* zu. Der Lichtstrahl aus Amous Handscheinwerfer geisterte über den silbrigen Sand und heftete sich auf die Schleusentür des Schiffes. Cade ließ sie aufgleiten und schwang sich ins Innere, zog Amou in die Schleuse.

»Unser Versuch wird über den Erfolg für Zweitausendein Islands entscheiden«, sagte er und wechselte die Kleidung. »Wenn uns die Inselfürsten nicht orten, haben wir den ersten Zug gewonnen.«

Amou schlüpfte in weiche Stiefel und ging zum Heck des Schiffes. Das winzige eiförmige Beiboot war spartanisch eingerichtet; an vielen Stellen glänzten noch die Schrauben und Nieten zusätzlicher Installationen. Cade und Amou testeten sämtliche Systeme mit Hilfe des Schiffscomputers, dann schwebte die Pinasse aus dem Heck und senkte sich auf den Sand.

»Ich wünschte, ich könnte deine Zuversicht teilen.« Amourea

öffnete den linken Ausstieg und sprang heraus. »Jedenfalls haben wir keine Eile.«

»Noch zehn Stunden bis zur Dunkelheit.«

Cade ging langsam um die Pinasse herum und warf mißtrauische Blicke in die Triebwerksöffnungen. Zwei Scheinwerfer der *Capsizal* leuchteten einen ovalen Sandfleck aus. Cades Schatten wanderte riesengroß über die Kegel und Pyramiden. Amou winkte ihn ins Raumschiff und braute in der Kombüse zwei Tassen Kh'olk. Cade starrte den holografischen Achaierhelm an.

»Informationen über Monde und Mondbahnen. Wenn vorhanden, alles über Doanlikher.«

Die Eule blinzelte. Cade stützte die Ellbogen auf, legte sein Kinn in die Handflächen und versuchte, aus den Bahnkurven, möglichen Achsverschiebungen, Größen und Entstehungstheorien etwas herauszufinden; über den Mond dieses Planeten wußten die Speicher so gut wie nichts. Nach einiger Zeit stand für Cade lediglich fest, daß der Mond sich in rund sechzig Tagen einmal um die Achse drehte und, als Zeitmaß der Insulaner, daß der siderische Monat richtig ermittelt worden war.

»Vielleicht sollten wir doch die Insel der Astronomen besuchen«, sagte er und löschte die Informationen. Er sah auf das Chronometer. »Noch genug Zeit.«

Amourea schob zwei Fertiggerichte in den Ofen und zog Cade vom Terminal weg.

»Bald wissen wir etwas mehr.«

Eigentlich war es unwichtig, daß sie alles über die Gegner wußten. Aber um ihre Reaktionen richtig abschätzen zu können, brauchten sie mehr Informationen. Noch schienen die Inselfürsten nicht zu ahnen, daß sie sozusagen umzingelt waren, und sie durften die Pinasse nicht orten oder deren Funkgespräche abhören.

Als an der Oberfläche die kurze äquatoriale Abenddämmerung fiel, schwebte das Beiboot summend in die Höhe, drehte sich und schob sich auf das regungslose Wasser zu. Fast geräuschlos tauchte es ein, glitt schräg abwärts und folgte den Scheinwerferstrahlen, bis es in waagerechter Lage auftauchte und, nachdem die Scheinwerfer erloschen waren, klatschend die Wasserfläche durchbrach. Cade suchte die Umgebung ab: Hinter dem Beiboot wölbten sich die Zinnen der Riffinsel unter bewölktem Himmel. Cade schwebte, drei Meter über dem Wasser, westwärts, auf die nächste Insel zu, die sich als veränderliches Gitter- und Linienmuster im Radarhologramm abzeichnete.

»Ich glaube, ich kann nicht noch vorsichtiger steuern, wie?«

Amourea sah zu, wie weitere Inseln aus gelben Linien und Gittern aus der dunkelblauen Grundfläche auftauchten. »Halte den Energieausstoß so gering wie möglich.«

Die Inseln glitten seitlich weg, und neue Hindernisse tauchten voraus auf. Als Cade den Schutz einer gebirgigen Insel hinter sich wußte, schob er die drei Fahrthebel nach vorn und hielt das Boot auf gleicher Höhe und gleichem Kurs.

»Nach rund fünfzehntausend Kilometern ziehen wir hoch.«

»Und vorläufig fliegen wir noch unterschallschnell.«

Cade lehnte sich zurück, pfiff leise und schaltete, nachdem er sich zwischen Inseln hindurchmanövriert hatte, den Kurspiloten ein. Später schob sich der Mond auf den Vorausschirm. Als Cade lange genug auf die zerklüftete, kraterübersäte Kugel gestarrt hatte, glaubte er so etwas wie einen genialen Einfall zu haben. Er sprach nicht aus, was er dachte, schließlich tippte Amou auf die Ziffern des Entfernungsmessers.

»Wir können es riskieren, denke ich.«

Cade setzte die Geschwindigkeit herauf. Sekunden später schüttelte sich das Boot, und über die Inseln fuhr ein Donnerschlag hin. Schließlich flog Cade einen Viertelkreis und sah, wie sich auf dem Heck-Bildschirm langsam die Krümmung des Planeten wölbte. Amourea kippte die Schalter des Funkgerätes und aktivierte das Aufzeichnungsgerät.

»Mach's kurz, Amou.« Sie nickte und regelte einen ungebräuchlichen Kanal ein.

»Noch etwa zehn Minuten.«

Das Boot verließ die Atmosphäre und jagte scheinbar auf den Rand des Mondes zu. Cade studierte den auffallenden Krater und lächelte dünn. Licht und Schatten modellierten den ungewöhnlich gut erhaltenen Krater und dessen hohen Ringwall. Das Boot flog in den Mondschatten ein. Amourea drückte den Empfangsschalter. Ein Monitor flackerte und zeigte Kopf und Oberkörper eines schmalgesichtigen Mannes, den Cade aus DuRoys Umgebung flüchtig kannte.

»Wir brauchen die versprochene Unterstützung«, sagte Amou betont deutlich. »Das Raumschiff der sieben Verbrecher ist gestern mit einer großen Ladung Cryansed gestartet. Die Insulaner sagen, daß der Flug rund dreißig Tage dauern wird. Drei Inselfürsten blieben zurück. Die Wale sind gefährdet; wir werden in den nächsten Tagen eingreifen. Die Ersatzmannschaft für Kondavaala soll sich bereithalten. Die Mondsilberlegende sagt, daß jeweils in etwa siebzig Jahren der Mond Teile des Planeten verbrennt. Es wäre angebracht, am Tag des Kultplatz-Auftauchens imperiale Größe zu demonstrieren. Wann dieser Tag ist, wissen wir noch nicht. Der uralte Kultplatz taucht im Gebiet der meisten Inseln auf.« Sie hielt einen Kartenausschnitt vor die Linsen. »Wann können Sie bereit sein, Commander Kollier?«

»Innerhalb eines planetaren Monats.«

»Früher rechnen wir auch nicht mit dramatischen Vorgängen. Setzen Sie genügend Schiffe und Leute ein, um Flug, Landeplätze und Rückflug des Raumschiffs zu kontrollieren. Einige Büros und Häfen sind bekannt. Wenn Sie Fehler machen, bekommen wir Schwierigkeiten.«

»Wir tun unser Bestes, Madam.«

Cade sagte grimmig über Amous Schulter hinweg:

»Die Jacht der Verbrecher ist ausgerüstet wie ein Schlachtschiff. Wir lassen uns von Delphinen schleppen. Vielleicht begreifen die Imperiumsbehörden diesen mißlichen Umstand.«

»Gewiß, General Chandra. Ich spreche sofort mit Commander DuRoy.«

»Empfiehlt sich.« Cade grinste. »Haben Sie Mitteilungen für uns? In wenigen Tagen werden die Funkgeräte an die Häuptlinge verteilt, aber noch nicht aktiviert.«

»Keine Mitteilungen, General.«

»Ich überspiele den Mitschnitt unserer Optiken, Kollier. Versuchen Sie herauszufinden, wie sich unser riesiger Mond verhält. Versuchen Sie zu ermitteln, an welcher Stelle einmal jährlich eine extrem niedrige Ebbe stattfindet und warum. Wenn wir etwas erfahren, wird es Teil unserer nächsten Meldung sein. Dringende Kontakte auf dem üblichen Weg.« Er deutete auf seinen Hals, hinter dem Ohr. »Ende?«

Commander Kollier salutierte knapp und nickte.

»Danke. Ende.«

Cade jagte die kurze, tonlose Sendung hinaus, die hauptsächlich den Mond zeigte, und Amou kippte den Ausschalter, als ein Leuchtfeld blinkte. Sie lehnte sich gegen Cade und flüsterte:

»Hoffentlich war's kurz genug.«

Er zuckte mit den Schultern und steuerte das Boot in eine Richtung, die auf den Krater zuführte. Cade sagte ärgerlich:

»DuRoy kann eigentlich nur die neuen Leute absetzen und einige Laderäume voller milder Gaben verteilen. Den Rest erledigen Cade und seine Fußtruppen.«

»Vergiß die Delphine nicht, Liebster.«

Er flog so nahe an den Mond heran, wie er es verantworten konnte. Mit der schärfstmöglichen Vergrößerung betrachtete er den Krater, der Sonnenlicht einfing und blendend strahlte.

»Ich würde mich nicht wundern«, sagte Cade und nahm wieder Kurs auf die Tagseite des Planeten, »wenn man in diesem Krater ebenfallls eine Schicht Cryansed finden würde.«

Die Morgendämmerung stand kurz bevor, als Amou das Beiboot in die Lehmhöhle steuerte und auf dem Bodenrost aufsetzte. Die *Nihil obstat* lag am Steg, im Schlick der Ebbe. Auf Cades Terrasse warteten Jadar und Horze. Aus dem Arbeitsraum rief Zakhari: »Cade! Die *Tale O'Darkness* ist ausgelaufen. Mit großer Crew.« Cade stemmte die Arme in die Seiten; abenteuerliche Gedanken schossen ihm durch den Kopf.

»Das beschleunigt unsere Vorhaben«, sagte er. »Welcher Kurs?«

»Nach Nordwest, zu den Großen Inseln. Dort sind Wale gesehen worden. Aber auch Delphine.«

»Hoffentlich jene mit den Peilgeräten«, brummte Storzia. »Gut, daß du trotzdem gekommen bist, Jadar.«

»Ich hab' mich gelangweilt.«

»Wir gehen mit der Flut in See«, sagte Cade. »Horze, Storzia, Jadar: volle Ausrüstung, wie besprochen. Aissa soll seine Flotte losjagen. Was wir tun, wird durch die Abwesenheit der Schurken natürlich erleichtert.«

Amourea sagte: »Die Delphine werden natürlich die Waljagd zu sabotieren versuchen. Die Wale erkennen natürlich nicht, in welcher Gefahr sie sich befinden. Wann legst du ab, Horze?«

Der Kapitän hob vier Finger. Cade setzte sich vor die Monitoren und bewegte die Suchlinsen über die beleuchteten Terrassen und Parks. Alles lag wie ausgestorben da. Nur die Roboter bewachten die Anlagen. Cade hatte aus dem Informationsspeicher erfahren, daß die Modelle mehr als zwei Jahrzehnte alt und entsprechend wenig leistungsfähig waren. Sie vermochten riesige Mengen Bilder zu speichern, konnten den Park mit unsichtbaren Strahlen durchsuchen und Laserstrahlen abfeuern, wenn sie ein Ziel definiert hatten.

»Es ist durchaus möglich, daß die *Tale O'Darkness* nicht hinter den Walen her ist.« Jadar stemmte seinen mächtigen Körper in die Höhe und stützte sich auf Cades Tisch. »Sondern andere Häfen anläuft und die nächste Cryansed-Sammlung veranstaltet.«

»Denkbar. Waren sie schon in Thut?«

»Ja. Zwanzig Tage vor unserer Ankunft. Sie lassen Aissa längere Zeit in Ruhe.«

»Storzia ist mit dem Häuptling bei der Flotte. Brieftauben sind gestartet. Es kann sein, daß ein paar Schiffe schon in dem bewußten Fjord warten, wenn wir dort einfahren.«

Horze sah zu, wie Cade aus den Regalen methodisch seine Ausrüstungsstücke in Segeltuchtaschen einpackte. Auf der Insel würde die Bewaffnung ausreichen, aber gegen die Megajacht hatte niemand die geringste Chance. Amourea und zwei Frauen Aissas verteilten Essen, in große Blätter eingewickelt. Als sie wieder außer Hörweite waren, stellte Cade die Taschen vor sich hin und zog die Raumfahrerstiefel aus.

»Wir sprechen später über den silbernen Feuermond, Jadar.«

»Ich habe eine Strichliste angelegt. Ich werde wohl nicht mehr erfahren. Denkst du an die Astronomeninsel?«

»Ja. Später.«

Horze trug seine Insulanerkleidung und den klirrenden Muschelschmuck mit der großen Cryansedschnecke über dem Herzen. Er sagte:

»Über die Kultstätte werde ich dir auch einiges berichten können. Fertig?«

Das Rauschen der Flut wurde lauter. Der ablandige Wind trieb die schnurrenden Flügel des Windrades, dessen Generator den Strom für die Kühlkästen der Fischer lieferte. Cade wickelte seinen Halsschmuck in den dünnen Stoff des Sarongs und fragte sich verzweifelt, ob er etwas vergessen hatte. Er zuckte mit den Schultern und verabschiedete sich von Amourea.

KAPITEL
1

Im Morgengrauen begleitete ein Jacomafisch die *Nihil obstat*. Cade und Horze beugten sich im Heck weit über die Backbordreling. Die drei Antigravelemente, die den Rumpf des Schiffes fast völlig aus den Wellen hoben, summten leise.

»Ein seltsames Tierchen«, sagte lo Venosta. »Neugieriger als du. Siehst du die vielen Arme und Fortsätze?«

»Einigermaßen.«

Das Wasser war ruhig und klar. Cade betrachtete den eineinhalb Meter langen Fisch. An vier langen Tentakeln saßen faustgroße Augen, von denen drei die Männer anblinzelten. Andere Öffnungen an den Enden von Fadenarmen schlossen sich rhythmisch, wanden sich durchs Wasser, und die Haut des Tieres leuchtete im ersten Licht in allen Regenbogenfarben.

»Augen, Hörorgane, die Tastkörperchen der Seitenlinie, Außenkiemen, Fangarme und möglicherweise andere Organe;

alles wedelt um den Körper herum. Das ist das zweite Exemplar, das mir begegnet.«

Cade blinzelte in die Fischaugen zurück. Das Tier besaß mindestens zwanzig lange Auswüchse und fünf große Flossen, mit denen es mühelos die Geschwindigkeit des Schiffes mithielt. Cade schirmte die Augen mit der flachen Hand und blickte dorthin, wohin Horze zeigte.

»Die Insel. Wir sind in unverdächtiger Entfernung. Noch vor Abend sollten wir bei der Flotte sein.«

Südwind und die versteckten Geräte verliehen dem Schiff eine ungewöhnlich hohe Geschwindigkeit und Kursstabilität. Horze deutete wieder auf den Jacomafisch.

»Ihn zu fangen ist t'puoy. Wenn man ihn sieht, ist es ein gutes Zeichen, sagen die Fischer.«

»Wie schön. Jetzt haben wir genug Zeit, Jadar.«

Jadar wischte sich salzige Tropfen aus den Augen und sagte:

»Diejenigen Insulaner, die sich noch erinnern, nannten vier Monde. Egrigar, Fafa, Gingoog und Horgeisa. Am häufigsten hörte ich Gingoog, also der übernächste Mond.«

»Ein bestimmter Tag, Jadar?«

»Es hieß stets, wenn der Mond zu Ende geht. Aber die Sage existiert in abenteuerlichen Varianten. Der Mond fällt brennend auf die Insel, das kochende Meer wirft gesottenen Fisch an die Strände, die Inseln verbrennen von innen heraus. Alles geht lautlos vor sich. Tag und Nacht sind durch riesige Dampfwolken verdunkelt. Stürme, Gewitter, Riesenwellen!«

»Also innerhalb hundert Tagen?«

Jadar saß am Heck und lehnte gegen das Schanzkleid. Er versuchte, miteinander in Einklang zu bringen, was er von vielen erfahren hatte.

»Jedenfalls ist die Heimsuchung durch den Mond eine Tatsache. Vielleicht helfen ein paar meiner Beobachtungen weiter. Zuerst unser Einsatz. Und wie steht es mit deinen Erkenntnissen über das Kultheiligtum, Horze?«

»Ich habe bewußt keine Caciqen und Dragomane angesprochen. Ich habe eine ebenso gute Karte wie du, Cade. Jeden, der etwas von der Seefahrt versteht, habe ich befragt. Im Lauf von mehr als hundert Tagen wird dort, wo sich die meisten Inseln gruppieren, für mehr als sechs Stunden ein Bauwerk auftauchen. Aber dort könnten wir jahrelang suchen.«

Cades Stimme erhielt einen prophetischen Klang.

»Eines Tages werden viele Häuptlinge . . .«

»Die mittlerweile fast alle Funkgeräte haben sollten«, unterbrach Horze.

». . . sich in Booten auf den Weg machen und zu einer gewissen Stunde treffen. Dann wissen wir's. Mit der *Capsizal* sind wir schnell dort. Aber wir müssen es viel früher erfahren.«

»Einer der zögerlichen Häuptlinge wird das t'puoy brechen«, versicherte Jadar Kastor. »Und wenn ich ihn würgen muß.«

»Ich habe Aissa schon darauf hingewiesen«, Cade suchte den Feldstecher aus seinem Gepäck hervor. »Nämlich, daß ein verletzter t'puoy weniger wert ist als ein toter Planet.«

»Richtig. Wann werden die Funkgeräte ausgeteilt sein?« fragte Jadar.

»In einigen, höchstens einem Dutzend Tagen. Von Insel zu Insel, Cade, das geht fast so schnell wie eine Nachricht.«

»Verstanden. Ich habe Zakhari verboten, den Aktivierungsschalter auch nur anzusehen«, sagte Cade. Das Gelächter weckte einige Männer der Crew. Jadar rief:

»Sie rührt kein Stück Ausrüstung mehr an. Sie putzt nicht einmal Storzias Stiefel.«

Die Männer waren wie Fischer gekleidet; sie wollten kein Risiko eingehen. Cade wickelte einen Teigfladen, mit Fleisch-Gemüse-Fisch-Gemisch gefüllt, aus der grünen Verpackung, biß hinein und sah zu, wie Shakum auf einem winzigen Kocher Teewasser erhitzte.

»Eigentlich haben wir genau das erwarten müssen, was jetzt passiert«, sagte Cade nachdenklich. »Auf die Flotte können wir uns, was Geräte und Ausrüstung betrifft, verlassen. Und sie werden wohl auch die Ersatzleute rechtzeitig bereitstellen. Aber ob das Raumschiff überwacht und abgefangen wird, die Jacht angehalten – das hat die Zufälligkeit weißer Magie, Horze.«

Jadar grinste. »Bei Skuardi war's einfacher. Er befahl, und ihr seid losgeritten.«

Cade warf den Rest seiner Mahlzeit ins Kielwasser. Es gab einen schäumenden Wirbel, dann ein pfeifendes Gurgeln.

»Er sagt ›danke!‹.« Shakum warf zwei Handvoll Teeblätter ins siedende Wasser. »Wenigstens einer ist höflich auf diesem verdammten Ozean.«

»Wir gehen so vor, als müßten wir wirklich alles allein niederringen«, sagte Cade. »Wir schaffen es schon.«

Die Crew war ausgeschlafen; die Bartstoppeln in den braungebrannten Gesichtern glänzten hart. Jeder hatte Cades zornige Ansprache verstanden. Das Schiff mit dem riesigen Segel, den leuchtenden Farben und dem auffallenden Schnitzwerk umfuhr die Insel in weitem Bogen, fast außerhalb der Entfernung, bis zu der ein scharfes Glas trug. Neun Frachtschiffe und eine Handvoll Fischer, die zu den östlichen Inseln unterwegs waren, hatten den Kurs der *Nihil obstat* gekreuzt. Am frühen Abend, längst wieder auf Westkurs, wartete Horze einen auflandigen Wind aus dem nördlichen Quadranten ab und steuerte den Fjord ab. Cade versuchte, zwischen Felswänden, Brandung und Sand etwas zu erkennen und ließ das Glas sinken. Er wandte sich an Horze.

»Ich sehe nichts von der Flotte.«

»Recht so.« Der Kapitän kratzte sich unter rasselnden Muscheln und Haizähnen. »Wenn du sie nicht siehst, sind sie auch für die Inselfürsten unsichtbar.«

»Offensichtlich unterschätze ich hartgesottene Fischer. Besonders dann, wenn ich Mißerfolg fürchte«, sagte Cade leise.

»Storzia solltest du nicht unterschätzen. Er führt die Fischer.«

Jadar faltete im Bug die Decken zusammen. Minuten später tauchte der Bug in die Schatten ein, hob sich auf dem Kamm der Brandungswelle und richtete das Heck steil in die Höhe. Ein paar Pfiffe ertönten. Horze hantierte mit der Pinne und den Reglern, seine Männer nahmen das Segel aus dem Wind und belegten die Rah. Jetzt sah Cade die vielen Boote, die perfekt jedes erdenkliche Versteck ausfüllten: zwischen Felsen, entlang der Riffe, zwischen spärlichen Brackwasserpflanzen und auf dem trockenfallenden Strand. Die *Nihil* stürzte, umgeben von brechender Brandung, ins stille Wasser. Die Leinwand knatterte, dann steuerte Horze das Schiff in den Schutz einer Felskanzel und schaltete die Antigravplatten ab.

»Danke für die Überfahrt.« Cade suchte seine Ausrüstung

zusammen und kletterte am Bug in den trockenen Sand. Aus der halben Dunkelheit löste sich eine Gestalt und rannte auf ihn zu.

»Jäger Cade. Alles ist bereit. Gute Überfahrt?«

Cade schüttelte Storzias Hand. Nicht ein Fischer war zu sehen.

»Leidlich. Wie weit seid ihr vorgedrungen? Hat euch jemand aufgehalten?«

»Nachtjagende Vögel belästigten uns. Jetzt nicht mehr.« Cade wickelte den Sarong über die Hüften, machte drei feste Knoten und hängte den Schmuck über den Overall.

»Schwierigkeiten mit den Robotern?«

»Nein. So weit haben wir uns nicht vorgewagt.«

Jadar stapfte heran, schlug Storzia auf die Schulter und winkte. Horzes Crew schlich im Schatten den Sandhang hinauf. Storzia berichtete halblaut:

»Wir haben hundertsieben Männer und zweiunddreißig, mit euch dreiunddreißig Boote. Die Männer sind genau unterrichtet und eingewiesen. Sie tragen ihre gewohnte Kleidung und haben die Gesichter geschwärzt, was wir auch tun sollten. Die Inselherrscher können niemand identifizieren.«

»Ausgezeichnet, Storzia«, sagte Cade. »Du kennst alle Wege?«

»Ja. Wir hatten genug Zeit.«

Storzia führte die Gruppe fast auf dem gleichen Weg, den sich Cade mühsam genug gesucht hatte. Dreißig Schritt vor dem Buschwerk, zwischen dem der Erdspalt begann, sah Cade den ersten Kadaver; ein schwarzes Bündel im helleren Sand, umgeben von Massen winziger Aasfresser, schillernder Käfer und großen, ameisenartigen Insekten, die am Gefieder zerrten und winzige Reste des nachtjagenden Vogels in alle Richtungen davonzerrten. Noch ehe Cade fragen konnte, flüsterte Storzia:

»Pfeile und Armbrustbolzen sind wieder eingesammelt worden.«

Zwanzig Schritte weiter, in der Tiefe des Felsspaltes, blitzten einzelne Lichtstrahlen aus kleinen Lampen auf. Cade sah in grinsende, geschwärzte Gesichter.

»Ihr sollt uns zu der Stelle bringen, an der wir die ersten

Maschinen sehen. Einige müssen hier bleiben und den Rückzug sichern.«

»Jawohl, Jäger.«

Es waren nicht viele Fischer, die an den Eckpunkten des langen Felsspaltes warteten. In dichten Abständen lagen die toten Raubvögel entlang des Weges. Auch in den Ästen des Baumes sah Cade regungslose, dunkle Klumpen. Mitten im Grenzwald, in tiefster Finsternis und drückender Schwüle, halb von Geröll und moderndem Laub angefüllt, kroch der Boden des Pfades in die Höhe. Storzia wisperte:

»Nach links, Cade.«

»Wo sind die anderen?«

»Im Halbkreis versteckt, über den Parks und Palästen.«

Nach rund zweihundert Schritten, an drei Insulanern mit Handscheinwerfern und Seilbündeln ausgerüstet, befanden sie sich am Rand des kultivierten Geländes. Zwischen wohlriechenden Mauern aus gestutzten Büschen, entlang breiter Streifen blühender Mondsternlilien, schoben sich Jadar, Storzia und Cade aus der Deckung. Vor und unter ihnen erstreckten sich Täler, niedrige Hügel, Wege, Brunnen und Pavillons, unzählige Lichter und Kunstwerke auf würfelförmigen Sockeln, und jenseits der gesamten Anlage schimmerte das nächtliche Meer. Cade suchte das Gelände durch den Feldstecher ab. Nicht mehr als ein Dutzend Menschen waren auf den Terrassen zu sehen.

»Beeindruckend. Diese Maschine, Storzia, wartet nur auf uns.«

»Ich hab' sie schon eine Stunde lang angestarrt.«

Die Maschine, die in zweihundert Schritt Entfernung auf dem Hügel neben einer Wegkreuzung stand, eine kastenförmige Konstruktion aus unterschiedlich großen Würfeln, blinkte mit winzigen Kontrollichtern. Die Suchoptiken bewegten sich langsam und stets dreihundert Grad hin und her. Cade kontrollierte die Ausrüstung in den Taschen, steckte eine Leinentasche in den Gürtel und flüsterte:

»Ihr wartet, bis ich pfeife, klar?«

Jadar und die Crew nickten schweigend. Storzia begleitete Cade etwa fünfzig Schritt weit, dann zielte er mit der schweren Waffe. Cade zog die Handschuhe straff und kletterte die dicken

Äste eines Sangobaumes aufwärts, bis halb in die Krone. Auf einem durchfedernden Ast tastete er sich zum Nachbarbaum, hielt sich am Stamm fest und wartete, bis das leise Rascheln der Blätter aufgehört hatte. Er turnte bis zu einem kleineren Baum und fast lautlos zu der Palme, unter der die Maschine ihre Objektive schwenkte. Cade hakte die Stiefel in die scharfen Oberkanten der Schuppen ein, kletterte abwärts und zog die Leinwand hinter der Gürtelschnalle hervor. Er konzentrierte sich auf die Maschine, lauschte auf das feine Sirren aus der Tiefe der Konstruktion. Dann ließ er sich fallen, breitete den Leinensack aus und stülpte ihn, ehe seine Sohlen den Boden berührten, über Linsen und Strahlprojektoren. Die nächste Bewegung: Das Messer glitt aus dem Stiefelschaft. Cade sprengte die Klappe der Inspektionsöffnung auf, drückte den Zündkontakt einer halb faustgroßen Sprengkapsel und schlug den Deckel mit der Faust zu. Er sprang hinter den Palmenschaft.

Im Inneren des Robots ertönte ein scharfes Krachen; der Deckel sprang auf, Flammen und Rauch schlugen aus der Öffnung. Cade wartete fünf Sekunden und zog den Sack von den Linsen. Alle Funktionsleuchten waren ausgefallen, aus dem Loch ringelte sich beißender, weißer Rauch. Cade rannte zu Storzia, pfiff und deutete nach rechts. Einige Männer bewegten sich hinter raschelnden Büschen und warteten vor den ersten Gebäuden.

»Wir haben genug Zeit«, murmelte Cade. »War einfacher, als ich dachte.«

Cade zeigte auf zwei Maschinen. Am linken Rand der Parkanlage stand ein Roboter auf einem hellen Steinblock neben einer Reihe kalkweiß angestrahlter Fontänen. Der andere, in dessen optischem Bereich die Wasserspiele glitzerten, befand sich in einem Pavillon nahe jenes Baumes, in dem die Beobachtungseinrichtungen angebracht waren.

»Ich nehme den Gelben, du die Maschine im Pavillon.«

»Verstanden.«

Als sich Cade und Storzia ins Gebüsch zurückgetastet hatten, schlichen Jadar, Horze und deren Männer weiter auf die Gebäude zu. In weitem Bogen bewegten sich Cade und Storzia auf die Kaskade unterhalb der Fontänen zu. Storzia berührte Cade kurz an der Schulter und verschwand nach links.

Cade griff in die Erde unter den Sträuchern und verrieb feuchten Schlamm in seinem Gesicht, ging am Ende des Irrgartens in die Knie und robbte hinter den zierlichen Steinen der Brunnenumrandung in den Schatten des Sockels vor den gleißenden Wasserlanzen. Die wenigen Geräusche seiner Knie und Ellbogen gingen ebenso wie das Rascheln des Schmucks im Rauschen des Wassers unter.

Hinter Cade, jenseits des Labyrinths, ragten eine künstlich gealterte Mauer und Bäume auf, in gleichen Abständen und gleich hoch gewachsen. Cade erreichte den Steinwürfel, griff nach Leinensack, Sprengkapsel und Messer und spähte zu Storzia hinüber.

Sie näherten sich den Robots im toten Winkel der Suchinstrumente. Cade hob die Augen über die Steinkante, blickte an den Flanken der Maschine hinauf und nickte. Er war an der richtigen Stelle. Als er aus dem Augenwinkel sah, wie sich Storzia hinter einer Säule aufrichtete, stand er auf, griff nach oben und schwang sich auf den Sockel. Einen Sekundenbruchteil später stülpte sich der Sack über die Optiken, sprengte die Messerklinge die Klappe auf, und als Cade wieder im Schutz aus Schatten und Stein war, krachte die Detonation. Nicht ganz einen Atemzug später sah er Stichflammen und Rauch aus dem Unterteil des anderen Robots.

»Der Junge ist wirklich sein Geld wert«, murmelte Cade, stieg auf den Kubus und entfernte den Stoff. Er zog und zerrte die Maschine bis an den Rand des Postaments und kippte sie an der tiefsten Stelle in das aufspritzende Wasser des Brunnenrondells. Für die Inselfürsten mochte es so aussehen, als sei der Kurzschluß im Hochspannungssystem durch Wassereinbruch herbeigeführt worden. Er schwang sich in den Kies und spurtete zu Storzia. Gemeinsam schleiften sie die Maschine aus dem Pavillon und sahen aus dem Schatten des Fundaments zu, wie der Robot krachend und scheppernd dreißig Stufen hinunterrollte, sich überschlug und Splitter aus den Steinkanten riß.

»Diese drei Maschinen könnten tatsächlich auf natürliche

Weise ausgefallen sein.« Cade rannte neben Storzia auf eine Felskanzel zu. Storzia kicherte.

»Die Inselfürsten werden auf jeden Fall mißtrauisch sein. Alle Roboter auf einmal, das ist unglaubwürdig.«

»Du sagst es.«

Am dunklen Rand der Parkanlage rannten sie in die Richtung auf den Hafen. Zwischen Plastiken, Gebüschgruppen und Felsen blieben sie in guter Deckung, bis sie einen Serpentinenpfad entdeckten. Der Robot hoch über ihnen überblickte die Hänge aus kurzgeschorenem, unterirdisch bewässertem Rasen und einen Ausschnitt, in dem der hintere Bereich des Hafens zu sehen war. Cade näherte sich der Maschine von der rechten Seite, Storzia von der linken. Ihre Bewegungen wirkten wie einstudiert. Noch ehe Cade den Sack ganz nach unten gerissen hatte, krachte Storzias Faust schon auf den Deckel und schmetterte ihn zurück in die Zuhaltungen. Beide Männer sprangen auseinander; die Stichflamme zuckte zwischen ihnen hindurch. Der Robot löste sich in würfelförmige Einzelteile auf und riß breite Spuren in den kostbaren Rasen, ehe die schwelenden Trümmer liegenblieben.

»Mit dir und mir bringen die Verbrecher ihre vernichteten Wächter nicht in Verbindung«, sagte Cade grimmig. Undeutliches Lärmen und Klirren, einige Pfiffe und ein unterdrückter Schrei bewiesen, daß Jadar und Horze an der Spitze einer Gruppe Fischer in die Quartiere der Sklaven, Diener und Arbeiter eindrangen. »Weiter. Der Obelisk.«

Wieder arbeiteten sie sich duckend, kriechend oder in weiten Sätzen durch Zonen wechselnder Vegetation. Betäubend rochen die Galsordblüten. Obwohl der Schmuck klirrte, zuckten nicht einmal Laserstrahlen, und nicht ein einziges anderes Signal war zu sehen oder zu hören. Der Obelisk, an dessen fünf Flanken steingemeißelte Absonderlichkeiten ein sehenswertes Fries bildeten, stand vor der Wand aus Inselgestein, die sich zwischen den Hafenbauten und dem Blinkfeuer hochreckte. Im Schatten, den die Säule warf, schlichen die beiden Angreifer heran. Die suchenden Linsen erfaßten den Hafen, etliche Rampen und Treppen, die Gebäudefronten, aber nicht den Fuß des Pylons. Cade wickelte eine schwere Schnur aus daumengroßen

Kugelgliedern um den Schaft, legte eine zweite darüber; Storzia fügte zwei weitere hinzu und preßte vier Sprengkapseln an die dem Wasser zugewandte Fläche. Cade zischte:

»Fort mit dir!«

Mit drei Sprüngen war Storzia an der Mauer und verschwand in einer Kammer, aus der Algen, Tang und rottendes Tauwerk stanken. Cade drehte viermal je ein Rädchen um wenige Millimeter, drückte die Zündknöpfe und folgte dem Gardisten. Die scharfe Detonation schmetterte einen schenkelgroßen Steinsplitter aus dem Fuß der Säule. Dann zündeten die Explosionskörper der Sprengschnur und sägten binnen einer Sekunde die Säule durch. Sie zitterte, schien sich auf der Stelle drehen zu wollen und kippte in einer Wolke aus Splittern und Gesteinsstaub, aus dem Blitze zuckten, ins Hafenbecken. Cade nahm die Finger aus den Ohren und sagte:

»Das letzte Signal für Jadar. Wir haben nur noch einen elektronischen Kretin vor uns.«

Abseits der prunkvollen Treppe kletterten sie zwischen Büschen und efeubewachsenen Säulen auf den Teil der Paläste zu, der etwa hundert Meter über dem Niveau des Hafens lag. Der Roboter stand in einer Nische, in deren Hintergrund ein Mosaik maritimer Motive prangte, zierlich eingefaßt von Korallengitterwerk, das mit Säure aus massivem Stein ausgeätzt worden war. Die Laufbänder des Roboters standen an der Vorderkante; an den Seiten und im Rücken der Maschine waren nur zwei Handbreit Platz. Cade hielt den Sack mit den Zähnen fest, stieg in Storzias verschränkte Finger, dann auf seine Schultern. Er stemmte sich langsam in die Höhe und schnalzte mit der Zunge.

Storzia hatte sich langsam hochgestemmt, jetzt richtete er sich ruckartig auf. Cade streckte seinen Körper, rammte mit der Brust die Optik des Geräts, und im Fallen zog er den Sack fest, ohne seinen Griff zu lösen.

Die Maschine bekam Übergewicht, kippte vor und zurück; als Cade den Halt verlor, weil Storzia nach links in die Büsche hechtete, hängte sich der Jäger an die Enden des Sackes. Als der Roboter kippte, stieß er sich nach rechts und rollte über die Schulter ab. Der Roboter überschlug sich, krachte mit den beweglichen Teilen in weiche Erde und in Ziergräser. Während Cade die Montageöffnung aufsprengte, schleppte Storzia eine metallene Urne herbei. Fast genußvoll langsam kippte Storzia zwei Gallonen abgestandenes, stark parfümiertes Wasser ins Gewirr aus Anschlüssen, Verbindungen und Bauteilen. Funken knisterten, erloschen im Wasser, Dampf wirbelte auf. Das Sirren winselte die Tonleiter abwärts und hörte auf. Cade faltete den Sack zusammen und sicherte ihn im Gürtel. Er klappte die wasserdichte Tasche der Nadelwaffe auf und entsicherte sie.

»Bei den glücklichen Inseln. Wir sind wirklich ein verdammt gutes Team.«

»Vermutlich das beste des Planeten«, erwiderte Storzia trocken. Er grinste, als er neben Cade auf das Portal des am weitesten links stehenden Palastes zuging. Je näher sie den Flächen aus Glas und Metall kamen, desto zahlreicher und deutlicher wurden die Zeichen eines überwältigenden, aber wenig stilsicheren Reichtums.

»Das Imperium bekommt eine luxuriöse Administration.« Cade sah hinunter zum Hafen, dann auf die See hinaus. Auf 2001 Islands gab es wenige schönere Ausblicke. Daß die Positionslichter der *Darkness* nicht zu sehen waren, beruhigte die Männer. Storzia drängte:

»Gehen wir hinein.«

Storzia hatte den Handschuh ausgezogen, steckte zwei Finger zwischen die Lippen und pfiff gellend. Das Echo schrillte vom anderen Ende des Parks zurück. Nachtvögel stoben auf; in den Kaskaden der Blüten und Blumen raschelten kleine Tiere.

»Die Fürsten überwachen sich selbst wohl nicht.« Cade wartete, bis sich goldgefaßte Glastüren fast lautlos auseinanderschoben. »Aber wenn du Objektive oder einen Raum voller Monitoren sehen solltest . . .«

». . . weiß ich, was zu tun ist.«

Die Jäger betraten große Räume, deren Beleuchtung sich bei ihren ersten Schritten einschaltete; sie waren mit aufdringlichem Prunk gefüllt: Decke, Wände, Möbel und Teppiche, Lampen und Bilder, Statuen und technisches Spielzeug – jedes einzelne Stück sah aus, als habe es ein Vermögen gekostet und sei aus einem anderen Winkel der Galaxis hierher transportiert worden. Cade und Storzia rissen jede Tür auf, die sie erkannten. Die meisten öffneten sich automatisch. Kein Mensch hauste im ersten Palast, der offensichtlich Shagorsen gehörte. Die Stille und die Regungslosigkeit wurden unheimlich. An einem monströsen Schreibtisch entdeckte Cade eine Rufanlage, las die Beschriftung und drückte mehrere Tastfelder. Storzia raste eine Wendeltreppe aufwärts und verschwand. Cade wartete mit gezogener Waffe.

In der Einrichtung mischte sich Hochmodernes mit Antikem und Exotischem. Cade war nicht in der Lage, Herkunftsorte oder Wert der Kostbarkeiten abzuschätzen. Minuten später öffneten sich bisher verborgene Türen. Regale verschoben sich, scheinbar massive Wände drehten sich zur Seite. Schweigend und zögernd, als würden sie Wutausbrüche oder Strafe erwarten, kamen etwa zwei Dutzend junger Frauen und Männer in den riesigen Raum. Sie waren gepflegt, die Gesichter leer, die Augen groß. Angst, Leblosigkeit und Schweigen – Cade fühlte sich in eine Gefängnisszenerie versetzt – drängten sich ihm entgegen. Im Dialekt Bandonaous ordnete Cade an:

»Ihr sollt alle, so schnell wie möglich, zum östlichen Ende des Palastes gehen. Dort warten Freunde und bringen euch weg.«

Fast gleichzeitig preßten alle die Handflächen unter dem Kinn zusammen und verbeugten sich. Cades Augen wurden schmal. Er preßte die Lippen aufeinander und holte tief Luft. Als er auf der gebräunten und geölten Haut vieler Diener unterschiedlich große, graue Kreise sah, an allen Körperstellen, senkte er den Blick auf die Tischplatte. Dort lagen nebeneinander drei armlange Neuronenpeitschen. Es waren also doch Sklaven, die durch Drogen halb willenlos gehalten und durch wütenden Nervenschmerz zur Leistung getrieben wurden. Die Sklaven richteten ihre Körper wieder auf und verschwanden so lautlos, wie sie gekommen waren. In schweigendem Zorn folgte Cade, spähte in jeden Raum hinein und sah nicht mehr, als er erwartet hatte: Betten, Hygienezellen, sparsame Einrichtung und viele Gitter. Als er in den angrenzenden Großraum hineinging, kam Storzia hinter ihm hergerannt.

Cade schrieb ein Fragezeichen in die Luft. Storzia schüttelte den Kopf und machte eine beschwichtigende Geste. Cade deutete auf eine teppichbelegte Wendeltreppe, die nach unten führte. Sie fanden sich nach hundert Stufen auf dem Vorplatz eines ausgedehnten Gewölbes voller Säulen, segmentförmigen Nischen und Gittern. Die Zellen dahinter waren leer; Cade fand, daß die Einrichtung an Folterkammern erinnerte. Er deutete zur Decke. Sie rannten wieder nach oben und durch die nächsten Räume. Sie suchten nach Kontrollinstrumenten und Rufknöpfen und fanden, außer der kostbaren Einrichtung, nichts, das ihren Argwohn bestätigte. Schweigend untersuchten sie jeden weiteren Raum. Schließlich führte ein Felsengang, abermals voller Basreliefs, die schreckliche Szenen zeigten, durch eine massive Stahlschleuse in den nächsten Teil der Palastanlage. Cade riß seinen Blick von den Meeresungeheuern los, die bizarre Grausamkeiten an Menschen begingen und horchte auf den fernen Lärm.

»Der Palast des nächsten Inselherrn.«

»Ja«, sagte Storzia. »Die Grenze zwischen zwei Palästen.«

Mit langen Schritten marschierten sie durch die nächste Flucht prunkvoller Räume. Andere Farben, ein weniger kostbarer Grundton der Ausstattung herrschte hier. Die Anzahl der Arbeitstische war größer. Storzia betätigte wieder die entsprechenden Knöpfe und zwang sich dazu, nicht daran zu denken, wie es hier an anderen Tagen sein würde. In diesem Teil der Anlage fanden sie mehr als ein Dutzend Neuronenpeitschen, unterschiedliche Exemplare, mit Platinknöpfen oder auffallend großen Steinen in Goldfassungen oder Cryansed-Arrangements. Diesmal zählte Storzia; sie scheuchten neunundzwanzig Sklaven aus ihren Kammern. Cade schickte sie dem zunehmenden Lärm entgegen. Sie verbeugten sich, warfen scheue Blicke auf die Peitschen und huschten weg.

Cade hatte eine schauerliche Vision. Unter der Tarnung erbleichte er. Als er Storzia anblickte, erkannte er, daß sein Freund genau das gleiche dachte. Er hob die Waffe und deutete nach vorn, sah kurz auf die Uhr und brummte: »Wir sind noch in der Zeit.«

In einem Turmzimmer fand Storzia fünf hellhäutige Mädchen, gerade erwachsen, nackt auf goldfarbenen Satintüchern. Cade fluchte leise, als Storzia sie die Treppe hinunterführte, in die Laken eingehüllt. Sie lächelten verständnislos, hielten die Tücher mit zitternden Fingern und rannten barfuß über kostbare Teppiche vor Storzia und Cade her.

Jenseits der nächsten Schleuse, die weniger wuchtig war, kam ihnen Jadar entgegen. Unter seiner Tarnung aus weißen, schwarzen und silberfarbigen Streifen liefen breite Schweißbahnen über seine Haut.

Cade flüsterte:

»Alles in Ordnung?«

Jadar nickte, ließ die Mädchen vorbeirennen und blickte ihnen kopfschüttelnd nach. Jadar deutete Cades unausgesprochene Frage richtig, schrieb ›150‹ in die Luft und machte das ›Ungefähr‹-Zeichen. »Leer?«

Diesmal nickten Cade und Storzia. Jadar packte sie an den Oberarmen und zog sie mit sich. Sie rannten durch einen leeren Palast. Ihnen schlossen sich nach und nach etwa dreißig Insulaner an. Mit unverständlichen Rufen holten sie ihre Kameraden aus abgelegeneren Teilen der Anlage. Sie trugen Waffen; als sie Cades Gesicht sahen, schwiegen sie und schauten zu Boden. Cade hauchte hundert Schritte später in Jadars Ohr:

»Kontrollraum?«

Jadar nickte, deutete nach vorn und winkte. Viele Fischer hatten sich durch geradezu psychedelische Bemalung unkenntlich gemacht. Der allgemeine Rückzug verlangsamte sich, als ein junger Fischer aus einer Seitentür heraussprang und winkte. Jadar, Storzia, Cade und eine Handvoll Insulaner drangen in eine Küche ein, rissen die Türen von Vorratskammern auf und schleppten große Behälter aus Metall, mit dicken Tauwerk umwickelt, davon. Einer grinste begeistert. Cade glaubte, daß es irgendwelche teuren Getränke waren. Der Aufenthalt dauerte nicht lange. Sie kamen bald am Ende der langen Palastflucht auf Gruppen, die sich bemühten, die Sklaven zu einem Zug zu formieren und mit sanftem Nachdruck in den Wald zu treiben. Östlich des letzten Palasteinganges duckte sich ein fensterloser Pavillon.

Im Freien atmete Cade tief durch. Die Sklaven waren in Duftwässer gebadet und mit schwerem Moschusparfüm übergossen worden; zusammen mit Schwüle, Schweiß und Fischgeruch hatte sich ein brodelndes Aroma gebildet, das sich auf die Schleimhäute legte wie Sumpfgas. Fast unhörbar sagte Jadar:

»Die Monitoren sind dort drin. Kümmert euch nicht um die Sklaven. Horze wartet auf uns.«

»Verstanden.«

Jadar hatte die Tür mit einer Axt aufgesprengt. Horze hatte alle erreichbaren Steckverbindungen gelöst. Auf den Monitoren liefen Bildschleifen, die einen Teil der Aktionen in den Palästen zeigten. Horze warf Jadar die Axt zu, als sei sie ein Fächer. »Wir können laut sprechen. Ich habe alles ausgeschaltet, was erreichbar war.«

Cade musterte mit verschränkten Armen die Anlage und setzte sich vor den Terminal. Er las die Typenbezeichnung, erinnerte sich der Überwachungsprogramme für Raumschiffe und gab einige Befehle ein. Sämtliche Speicher wurden gelöscht; im Schnellverfahren, auch der betreffende Befehl. Auf den Bildschirmen begannen die Gestalten zu rasen, die Farben verwischten sich, die holografischen Bilder fielen zusammen und wurden zweidimensional, schließlich hellgrau. Plötzlich waren die Schirme grau. Cade sprang auf und war sicher, nichts übersehen zu haben. Er winkte und rannte hinter den Insulanern her.

»Daß unsere Fischer diese Anlage manipuliert haben – daran glauben die Inselfürsten bestimmt nicht.«

Es war gerade Mitternacht. Cade sehnte sich nach Ruhe, Naqnaq und einem tiefen, kurzen Schlaf.

»Sie werden nichts wissen und sich einiges denken. Wenn ich sie richtig einschätze«, er folgte den Signalen aufblitzender Handscheinwerfer, »verhalten sie sich so, wie ich es wünsche.«

»Auf hoher See wirst du das Licht der Klarheit wohl durch deine dunklen Reden strahlen lassen.« Horze knurrte einen Fluch, sprang über die Wurzeln und fing eines des lakenbekleideten Mädchen auf. Er trug sie auf den Armen, als wäre sie leicht wie ein Kind. Cade und Storzia ließen sich zurückfallen und achteten darauf, daß niemand verlorenging.

Zwei Stunden später zeigten die Fischer, daß sie mit Menschen und Booten ebenso geschickt umgehen konnten wie mit zappelnden Fischen. Cade, Jadar und Storzia leuchteten mit breitgefächerten Scheinwerferstrahlen und riefen mitunter leise Kommandos. Ein Boot nach dem anderen füllte sich mit willenlosen Sklaven, die Crew kletterte an Bord, andere Fischer halfen, und während langsam die Flut stieg, wurden die Boote aus dem Fjord gerudert. Jadars Stimme hallte über den Strand.

»Die Kinder und die drei Verletzten in mein Schiff.«

»Aye aye, Käpten.«

Fischer rannten über den trockenen Sand. In einer Stunde würde jede Spur ausgelöscht sein. Sie füllten Nußschalenbecher aus den Kanistern des erbeuteten Getränks und verteilten sie an die Sklaven, die vom Fußmarsch erschöpft waren. Auch Cade stürzte drei Nußbecher herunter; ein prickelndes, leicht säuerliches Getränk, fruchtig und mild berauschend. Wieder hob sich der Bug eines Bootes, dessen Crew kraftvoll paddelte, in der Brandung und bog um die Felsen auf Nordwestkurs ein, ehe das Dreieckssegel in den Wind gedreht wurde.

»Daß sie einen Kurs fahren, den die Jachtcrew am wenigsten benutzt, ist dir klar, Cade?« Jadar warf Steuermann Cartaou einen Weinkanister zu. »Wir wollen auch einen guten Schluck, Fischermann.«

»Ich hab's vorausgesetzt«, sagte Cade. »Wollte nicht fragen. Hab' sie schon ein paarmal unterschätzt.«

Ein Crewmitglied der *Nihil* kicherte und schlug sein Wasser gegen das Ruderblatt ab.

»Mitten durch die Riffe von Prithvani.«

Der Strand und die Felsverstecke leerten sich. Vierzehn Opfer lagen im Kielraum der *Nihil*. Die Scheinwerfer beleuchteten nur noch ein Fischerboot und das große Schiff, als Cade und Storzia an Bord kletterten. Cade hatte die Umgebung abgesucht; niemand war zurückgeblieben. Die nächste Welle und die Antigravscheiben hoben den Rumpf, den Horze langsam um hundertachtzig Grad drehte. Wortlos ging die Crew daran, die mächtige Rah schräg zu stellen und das Segel zu setzen. Cade, Jadar und Storzia blieben, um niemandem im Weg zu sein, im Heck sitzen. Mit schweren Erschütterungen schnitt der Bug durch die überkippende Brandungswelle und schlug den entgegengesetzten Kurs ein.

»Welche Absicht liegt in deiner Kurswahl?« fragte Cade und versuchte sich im Sitzen umzuziehen. Horze steuerte um die felsige Huk herum und ließ sich Zeit mit der Antwort.

»Jeder Tidenwechsel ändert den Sog vieler Ströme und fast immer die Windrichtung. Wir sind schneller. Wind weht aus Ost. Wir treffen die Boote bei Prithvani. Wir verringern die Entdeckungsgefahr und können notfalls gekenterten Booten helfen. Klar?«

»Völlig.« Cade merkte, wie ihn die Spannung langsam verließ. Mit dröhnendem Knall entfaltete sich das Segel, das Boot legte nach Steuerbord über, und eines der Mädchen übergab sich würgend über die Bordwand. Horze hätte sich wahrscheinlich seine leisen Befehle sparen können, aber offensichtlich genoß er die Gelegenheit, seinen Freunden zu beweisen, was er als Kapitän taugte. Als das Segel stand und die Schoten hart durchgesetzt waren, als der Wind im Tauwerk wimmerte und die *Nihil obstat* größtmögliche Geschwindigkeit bei geringer Wasserberührung hatte, kümmerte sich die Crew um die Mädchen und die Verwundeten. Storzia holte einen Lederbeutel Wasser an Deck, fand einige Tücher und begann, die Tarnbemalung abzuwischen. Cades Schweiß trocknete. Er zog die Stiefel aus und begann, sich zu säubern. Die Crew verteilte Schlafwein an die Mädchen und den Sklaven, dessen gebrochener Arm von Jadar geschient worden war. Storzia knurrte.

»Mehr als zwanzig Sklaven und Sklavinnen für jeden Verbrecher. Wo sie gesund gepflegt werden, wissen nur wenige Häuptlinge.«

»Ich glaube, die Zeichen der Peitschen verschwinden nach einiger Zeit.« Shakum winkte. »Jäger Cade, ich brauche dich.«

»Ich komme.«

Cade setzte die Injektionspistole dreimal ein. Er injizierte Breitbandantibiotikum, kombiniert mit aufbauenden Medikamenten und einem Schlafmittel. Jabro, ein Insulaner, hob den Scheinwerfer und fragte: »Warum tust du das alles für uns, Jäger?«

»Vielleicht erkläre ich es dir bei Tageslicht.« Cade wich aus und verschloß das Survivalkit. »Ein guter, schneller und bisher erfolgreicher Einsatz.«

»Man wird dich wie einen Helden feiern.«

Cade winkte ab und kletterte ins Heck.

»Wenn alles vorbei ist, machen wir, die schöne Amourea und ich, einen langen Urlaub auf den Inseln. Dann könnt ihr uns verwöhnen. Vermutlich werdet ihr alle im Zivilisationsschock taumeln und dafür keine Zeit finden.«

Er grinste und fuhr fort, sich in einen Insulaner zurückzuverwandeln, der im warmen Nachtwind schwitzte.

»Fünfundzwanzig Jahre lang haben sie Sklaven gefangen«, sagte Horze. Dann schwieg er plötzlich. Cade und Storzia sahen einander in die Augen. Storzia drehte den Kopf und starrte ins phosphoreszierende Kielwasser. Ein Sklave schnarchte, ein Mädchen weinte und wimmerte im Traum. Storzias Stimme wurde heiser und flach, als er aussprach, was der Kapitän eben begriffen hatte, Cade, Jadar und er aber schon seit Stunden wußten.

»Ich brauche wenig Phantasie, um mir vorzustellen, wo die Sklaven geblieben sind, die jetzt alt wären. Ich habe keinen gesehen.«

Plötzlich wurde es still. Horze formulierte mühsam, was sich im Mahlstrom der Gedanken bildete.

»Wir kennen nur Ausschnitte ihres verbrecherischen Tuns. Es war wohl das Einfachste, wenn sie ihre alternden Sklaven über Bord warfen. Habt ihr Gräber gesehen?«

Stumm schüttelten die Männer die Köpfe. Sie starrten Cade und Horze erschüttert an. Cade sah zu, wie Jadar zwischen den Schlafenden umherturnte und sie zudeckte oder ihre Köpfe auf weiche Unterlagen bettete.

»Futter für die Fische«, sagte der Jäger. »Seit einem Vierteljahrhundert. Nicht anders kann es gewesen sein.«

Er machte eine Pause und zwang sich, weiterzusprechen.

»Eine Warnung! Wenn sie merken, was passiert ist, werden sie vielleicht aus Rache ein paar Uferdörfer in Schutt und Asche legen. Fischt, wenn es sein muß, nur in Strandnähe. Und du, Horze, solltest dich zwischen Eisbergen verstecken.«

»Einen rotglühenden Seeteufel werd' ich tun.« Horze knurrte einen Fluch. »Es gibt nicht nur Gesetzmäßigkeiten der Furcht, sondern auch Mittel, sie klug zu verbergen. Sie suchen nicht auf zweitausend Inseln nach uns.«

»Zweitausendeins, Kapitän.« Der Mond versenkte den Rand seiner Wölbung hinter dem Horizont. Nach einer Weile sagte Horze lo Venosta:

»Gilt für alle: fertig mit den armen Kerlen?«

»Klar.«

»Packt das Essen aus, nehmt einen gründlichen Schluck Beutewein und schlaft. Ablösung? Jadar, im Morgengrauen an der Pinne?«

»Einverstanden. Sind wir dann bei den Prithvani-Riffen?«

»Wahrscheinlich schon eher.«

Seit der Nacht, überlegte Cade, in der er den Mond zum erstenmal gründlich betrachtet hatte, hatte der Krater einen Weg von knapp zweihundert Grad zurückgelegt. Der Jäger faltete einen Teil der Decke zum Kissen und sah zu, wie Storzia die Verpflegung auspackte. Cade aß und sagte:

»Morgen erzähle ich euch eine nette Geschichte. Dann wetten wir, was wirklich passieren wird. Und wenn ich nichts zu trinken bekomme, sage ich nicht ein Wort.«

Cade starrte in die Sterne und dachte, bis er endlich einschlief, an mehrere alptraumhafte Versionen dessen, was die Insulaner von den Verbrechern zu erwarten hatten und wie man die Sklaven der *Darkness* befreien konnte, ohne das Schiff entern zu müssen. Und irgendwann inmitten des farbigen Chaos sagte er sich, daß ohnehin alles anders kam, als er es sich vorstellte.

KAPITEL 7

Die Sonne kroch wie ein böses rotes Auge durch den Hochnebel. Lang ausschwingende Dünung ließ die Klippen auftauchen und wieder verschwinden. Ein Schwarm fliegender Fische stob zappelnd dicht über dem grauen Wasser dahin. Vor der Nebelbank, die vom Vulkaneiland auf das Mündungsdelta des Susukida hinüberkroch, waren die letzten Fischerboote fast unsichtbar geworden; ihre Segel schmolzen in der Farbe des Nebels zu verwaschenen Winkeln. Schon jetzt lief Schweiß über die Körper der Crew und löste die letzten Spuren der Tarnfarben auf. Cade federte die Bewegungen des Schiffes mit den Knien ab und ließ das Fernglas sinken.

»Kein Fall von Seenot«, sagte er zufrieden. »Ich glaube, wir können den Kurs abfahren und dann zum Delta, unsere Schützlinge abliefern.«

Die Sklaven schliefen unter der Wirkung von Wein und Medikamenten augenscheinlich ohne Alpträume. Jadar Kastor zog die Pinne näher, schob einen Regler nach vorn und jagte die *Nihil obstat* auf das letzte Fischerboot zu. Aus den Nebelschwaden löste sich ein winziger Punkt: Eine Brieftaube flatterte in die Richtung auf Aissas Dorf, nach Südwest. Von Osten näherte sich das Schiff, mit prallem Segel und achterlichem Wind, dem Ostende der Susukide-Insel. Backbord voraus segelte das letzte der vielen Fischerboote. Jadar hob den Arm und brüllte:

»Komm längsseits, Bruder der Quallen. Du übernimmst einen unserer Schläfer!«

»Recht so, Dicker.«

Die *Nihil* rauschte heran. Leinen flogen an Bord und wurden belegt. Zwei Mann hoben einen Sklaven über die Bordwand, zwei Fischer nahmen ihn in Empfang und betteten ihn zwischen träge blinzelnde Passagiere. Jadar rief:

»Leinen los.«

Er winkte und steuerte das Schiff von einem Boot zum anderen. Als die Strömung der auflaufenden Flut die Boote auf das Delta des Susukida zuschob, war die letzte der jungen Sklavinnen in Sicherheit. Jadar drehte vor der Brandung nach Backbord ab und erhöhte die Geschwindigkeit, während das Segel getrimmt wurde. Cade sagte:

»Im Inneren sind die ehemaligen Sklaven vor ihren Herren sicher. Ich glaube nicht, daß die Verbrecher an Land gehen und suchen.«

»Die armen Kerle«, sagte Storzia gähnend und rieb seine Augen. »Zunächst müssen sie noch mit Karawanen zu den Höhlenverstecken gebracht werden. Was meinst du, Cade – werden sie wieder gesund?«

Cade hob die Schultern. Er war kein Mediziner und hoffte, daß die Flottenärzte mit solchen Problemen vertraut waren.

»Vielleicht können die Imperiumsmedizinmänner helfen. Niemand weiß, mit welchen Zaubertränken ihr Wille gebrochen wurde. Aber sicher finden wir die Drogen irgendwo in den Palästen.«

»Sie sind keine Sklaven mehr!« sagte Shakum nachdrücklich.

»Sklaven sind noch an Bord der Jacht. Noch hindert niemand die Verbrecher, neue Sklaven zu fangen. Es wird ein gefährlicher Mond, Cade«, meinte Jadar. Horzes Schnarchen war lauter als das Knarren der Rah. Er lag quer vor dem Mast und hatte die Beine angewinkelt. »Ich steuere Thut an. Amou wartet, Cade.«

»Und Zakhari.« Storzia nahm Cade das Doppelglas aus der Hand und suchte den Horizont ab. Er sah nur tauchende und auffliegende Seevögel und setzte sich neben Cade. Jadar gähnte mit krachendem Kiefer, kratzte sich ausdauernd und starrte den dunstigen Horizont an.

»Welche aufregende Geschichte willst du uns erzählen, Cade?«

»Wartet, bis alle aufgewacht sind.«

Die *Nihil obstat* fuhr mit zunehmender Geschwindigkeit auf Thut zu. Zwischen den Bordwänden breitete sich der Geruch des starken Kräutersuds aus. Schließlich wachte auch der Kapitän schweißgebadet auf, trank viel heißen Tee und stieg die wenigen Sprossen ins Heck herauf. Die Crew aß und trank; jedermann schien wach zu sein. Cade blickte von einem Gesicht zum anderen.

»Ich versuche, die Gedanken der Sieben zu erkennen. Sie sind gewarnt, wenn die *Darkness* einläuft. Sie glauben zwangsläufig, daß die Insulaner einen Überfall gewagt haben. Aber dann werden sie erkennen, daß bestimmte Vorfälle nicht ins Bild passen. Ist vielleicht, fragen sie sich, das Imperium ihr Gegner, jene Macht, die sie ein Vierteljahrhundert an der Nase herumgeführt haben?«

Er wartete, bis Jadar seinen Tee gesüßt und mit Fruchtsaft gekühlt hatte, nahm einen langen Schluck und sprach weiter.

»Dieser Gegner ist zu groß für sie. Wenn das Raumschiff wieder landet, sammeln Shagorsen und seine lieblichen Freunde das letzte Cryansed ein, laden es ein und bereiten sich auf die Flucht vor. Aus Rache werden sie die Wale ... zu töten versuchen. Vielleicht ist auch die Jacht ein verkleidetes Raumschiff. Danach zünden sie die Paläste an und flüchten in das Versteck, das sie schon seit langem vorbereitet haben. Die Sklaven sind ihnen gleichgültig.«

Er wählte seine Worte mit großer Sorgfalt.

»So würde ich handeln, wenn ich in ihrer Haut steckte.«

Bewegungslos starrten die Männer Cade an und versuchten zu begreifen, welche Schrecklichkeiten in den nächsten siebenundachtzig Tagen – in den Monden Egridar, Fafa und Gingoog – über die Inseln hereinbrechen würden.

Eine Kette Trompeteralke zog über die Bucht. Aissa streichelte mit dem Zeigefinger das Gefieder der Taube, bevor er den gurrenden Vogel in den Käfig setzte. Vom Waldrand hallten die Echos der Vogelschreie wider. Der Caciqe überlegte lange, ehe er Amoureas Frage beantwortete.

»Alle Sklaven sind versteckt. Ihnen wird geholfen, so gut es geht. Heilkundige kamen von umliegenden Inseln nach Susukida. Die Fischer sind bald wieder dort, woher sie gekommen sind. Jeder sagt: Es war wie ein Wunder, so schnell und ohne Verluste, der Kampf auf Kondavaala.«

»Unsere Angst war stärker«, Cade lachte und wedelte Übelrauch von sich weg, »als die Überlegung, ob wir Fehler machen oder nicht. Nun warten wir darauf, was die Inselfürsten unternehmen.«

»Wann erfährst du, Aissa«, fragte Amou, »was die Sklaven wirklich auf der Insel erlebten?«

Aissa zeigte auf den Käfig voller gurrender und blinzelnder Tauben.

»Wenn die Heiler die Wahrheit erfahren, schicken sie Brieftauben.«

Vom Dach der Terrasse baumelten drei Schweltöpfchen, deren Rauch mögliche Mißstimmungen aufzehren sollte. Über dem Feuer auf dem Dorfplatz tanzte ein riesiger Schwarm Mücken. Der Widerschein der Flammen zuckte auf silbernen, rotleuchtenden und gelben Flügeln und Körpern. Die Mücken tanzten, als wären sie in wechselnden Magnetfeldern gefangen; es entstanden in der rauchigen Luft Säulen und Kugeln, Spiralen und Phantasiegebilde, Würfel und prismatische Formen. Einzelne Insekten lösten sich aus dem Schwarm und trudelten in engen Spiralen ins Feuer. Gedankenvoll sah Cade dem selbstmörderischen Tanz zu.

»Was jetzt, Jäger Cade?«

»Ich versuche, Ordnung in die Dinge zu bringen. Mir wäre wohler, ich wüßte den Tag der Zusammenkunft auf dem Kultplatz.« Cades Zeigefinger massierte die Stelle hinter dem Ohr. »Ich warte auf einen Bericht der Delphine, auf die Rückkehr des Raumschiffs Anfang Fufu, auf die *Darkness*, auf bestimmte Botschaften des Imperiums und darauf, was die Verbrecher tun.«

»Und darauf«, ergänze Amou, »daß unser Freund Aissa zwei t'uoys bricht.«

Wieder richtete Aissa seinen Blick verzweifelnd auf den Mond. »Mondsilberlegende und Versammlungsplatz!« Er stöhnte. »Ich kann nicht. Ich darf nicht.«

Cade brach eine Schwalbenbeerenblüte ab und steckte sie ins Haar hinter Amoureas Ohr. »Den Tag, Aissa, und den Ort. Nicht mehr. Niemand wird erfahren, daß du es mir gesagt hast.«

Aissa schüttelte den Kopf und stöhnte wieder. »Wir vom Imperium setzen unser Leben für euch ein. Wir helfen euch in eine neue Zeit. Der Verstoß gegen ein Verbot, das in alten Zeiten vielleicht berechtigt war, zählt nicht. Der letzte Sturm, Häuptling, wird allen Menschen und Dingen übel mitspielen.«

»Ich ahne es.«

»Du hast noch ein paar Tage Zeit, Caciqe. Ich gebe dir noch eine Entscheidungshilfe: Ich könnte euch sagen, wie ihr zehn Jahre lang alles, was euer Planet vom Imperium kauft, spielend leicht bezahlen könnt. Zum reellen Imperiumspreis.«

»Soviel Cryansed gibt's nicht in allen Meeren und auf allen Inseln, Jäger.«

»Ich sprach nicht von Cryansed.« Cade und Amou tauschten einen langen Blick. Die Flammen der Windlichter hinter dünnem Batiktuch zauberten verwirrende Farben auf die Gesichter. Aissa vermied, in Cades Augen zu sehen. Cade sehnte sich nach ein paar ruhigen Stunden in Amous Armen. Er stand auf und deutete ins Zentrum des dunklen Doanlikher.

»Die Mondsilberlegende läßt sich errechnen. Von den Delphinen erfahren wir, wo der Versammlungsplatz auftaucht. Die Astronomen beantworten zwangsläufig meine Fragen. Unsere klugen Maschinen können besser rechnen als alle eure Leute auf der Mondinsel.« Er nahm Amous Hand und sagte: »Ich würde es dennoch lieber von dir erfahren, Aissa.«

Der Caciqe senkte den Kopf und stand auf. Sein Gesicht war von quälenden Überlegungen gezeichnet.

»Du verlangst Unmögliches, Jäger Cade. Dennoch werde ich tief in meinem Inneren lange nachdenken.«

Cade verbeugte sich knapp und brachte Aissa zur Tür.

»Wir wünschen eine schlafarme Nacht und einen strahlenden Morgen, der deinen Geist erhellen möge.«

Als Aissa am Käfig seines prophetischen Vogels vorbeiging, schien ihm die Amadine Schimpfwörter nachzurufen. Cade setzte sich auf den Rand des Bettes und wählte eine tiefere Temperatur am Klimagerät. Amou legte den Arm um seine Schultern und sagte leise:

»Wir werden lange und tief schlafen, Liebster. Morgen sprechen wir mit den Delphinen. Dann sieht auch diese Welt etwas fröhlicher aus.«

Er ließ sich auf den Rücken fallen und zog sie mit sich.

»Ich fürchte die Unzuverlässigkeit der Behörden und daß die Verbrecher schneller handeln als wir.«

Er schloß die Augen. Die Bilder der vergangenen Tage lösten einander in rasenden Wirbeln ab. Als er die Augen öffnete und Amous Gesicht sah, erhielten die Dinge wieder ihre gewohnte Bedeutung zurück.

Die Tage bis zur Mitte des Egridar verstrichen halbwegs langweilig, und von Horze erhielt Cade die Nachricht, daß die Funkgeräte verteilt waren. Cades Boot dümpelte drei Seemeilen vor Baladaous Küste. Ein Abspielgerät lag auf dem Sitz. Am Ende des fünfundzwanzig Meter langen Kabels hing das Aquafon und spielte Texte und Musik, die Triton und Tethys anlocken sollten. Cade und Storzia trugen die ausgebesserten Schwimmanzüge und warteten.

»Du hast nicht die Absicht, Aissa vom beispiellosen Reichtum der *Capsizal*-Grotte zu erzählen?«

»Am letzten Tag. Bis dahin solltest du dich ebenfalls in unergründliches Schweigen hüllen.«

»Ich weiß nicht, Jäger, wovon du sprichst.«

»Gut so. Die Jacht und die *Darkness* – sie lassen sich Zeit, wie?«

»Wo die Jacht ist, werden uns unsere nassen Freunde berichten. Wahrscheinlich hast du recht: Sie sammeln ihr letztes Cryansed ein.«

Storzia lag faul im Heck und sah dem Spiel der Wolken zu. Storzia baumelte mit den Füßen im Wasser. Die Wellen schaukelten mit dem Boot, die Dünung hob und senkte sich im ruhigen Gleichklang. Große Fischadler suchten, in Kreisen schwebend und sich mit grellen Schreien verständigend, nach Beute. In Cades Gedanken herrschte Ruhe. Er war sicher, die Fragen, die er bis zur Ratsversammlung brauchte, beantworten zu können.

»Der Mond«, sagte er plötzlich, »bestimmt die Höhe der Gezeiten.«

»Bestimmt tut es der Riese mit dem großen weißen Krater.«

»Die höchste Springflut und die niedrigste Ebbe finden bei der größten Annäherung des Mondes an den Planeten statt.«

»Das haben wir von DuRoys Leuten gelernt.«

Cade grinste fröhlich und richtete sich auf. »Eine Frage weniger. Eine Antwort mehr. Klar?«

»Völlig. – Da sind sie!«

Aus Südwest kamen zwei Delphine in übermütigen Sprüngen auf das Boot zu. Cade und Storzia streiften die Bänder der Translatoren über und legten die Gegengeräte bereit. Tethys und Triton tauchten zunächst, umschwammen das Aquafon und trugen, als sie auftauchten, die Walsignalsender an großen Drahtschlaufen in den Schnäbeln, schlenkerten damit und hoben ihre Köpfe an beiden Seiten des Bootes. Cade schnallte das Gerät fest und langte nach dem Draht.

»Gib mir den Pieper. Woher kommt ihr?«

Die Delphine ließen sich die Rücken kraulen, stießen die Laute aus, die auf Cade und Storzia immer heiter und unbeschwert wirkten, und warteten, bis die Bänder richtig saßen. Sie tauchten wieder nach der Schallquelle; ihre Flossenschläge ließen das Boot wild schaukeln und übersprühten die Insassen mit Tropfenschauern. Cade schaltete das Bandgerät ab und bog das Mikrophon zur Seite.

»Wenigstens zwei Wesen haben gute Laune.«

»Wenn sie Grund dazu haben, freut's auch mich«, sagte Storzia und duckte sich unter dem nächsten Regen. Tethys schnatterte:

»Fünf Wale. An vier Stellen. Viel weit weg. Weit auseinander.«

Cade hielt sich an der Rückenfinne fest.

»Habt ihr das große Kanu mit den Piepern verwirrt?«

»Viel wirr.« Triton klatschte mit der Schwanzfinne in die Welle. »Oft jagen uns. Delphine schneller. Klug.«

»Wo ist das große Kanu?«

»Bei Insel wie Krake.«

»Krakeninsel? Polyps Island?« Cade erinnerte sich. Eine öde, niedrige Insel von fünf oder sechs Quadratkilometer Größe, umgeben von Riffausläufern, die aus der Luft wie Tentakeln aussahen und sich über und unter Wasser weit ins Meer erstreckten.

»Ja. Dort.«

»Wo sind die Wale?«

»Wale dumm. Nicht verstehen Jagd. Fasti irgendwo hier.«

»Ihr könnt nicht mit Walen sprechen? Fastitokolon muß weit weg.«

»Wal dumm. Wir nicht sprechen. Wir vor Wal schwimmen. Wal dahinter, manchmal nicht.«

»Dummer Wal.« Cade hielt sich fest und wartete, bis der Mast wieder gerade stand. »Was tun die Bösen auf dem Kanu?«

»Lichtspeer auf Wasser. Dampf. Kugeln ins Wasser. Wollen Delphine jagen. Und dumme Wale?«

»Haben sie euch verletzt?«

»Nein. Delphine alle klug.«

Cade packte Storzia an der Schulter. Tethys knabberte an Storzias Handschuh, als er sich herumdrehte.

»Die Fischlein haben die Jachtcrew verwirrt und auf vielen Spuren in die Irre geführt. Versuch auch du, ihnen zu erklären, daß die Wale polwärts wandern sollen.«

»Verstanden.«

Cade sah in Tritons Auge und hob die Hand. Er sprach besonders deutlich.

»Triton! Du mußt Fasti von hier vertreiben. Die Insel der Bösen ist zu nahe. Ein paar Delphine müssen hier die Pieper ein- und ausschalten.«

Er mußte länger warten, bis der Sprachcomputer seine Warnung in die geringstmögliche Wortmenge übertragen hatte.

»Das Kanu kommt bald. Dann die Bösen viel wütend.« Er holte Atem und wische sich Salzwasser aus den Augen. »Sie jagen und töten Delphine und Wale. Bald, wenn Mond voll.«

»Triton verstanden.«

»Gut. Treibt den dummen Wal weg. Morgen wieder beim Dorf?«

»Wenn Flut.«

»Den Platz unter Wasser, wo versammeln, schon gefunden?«

»Nein. Delphine suchen überall.«

»Morgen, Triton!«

Cade zog die Bänder vom Kopf Tritons und hängte den Sender ins Wasser. Ein sanfter Druck auf einen großen elastischen Ball schaltete das Gerät. Triton schnappte den Draht, ließ den Sender um seine Schnauze wirbeln und fing ihn auf, als sich der Draht genügend verkürzt hatte. Cade kraulte ihn noch hinter der Seitenflosse, bis es Triton zu langweilig wurde. An der Seite seiner Gefährtin sprang und schwamm das Delphinmännchen wieder nach Westen. Cade schnallte sein Gerät ab. Als das Boot auf Kurs war, verstaute Cade die Ausrüstung, holte den wasserfesten Essensbehälter hervor und stellte ihn neben die Pinne.

»Die Wale sind offensichtlich wenig einsichtige Riesentiere«, sagte Cade und stemmte sich gegen die Pinne. Storzia schlang einen wenig seemännischen Knoten, als er die Schot belegte.

»Vermutlich taucht das Biest gerade dann auf, wenn die Jacht vorbeirauscht.« Er zog die Kh'olkflasche und zwei Becher aus seinem Gepäck. »Und dann: Beginn des Ökozids.«

»Genozid, in diesem Fall. Sind die letzten ihres Stammes. Heute abend holt uns Horze ab? Sicher?«

»So war es abgesprochen.«

»Vielleicht erfahren wir dort endlich die Wahrheit«, murmelte Cade. »Oder den größten Teil davon.«

Er korrigierte den Winkel des Kippschwertes, setzte sich bequem ins Heck und aß Teigröllchen mit Fisch, leckeren hellgrünen Algensalat mit Krabben und einer Creme aus Vogelei, Essig und Gewürzen, Fleischwürfeln in Öl gebacken und zwei Handvoll gelber Schwalbenbeeren. Er spuckte den letzten Kern nach Lee, als ihm Storzia den Becher voll heißem Kh'olk reichte.

»Das Geschenk wird den Sternenjüngern wohl den Atem rauben«, sagte Cade leichthin. »Dann, mitten in der Nacht, werde ich wohl erfahren, ob meine Vorstellungen vom Mondsilber richtig sind.«

Storzia blickte ihn entgeistert an. Cade lächelte vergnügt und verbrannte sich die Lippen am Becherrand.

»Du? Mondsilberlegende?«

»Keine Legende.« Cade schüttelte den Kopf und grinste wie ein kranker Geier. »Tödliche Wahrheit, Gardist.«

»Ich verstehe nichts.«

»Abwarten. Wenn du es hörst und begreifst, wird es dich nicht überraschen.«

Horze lo Venosta verdiente sogar an dieser Fahrt. Er brachte Vorräte, Material und Werkzeuge aus vier Inselhäfen zu den Astronomen. Thut war die letzte Station. Der Kielraum starrte bis fast zum Deck von Ballen, Kisten, Körben und Ledersäcken. Seine Passagiere trugen leichte Stiefel und hatten die wasserdichten Mäntel zusammengerollt unter dem Arm. Die *Nihil obstat* lag am Ende des Stegs tief im Wasser. In der Wartezeit hatte sich Cade gefragt, ob es nur das Cryansed und die gelegentliche Waljagd waren, das die Verbrecher von Kondavaala fernhielt. Jadar Kastor winkte und rief:

»Für Proviant und Getränke habe ich gesorgt. Mehr Eile! Romantische Stunden auf See locken.«

Horze runzelte die Stirn und verstaute einen schweren, raumfest verpackten Zylinder zwischen den Lederballen. Er richtete sich neben der Luke auf und sagte:

»Eine Bombe für die Sternanbeter?«

»Ein Geschenk vom Imperium. Warte und sieh.«

Zwischen Mast und Achterdeck hatte Horzes Mannschaft Matten, Decken und kantige Kissen ausgebreitet. Cade begrüßte jeden mit Händedruck und ahnte, daß auch für Horze die Tage und Nächte gefährlich zu werden begannen. Die Crew trug Nadelwaffen an den Gürteln, und einige Laserkarabiner waren in Schutzhüllen verpackt und innen an der Bordwand festgezurrt. Die Crew hantierte schnell, der Motor drehte die *Nihil* und schob sie vom Steg weg. Cade bewunderte den Kapitän; offensichtlich hatte er bei jeder Reise den richtigen Wind. Oder er reiste nur, wenn er wußte, aus welcher Richtung der Wind wehte. Das Segel blähte sich.

»Um Mitternacht sollten wir auf der Mondsterninsel sein«, versprach lo Venosta. »Wird eine gemütliche Überfahrt.«

Die Nachmittagssonne färbte sich bernsteingelb. Wolkenschatten fuhren über das Meer dahin. Der Horizont färbte sich golden und rot. Braunes, schäumendes Inselbier wurde herumgereicht, als das Schiff über den Wellen nach Südwest jagte, einen Gischtschleier hinter sich. Amourea lehnte an Cades Schulter und balancierte den Tonbecher in beiden Händen.

»Erzähl mir etwas über die Mondsterninsel, Horze«, bat sie. Horze rief von der Pinne:

»War erst einmal da. Es sind ein paar Dutzend Männer dort, dazu einige Schüler und Steinmetze. Eine kleine Insel nur; gibt nicht viel her. Bäume, Büsche, wilde Ziegen und Krabben am Strand.«

»Wozu Steinmetze?« fragte Storzia. »Bauen sie eine neue Kultstätte?«

Horze lachte dröhnend. Die *Nihil* berührte mit dem Kiel jede zweite Welle. Mitunter schäumte zischend eine Bugwelle, hinter dem Ruderblatt gurgelte und gischtete das Kielwasser.

»Vom Reiten verstehst du mehr als von den Sternen, Gardist. Sie meißeln Monumente der Wissenschaft, visieren Mond und Sterne an, entlang bestimmter Linien und so. Dadurch erfahren sie, wie sich der Planet dreht und warum der Mond nicht herunterfällt und dergleichen.«

»Du hast mich mit Sternenlicht erhellt, Freund.« Storzia wischte zärtlich Bierschaum von Zakharis Oberlippe. »Und auch du, Großvater der Dünung, visierst du Sterne an während deiner endlos langen Fahrten? Oder leidest du unter Seestörungen?«

»Hauptsächlich visiere ich Cades kreiselgetriebene Kompasse an. Auch die Sterne.«

»Eine wirkliche Seehergabe.« Jadar kippte schales Bier nach Lee und duckte sich. Horze wurde ärgerlich und schnappte:

»Du hast deine Seeprüfung auch noch nicht bestanden, häßlicher Kaschemmenwirt.«

Cade entsann sich der Schilderung Horzes: das Schiff, mit einem Frachter abgeholt, in einer Raumschiffswerft generalüberholt und mit etlichen Besonderheiten ausgestattet, schließlich samt der halben Crew jenseits des Horizonts nachts abgesetzt, so wie die Wale von Iten Cyone, voller Ausrüstung: Horze als Werftverantwortlicher. Die Vorstellung vertrieb den letzten Rest bedenklicher Stimmung.

»Jadar, der Seefehler«, flüsterte Amourea. »Die Nacht der Wortspiele?«

Zakhari spielte mit ihrem dicken Zopf und schüttelte sich. In ihren grünen Augen spiegelte sich das Mondlicht. Sie sagte heiser:

»All die Kurse, das neue Wissen, das Lernen, seit Commander Vance uns holte – ich habe keinen Aberglauben mehr. Aber wenn ich den riesigen Mond sehe ... er ängstigt mich, Cade.«

»Mich auch. Er geht mir, sozusagen, auf den Seenerv.« Niemand lachte. »Ich kenne nur drei Planeten mit solch großen Trabanten.«

Doanlikher hing drei Handbreit über dem Horizont. Während zwischen seinem unteren Rand und der schwarzen Linie des Wassers der letzte Widerschein der Dämmerung ausglühte, erschienen die größten Sterne zwischen diffusen Nachtwolken. Das Firmament färbte sich schwarz; Cade vermißte den hellsten Fleck am Nachthimmel. Der Krater driftete über die Rückseite des Mondes. Cade wandte sich ab.

»Wir werden eigenartige Dinge bei den Astronomen erfahren.«

»Weil deren Seeschärfe durch ein Seerohr verbessert wird«, brummte Jadar. Das gelbliche Licht der Hecklaterne breitete sich über das Deck aus. Horze übergab die Pinne an Jadar und sagte:

»Hundertfünfundneunzig Grad, Herr Wirt.«

»Man wird, wie im Leben, auch diesen Kurs halten. Meister.«

Horze ließ sich Bier geben, hockte sich neben Cade auf die Planken und sagte leise:

»Abgesehen vom Mond: Ich habe ungute Gefühle, Cade.«

Cade kniff die Lippen zusammen und legte die Hand auf den Griff der Nadelwaffe.

»Ich auch, Käpten.« Seine Stimme wurde nach anfänglichem Zögern hart wie Metall. »Wenn's sein muß, greife ich mit der *Capsizal* an.«

Horze entließ pfeifend Luft aus den Lungen und nickte schwer.

»Dieser Entschluß, Jäger, beruhigt mich.«

Fast gleichzeitig wachten Horze, Cade und Storzia auf. Cades erster Blick galt dem Chronometer. Dreißig Minuten vor Mitternacht. Ein nie gehörter Laut tönte aus dem Meer.

»Still!« Cade flüsterte. »Was war das?«

Binnen weniger Atemzüge war die gesamte Besatzung hellwach. Ein aufdringlich lautes, klagendes Stöhnen, ein langgezogener hohler Schrei, dann eine Tonfolge, als würden mächtige Blasen tief am Boden des Ozeans platzen; sieben, acht Schreie wie Echos in einer gigantischen Höhle drangen aus dem Wasser an die Ohren der Crew. Die Töne durchdrangen die Bordwand; die *Nihil* verwandelte sich in einen Resonanzkörper. Jemand flüsterte zischend:

»Meeresgeister!«

»Unsinn«, sagte Storzia grob. Es waren melancholische, unirdische Geräusche, Töne oder Teile eines nie gehörten Liedes. Einmal klangen sie wie langgezogene Hilferufe eines prähistorischen Rindes, durch düsteren Nachhall verfremdet. Dreifache Tonfolgen schlossen sich an, wie die Schreie exotischer Vögel in einem unbekannten Dschungel. Absonderungen eines kaum vorstellbaren Gongs folgten, dann ein schauerliches Heulen in Moll aus den Wellen. Shakum und Cartaou, beide auf 2001 Islands geboren, beugten sich über die Reling und lauschten.

»Ich bin mit Ebbe und Flut aufgewachsen.« Shakum stöhnte.

»Aber diesen schauerlichen Gesang des Meeres habe ich vielleicht im Alptraum gehört.«

Je länger die Klänge die Nacht ausfüllten, desto mehr unbekannte Instrumente schienen nacheinander an diesem untermeerischen Konzert teilzunehmen. Das markerschütternde Heulen von tiefkehligen Wölfen, unterbrochen durch langgezogenes Brummen wie von berstenden Felsen oder Baumriesen, die unendlich langsam umstürzten; ein Ächzen und Stöhnen von Riesen der Urzeit. Das Unsichtbare wimmerte und jaulte, als stürben schwarze Saurier. Die ins Unerträgliche gedehnten Echos kamen gleichzeitig aus allen Richtungen: Es war, als schluchze der gesamte Ozean und unter ihm der Planet. Sonores Jaulen, von fernen Explosionen durchsetzt, begann nach einer sehr kurzen Pause, in der das Zischen und Klatschen der Wellen und das feine Summen der Antigravs doppelt so laut erschienen.

Als ob eine monströs große Windharfe dröhnend klagen würde, ähnlich dem Seufzen eines untermeerischen Organismus, blies aus dem Meer eine gurgelnde Posaune ihre schauerlichen Signale. Die Insassen suchten das Meer mit bloßen Augen und Ferngläsern ab, aber sie sahen nur Wellen, die sich grausilbern vom eisigen Mondlicht am Horizont verloren.

Wieder begann ein submariner Chor zu jaulen. Die Tonfolgen wiederholten sich in gleichförmigen Schwankungen. Schrille Schreie sickerten aus der Dünung. Es war nicht so sehr Entsetzen oder Angst, sondern das Gefühl, einem nie gekannten Schrecken ausgeliefert zu sein: starre Verwunderung, die zerbrach, als ein ratterndes Schnarchen, so tief, daß das Schiff zitterte, alle Insassen fast lähmte. Die Gewißheit, mitten durch einen wunderartigen und erschreckenden Vorgang zu steuern, packte die Crew. Sie waren und blieben hilflos, denn das mystische Klagelied rührte ihre Herzen an, ohne vom Verstand kontrolliert werden zu können; die Erinnerung an archaische Welten und Zeiten war in ebenso großer Tiefe versteckt wie der Sänger des Liedes sterbender Meeresgrund-Heroen. Cades Gedanken überschlugen sich, während Amou an seiner Schulter zitterte. Er suchte, um als einziger an Bord nicht von kreatürlicher Furcht überwältigt zu werden, nach einer Erklärung. Mitten in einem langgezogenen, wimmernden Heulen riß das

Lied ab. Die Stille rauschte in den Ohren. Langsam gewannen die gewohnten Geräusche wieder ihre Bedeutung. Jadars Schrei zerfetzte die Ruhe.

»Da! Backbord gleichauf!«

Sie sprangen auf, stürzten zur Bordwand, und Cade riß das Glas an die Augen. Seine Finger zitterten. Aus dem Gefunkel feinverstäubten Mondlichts schoß ein großer, schwarzer Körper aus den Wellen. Ein riesiger Fisch, ein runder Buckel, eine fächerförmige Schwanzfinne. In die Luft schoß eine steile, leuchtende Fontäne aus Wasser und Nebel, keine dreihundert Meter entfernt. Der Körper schlug schwer ins Wasser zurück; jetzt sahen und hörten sie es genau. Die dunkle Masse schnitt unter den Kamm der Dünung, die Flanke schlug dröhnend auf die Wellen. Ein klatschendes Knallen donnerte übers Wasser.

»Der Wal«, brüllte Jadar. »Dieses blöde Vieh!«

In Cades Augen brannten Schweiß und Seewasser. Er holte tief Luft und flüsterte:

»Fastitokolon. Wer sonst. Wir hätten es wissen müssen.«

Der Wal blieb minutenlang unter Wasser. Backbord voraus, obwohl die *Nihil* weiterraste, tauchte er auf, blies eine mächtige Fontäne in den Himmel und entfernte sich langsam in einer Serie behäbiger Sprünge, weniger hoch und elegant als die Delphine, mächtige Wellen und Heckseen aufwerfend. Die schmetternden Schläge der Heckflosse, die aufs Wasser drosch, brachte Töne hervor, die lauter waren als zusammenbrechende Brandungswellen. Cade setzte das Glas ab, als Fastitokolon endgültig außer Sicht kam.

»Wie Triton bemerkte: ein dummes Tier.« Seine Stimme zeigte die Spuren des Schreckens. »Er wollte uns nicht ärgern. Vielleicht rief er nach Nereide und seinem Sohn.«

Jadar lachte rauh.

»Und dabei stampft der unersetzliche Abkömmling fremder Ozeane direkt auf Kondavaala zu.«

Storzia setzte sich, noch immer aufgeregt, auf seine Decken. Als er die wohlbekannte eckige Nuß hervorkramte, zitterten seine Finger noch immer. Cade lächelte ihm dankbar zu.

»Eine Nuß reicht nicht. Auf diesen Schrecken brauchen wir mehr Naqnaq.«

Storzia trank, hustete und gab das Behältnis an Zakhari weiter. Er grinste töricht, aber unverkennbar erleichtert.

»Das Rätsel ist gelöst. Lieber einen Hurrikan als noch eine solche verdammte Überraschung!«

»Meine Knie zittern noch immer«, sagte Jadar. »Ein Wal singt mitten in der Nacht. Was werden wir noch alles erleben, Jäger?«

»Das war nur ein Vorgeschmack. Uns erwarten etliche Einsichten und hoffentlich Erklärungen zukünftiger Ereignisse.«

Cade streckte sich aus, hielt Amous Hand und war sicher, daß die nächste bestürzende Einsicht auf Amaranth, der Mondsterninsel, wartete.

KAPITEL 8

Am Horizont, eine vage Silhouette gegen den gewaltigen Sternenhimmel, zeichnete sich hinter den schäumenden Dünungskämmen die Insel der Astronomen ab. Cade Chandra stand neben Horze im Bug, ließ den Feldstecher sinken und blickte auf die riesige Oberfläche des Monddrittels. Jadar und Häuptling Aissa führten das Ruder und tranken lauen Kräutersud.

»Der Wind war nicht gut genug.« Der Kapitän hob die Schultern. »Immerhin legen wir noch weit vor dem Morgen an. Denn am lichten Tag würden wir diese Nachtseher wecken.«

»Bei hellem Licht hätte ich auch Schwierigkeiten, das Geschenk des Imperiums gebührend vorzuführen«, sagte Cade und lauschte den Geräuschen der Bugwelle und der Heckspur. Die kleine Crew und ihre Gäste schliefen zwischen Ballen und Säcken der Ladung. »Meinst du, die sogenannten Astronomen sind gut genug, die Sache mit dem Mondsilber präzise auszurechnen, Horze?«

»Glaube ich nicht, aber sie bemühen sich.«

»Bestimmt mit mehr Erfolg, wenn wir unsere Geschenke ausgepackt und verteilt haben.«

Cade genoß auch diese nächtliche Fahrt, sah lächelnd den Glanz der Sterne auf den Wellen und dem schäumenden Kielwasser. Die Insel schob sich fast unmerklich langsam näher. Am Ende eines fingerartig gekrümmten Landvorsprunges brannte ein winziges Licht. Die *Nihil obstat* änderte auf ein Zeichen Horzes ihren Kurs um einige Grad.

»Zeigen wir uns den Astronomen«, sagte Horze gähnend. »Ohne übertriebene Eile.«

Er löste einen Handscheinwerfer aus den Schlaufen der Befestigung, hob ihn über den Bugspriet und blinkte mit kristallweißen Lichtspeeren zur Insel. Cade turnte aus dem Bug, weckte Shakum und Cartaou und setzte sich neben Amou. Das schlanke Schiff fegte durch die ersten Brandungswellen, hob und senkte sich in der Dünung, und Aissa steuerte einen weiten Halbkreis an; er fürchtete die Untiefen und Klippen vor dem Ende der natürlichen Mole. Auch auf der Insel zeigten sich kleine, wandernde Lichter. Shakum und Cartaou packten Schlingen und Taubündel. Aus dem Inneren der Insel, zwischen Felsen und windzerrupften Gewächsen, kamen Gestalten mit hell brennenden Fackeln zur Mole. Undeutlich erkannten Cade und Amourea die Stufen gemeißelter Treppen, Rampen und Säulen. Ein Inselbewohner setzte mit der Fackel die große Öllampe am Ende der Mole in Flammen. »Leinen klar!« schrie Cartaou. »Achtung am Bug.«

Das Schiff schwenkte herum, das Segel wurde losgeschlagen, und Storzia hängte drei Fender aus Flechtwerk und Leder an Backbord über die Planken. Mit dem Bug nach Nord, in Richtung auf Thut, legte die *Nihil* ohne harte Schläge an. Horze lo Venosta sprang mit einem Riesensatz an Land und rief:

»Hier sind wir, ihr Freunde nächtlicher Sterne. Schickt viele Männer zum Ausladen der Ausrüstung!«

Cade und Storzia halfen Amou und Zakhari über die Bordwand. Die Fackeln wurden in Löcher gesteckt. Jadar hängte Lichtkugeln in die Wanten und stemmte den schweren Zylinder aus dem Schiffsbauch.

Die jungen Männer schienen die Gehilfen der Astronomen zu sein. Sie begrüßten leise und ein wenig furchtsam die fremden Besucher und luden sich die Truhen, Ballen und Säcke auf. Cade zog zwei Mann an den Armen zu sich heran, deutete auf den dicken Zylinder und sagte:

»Bringt dieses Ding und mich zum Vorsteher aller Sterne. Ich bin Jäger Cade – wie heißt dein Herr?«

»Es ist der Weise Umshadon.« Die Gehilfen schleppten das schwere Gerät zum Ende der Mole und eine gewundene Treppe hinauf. Cades Augen hatten sich an die veränderte Helligkeit gewöhnt; sie befanden sich auf einer Insel aus uraltem, erodiertem Vulkangestein. Raschelnde Gewächse duckten sich in den Windschatten von Mauern, dreieckigen Rampen und tiefen, erdgefüllten Kratern. Dunkle Hauswände tauchten auf; scharf zeichneten sich Schatten und Helligkeit ab. Die Gebäude, zwischen denen sich der gepflasterte Weg wand, waren von einer großen Sandfläche am höchsten Punkt der Insel durch einen dichten Ring aus gedrungenen Gewächsen getrennt. Kein Lichtstrahl traf die Gnomone, Mauerquadranten und Stellarhalbkreise.

Cade lehnte sich an einen Baumstamm. Aissa setzte eine Truhe aus knarrendem Flechtwerk ab.

»Es gibt hier sicher einen Treffpunkt für Besucher?«

»Natürlich. Ich bringe euch hin.« Aissa wartete, bis die kleine Karawane der Lastträger an ihnen vorbei war. Zakhari und Amourea folgten in einigem Abstand. Warmer Seewind spielte mit von Tau feuchten Blättern und Gräsern und ließ die Flämmchen nach Osten zittern. »Wahrscheinlich rechnen sie gerade oder haben einen neuen Stern gefunden. Sonst wäre der Astronom schon bei uns.«

Mäuerchen aus dunkel glänzenden Steinquadern, voller Reliefs und geheimnisvoller Verzierungen, umfaßten jene Bereiche, in denen mühsam hergestellter Humus lag. Cade legte den Arm um Amous Schultern und blieb schließlich auf einer winzigen Piazza stehen, von deren Terrasse, über Vierecke und Rechtecke voller Stauden und Büsche hinweg, die Mole und das Schiff zu sehen waren. Doanlikher war bis zu einem Drittel hinter die Kimm gesunken, und seine Strahlung überschüttete das

Meer. Die Sterne in der Umgebung der Mondscheibe verblichen. Zakhari stieß einen langen Seufzer aus.

»O Jäger Cade! Seit ich dich kenne, wächst die Menge fremder und einzigartiger Bilder in meinem Kopf. In einiger Zeit werde ich davon alpträumen.«

»Es sind Bilder, Zakhari, die eigentlich aus unserem Inneren kommen, auch aus den Träumen. Nichts, wovor du dich fürchten solltest«, sagte Cade und ging auf den Eingang des Gebäudes zu, aus dem Caciqe Aissa winkte.

»Wir gehen zu Umshadon. Er zeigt uns seine Werkzeuge.«

»Wo ist dieser Zylinder?«

»Storzia packt ihn gerade aus«, sagte Zakhari leise.

Sie durchquerten den Ring aus Gewächsen. Träger, Crew und Helfer hatten sich zurückgezogen; etwa ein Dutzend dunkel gekleideter Männer stand um Storzia herum, der das schwere dreibeinige Stativ auseinandergeklappt und fixiert hatte und eben den halbmannslangen Tubus eines astronomischen Fernrohres mit kleiner Zieloptik einsetzte. Er deutete auf Cade.

»Das ist der Jäger aus dem Sternimperium, dem ihr dieses feine Geschenk zu verdanken habt«, sagte er. »Und viele nutzvolle und brauchbare Dinge, die wir später auspacken, wenn ihr euch der Pflicht der Gastfreundschaft erinnert habt.«

Cade grinste und trat näher. Aus der Sandfläche wuchsen die steinernen Bauwerke zur Sternenbahnen-Berechnung hervor; versehen mit Markierungen in weißer Farbe, Kerben, Ziffern und Buchstaben. Der Kreis um Storzia, der an Stellrädern drehte, die Okulare in die richtige Höhe schraubte und die Öffnung des Rohres auf den Mond ausrichtete, öffnete sich.

Ein graubärtiger Mann schlug die Kapuze zurück, verbeugte sich vor Cade und zog seine Nachbarn herbei.

»Ohne zu wissen, was das ist, Jäger, danken wir. Was euer geschätzter Besuch zu bedeuten hat, konnte Aissa allerdings nicht recht erklären.«

»Bei Sonnenaufgang sind alle Fragen beantwortet«, sagte Cade und schüttelte einige Hände. Umshadon, Ryhaenen, Souad und Nahario waren die ältesten Männer auf Amaranth, der Mondsterninsel. Der Jäger machte eine Pause, damit die nächsten Sätze ihre Wirkung nicht verfehlten. »Wir sind letzten

Endes hier, damit ihr uns sagt, wann das gewaltige Ebbeheiligtum auftaucht, und an welchen Tagen die Legende des Mondsilbers zur Wahrheit wird.«

Als er den Schrecken in den Gesichtern der Astronomen sah, lachte er kurz und ging zum Fernrohr.

»Wir wissen vieles, aber nicht alles. Wir werden klären, rechnen und zeichnen, und vielleicht kennen wir alle bald die Wahrheit, den Tag und die Stunde.«

Er grinste Storzia zu, preßte den Gummiwulst über den Linsen gegen die Stirn und nahm eine Feineinstellung vor. Die Krater des Mondes schienen ihn anzuspringen; er bildete sich ein, jeden Kieselstein in den Kratern zählen zu können. Langsam glitt das Bild vorbei. Der gleißende Krater verbarg sich hinter der Krümmung und unter dem Horizont. Cade nahm Umshadons Hand und zog ihn zum Gerät hin.

»Blicke hier hinein und sage uns, was du siehst.«

Er trat zurück. Drei Sekunden später schien Umshadon zu erstarren. Er atmete schwer, keuchte und riß den Kopf zurück. Sein Blick traf den Jäger und Storzia. Cade grinste kühl, als Umshadon zurückstolperte.

»Nahario! Ryhaenen! Ein Wunder! Seht hier hinein . . .«

Nacheinander zerrten und schoben sich vierzehn Männer, deren Aufregung mit jedem Atemzug und jedem weiteren Blick wuchs, vor die Objektive. Aus der Richtung des Dörfchens drang leises Gelächter. Die Helfer packten die Lasten aus. Umshadon zitterte, als er auf Cade zukam und nach Worten rang.

»Herr Jäger.« Er flüsterte. »Jetzt erkenne ich, warum Aissa und die Caciqen so ehrfurchtsvoll von euch Fremden sprechen. Dieses Rohr des guten Blickes – ein Wunder. In einiger Zeit werden wir begreifen, wieviel mehr wir sehen und vom Sternhimmel begreifen können.«

Cade blieb gelassen und antwortete so laut, daß auch die anderen Männer seine Worte verstehen konnten.

»Auch wir haben vor vielen tausend Jahren auf der alten Erde mit solchen Gnomonen und Stellarquadranten angefangen, die schrecklichen und geheimnisvollen Sterne zu betrachten. Nun fliegen wir zwischen jenen Sternen umher, die wir einst vom

Boden der Welt betrachteten. Das Wunder ist leicht zu erklären; Jahrtausende emsiger Forschung und Wissenschaft verändern Instrumente, Werkzeuge und mathematische Theorien. Aber sie verändern die Menschen nicht wirklich, und deswegen bin ich hier.«

Storzia wußte, worauf Cade abzielte, und mit gewohnter höflicher Überheblichkeit sagte er:

»Die meisten Menschen haben uns mit kühlen, berauschenden Getränken begrüßt und mit zuvorkommender Gastfreundschaft. Mit diesem Spielzeug unschätzbaren Wertes könnt ihr Mond und Sterne anstarren bis in alle Ewigkeit. Wir hingegen wollen noch hundertvierundvierzig Fragen stellen und bald ablegen, denn das Meer steht unter der Tyrannei der *Tale O'Darkness*, der Jacht wahnsinniger Sklavenhalter, denen wollen wir nicht vor die Geschütze segeln. Wo ist das Gästehaus?«

Nahario und Umshadon verbeugten sich fast ehrfürchtig. Der Sternmeister Souad sagte:

»Freund der losen, aber gerechten Rede – entschuldigt. Unsere Verwirrtheit ist größer als Doanlikher. Kommt! Bitte!«

»Na endlich«, knurrte der Gardist. »Mein Magen knurrt. Hunger und mangelndes Wohlbehagen machen mich wortgewandt.«

Die Aufregung hatte die Einwohnerschaft Amaranths erfaßt. An nächtliche Forschung dachte binnen der nächsten Viertelstunde niemand mehr. Noch mehr Fackeln, Kerzen und Fischöllampen wurden angezündet; Jadar hämmerte den Hahn in ein verheißungsvoll gluckerndes Bierfaß. Cade klappte einen raumfesten Container auf, der aussah wie eine verwitterte Holztruhe. Die Gäste kamen in dem gemütlich eingerichteten Versammlungsraum an zwei mächtigen Tischen zusammen. Die Lavaplatten voller Einschlüsse, Maserungen und Faltungslinien waren glatt wie Spiegel. Cade hob einen zylindrischen Becher, doppelt handhoch, blies den Schaum weg und sagte:

»Danke, Männer von Amaranth. Wir sind hier, um das Geheimnis des Mondsilbers zu klären.«

Er packte Blöcke mit Zeichenpapier aus, farbige Stifte, Lineale, Zirkel und einfache Rechenmaschinen mit großen Tasten. Jadar rollte die letzte Version der Planetenkarte mit Gradnetz und allen bisher ermittelten Namen auseinander und klebte sie im Bereich der größten Helligkeit an die Wand. Die jungen Helfer zeigten, während die Männer in der Reihenfolge hierarchischer Wichtigkeit an den Tischen zusammenrückten, den beiden Frauen das Dorf, die sturmsicheren Gewächshäuser und den Steinbruch. Die Nacht schwang sich unmerklich dem Morgen entgegen. Cade zeichnete eine Sonne, einen Planeten und eine Mondbahn, machte einen Pfeil und schrieb: Doanlikher.

»Das ist, soviel wissen wir, euer Weltbild. Der Mond beschreibt eine mehr oder weniger kreisförmige Bahn um Zweitausend Islands. Richtig?«

Storzia leerte den Krug aus feinstgeschliffenem Lavagestein und verteilte die nützlichen Geschenke an die Astronomen. Sie freuten sich mit der Begeisterung fröhlicher Kinder. Cade versuchte sich mit der Darstellung der Mondbahn und zugleich der zeichnerischen Umsetzung der Doanlikher-Eigenrotation. Er malte einen übertrieben großen Krater, füllte ihn mit knalligem Gelb, zeichnete eine Lichtquelle, einen Hohlspiegel und einen Strahlungskegel. Schweigend sahen die Astronomen zu. Souad, der zudem für die Brieftauben und den Nachschub Amaranths verantwortlich war, nickte selbstsicher.

»Wir kennen, ohne sie berechnen zu können, den Weg der Strahlen. Du willst damit sagen, daß sich das Sonnenlicht in der Schale sammelt und wieder zurückgestrahlt wird?«

»Genauso ist es.« Während Cade mit dem Lineal und einem feuerroten Stift hantierte, brummte Jadar und brachte aus der Unergründlichkeit einer Tasche ein Brennglas zum Vorschein; eines jener Tonnen von Mitbringseln, mit dem ein Fischer seinen Tee erhitzen oder Löcher in sein Segel brennen konnte. »Hier, Cade.«

Cade riß das Blatt los, faltete zwei Ecken herein und stellte es hochkant auf den Tisch. Er nahm eine Öllampe, bewegte die faustgroße Linse und schob das Papier hin und zurück. Schließlich berührte das scharf beleuchtete Ende des Fokus das Papier, fraß ein Loch hinein, dessen Ränder augenblicklich zu schmoren und zu brennen begannen. Cade wartete, bis seine höchst laienhafte Zeichnung verbrannt war und blies die Ascheflocken über den Tisch. Er trank einen Schluck Inselbier und sah in die Augen der Astronomen.

Schritt um Schritt verwandelte sich die Dämmerung des Verstehens in lichtreiche Erkenntnis.

»Einmal während einer unbestimmten Zeit«, sagte er leise, aber bestimmt, »befindet sich Doanlikher in der größten Nähe zu eurem Planeten. In dem engsten Punkt der Ellipse.«

Zunächst mußte er den Unterschied zwischen Kreis und Ellipse schildern. Amourea erinnerte sich an die Formel, und Cade benutzte den kleinen Tischrechner, der vom Licht der Fischöllampen gespeist wurde.

»So ist es, Jäger.« Souad atmete tief ein und aus.

»In dieser Zeit sind die Unterschiede zwischen Ebbe und Flut am größten. Die Masse des Mondes zieht die Masse des Wassers an. Habt ihr verstanden?«

Umshadon fragte in lauerndem Tonfall:

»Wir wußten, daß Flut, Ebbe und Mond etwas miteinander zu tun haben. Wir rechnen schon lange, wie es zusammenhängt, daß das Wasser des guten Meeres steigt, wenn der Mond längst nicht mehr zu sehen ist.«

»Nun wißt ihr es. In einem halben Jahr kennt ihr auch die Formel. Zurück zum Mondfeuer.«

Cade fühlte sich beobachtet, drehte sich herum und sah den Caciqen Aissa, der mit verschränkten Armen und unergründlichem Gesichtausdruck die Vorgänge am Tisch betrachtete. Der Jäger grinste ihn aufmunternd an und strich eine Verkleinerung der Planetenkarte glatt.

»Das ist die Oberfläche einer Kugel in einer anderen Darstellungsform. Als auf unser aller Heimat Terra die Vorläufer der Fernrohre nur mutigen Kapitänen und wenigen Sternbeobachtern bekannt waren, erfand ein Meister des Zeichenstiftes, Jäger Mercator, diese Form. Weiter nördlich oder südlich verzerren sich die wirklichen Entfernungen. Aber für bestimmte Zwecke ist die Projektion ideal.«

»Nämlich, um uns zu zeigen, an welchen Stellen das Mondfeuer die Inseln zerstört.«

Cade, Storzia und Jadar fuhren herum. Seit einer Stunde

hatte Häuptling Aissa zum erstenmal einen zusammenhängenden Satz gesagt. Seine Stimme war rauh; nun hatte er das t'puoy schon verletzt, und er konnte offen über das schreckliche Geheimnis sprechen. Cade zog eine rote Linie von Ostnordost nach Westsüdwest und sagte:

»Verlange jetzt nicht, daß ich dir die Rechnung erkläre. Der Mond dreht sich, mit ihm bewegt sich der Krater – ihr werdet durch das Fernrohr sehen, daß die Krater in Wirklichkeit runde Täler sind, die dem Inneren einer flachen Schüssel gleichen. Der Planet, eure Welt, dreht sich unter dem Strahl hinweg. Das verbrennende Mondfeuer kann auch an einer anderen Stelle beginnen, und die Richtung dieses Striches mag nicht stimmen. Ein kleiner Kreis, dessen Größe ich nicht kenne, wandert rasend schnell über das Meer, die Eiskappen und über manche Insel.«

Aissa stöhnte. Er hatte begriffen.

»Schlagartig, Jäger, reißt du die Schleier der Dummheit vor unseren Augen zur Seite. Jetzt weiß ich endlich, warum manche Stellen auf der Insel wie Glas aussehen und gerade wie deine Gedanken sind.«

»Nacht der Wunderlichkeiten!« Cade und Amourea lachten. »Wenn du wüßtest, Caciqe der Schweigsamkeit, in welch wirren Spiralen und Kurven sich meine Gedanken ... lassen wir das: Wenn es losgeht, wahrscheinlich in einer reichen Handvoll Tagen und Nächten, werden aus allen Teilen der Welt sich die Fischer und Inselcaciqen melden. Dann könnte jeder von euch Astronomen diese Linie ganz richtig einzeichnen. Eine oder zwei Nächte später kennen wir auch den Abstand zwischen zwei Mondfeuerlinien, die von Ost nach West gehen.«

Cade zeichnete wahllos weitere Linien und sah zum erstenmal auf dem Papier, was er vermutet hatte: Die meisten Linien führten zwangsläufig über offenes Wasser. Er lehnte sich zurück, streckte die Beine aus und sagte:

»Souad soll die Herrin meines Herzens und mich über die Insel führen und uns zeigen, wie ihr lebt. Wenn wir zurückkommen, möchte ich eine knappe, aber ehrliche Geschichte hören, nämlich die Wahrheit über das Mondfeuer, das, was übrigbleibt, wenn man eine Legende durch das Sieb der Vernunft rieseln läßt wie den Sand, um Cryansed zu filtern.«

Er stand auf, nahm Amous Hand und nickte Souad freundlich zu. Seine grünen Augen schienen Funken zu sprühen. Jeder Anwesende merkte, daß Cade jede Unverbindlichkeit abgelegt hatte und daß er den Versammlungsraum verließ, um seine Geduld nicht überzustrapazieren. Er lenkte sich ab, indem er, während der Mond größer wurde und sein Leuchten in dem Maß verlor, in dem die Sterne verschwanden und sich hinter dem Horizont die Morgenhelligkeit andeutete, durch den bewohnten Teil des Inselchens spazierte.

Es gab etwa drei Dutzend unterschiedlich große Häuser, die sich zwischen bizarre Lavafelsen duckten oder hinter Sturmmauern verbargen. Überall dort, wo Schößlinge von Festlandsgewächsen wirklich gediehen und gewachsen waren, standen hohe, halbkreisförmige Mauern wie halbierte Rundtürme. Bodenfrüchte, Beerensträucher und Obstbäume wuchsen zwischen den Begrenzungen der Humusbetten. In bestimmten Abständen unterbrachen durchlöcherte Platten die gepflasterten Gäßchen und die Treppen; Regenwasser sammelte sich in Zisternen, passierte Filter aus feinem Sand und diente als Trinkwasser, das aber zu salzig war, wie Souad bedauernd bemerkte, um Bier damit zu brauen.

Der Himmel färbte sich malvenfarbig. Zwei Sterne blinkten und verschwanden. Doanlikhers unvollständige Scheibe nahm ein ungleichmäßig silbernes Grau an.

»Ihr habt niemals daran gedacht, eure Frauen hierher zu holen?« fragte Amourea. Souad hob die Schultern.

»Im Sommer arbeiten sie meist am Land, auf den Inseln. Wir besuchen sie oft. Im großen Regen des Winters leben nur ein paar von uns hier. Manchmal kommen die Frauen und ernten, was ihr hier sehen könnt. Es ist kein übles Leben.«

Der kleine Ort strahlte Ruhe und Sauberkeit aus; auf der Piazza standen Bänke und Tische unter robusten Sonnendächern, und die freundlichen Fronten der sieben Häuser wandten sich dem Platz zu. Der Sandplatz, auf dem die gemauerten Instrumente Schatten warfen, wurde von einem Helfer geharkt. Er grüßte freundlich. Über das wertvolle Fernrohr war eine Plane gehängt worden, auf der tausend Tautröpfchen glitzerten. Im Taubenhaus zwischen den pinienartigen Bäumen gurrten hinter dem Flechtwerk die geflügelten Briefboten. Rund um die Insel, an ausgewaschenen und kantigen Lavaklippen, schäumte und rauschte die Brandung. Die Fackeln auf der Mole waren ausgegangen, und der Wind trieb dünne Rauchfäden nach Osten, über Horzes Schiff hinweg, das im Schutz des Wellenbrechers dümpelte und sich an knarzendem Tauwerk hob und senkte. Cade atmete tief ein und aus.

»Amaranth ist wunderschön.« Er deutete auf das Fernrohr. »Hoffentlich liegt es nicht im Weg des Mondfeuers.«

Noch gab es keine Möglichkeit, den astronomischen Rhythmus auszurechnen. Erst wenn die *Goldene Legende* im Anflug war, konnte ein Späherboot auf dem Mond abgesetzt werden. Cade fürchtete, die *Capsizal* aufsteigen zu lassen; er wollte die Verbrecher nicht noch zusätzlich warnen. Langsam gingen sie hinüber zum Versammlungshaus, in dem eine wilde Diskussion im Gange war, aus der Cade Aissas Stimme heraushören konnte. Amourea und er setzten sich unter der Planetenkarte zu Umshadon und Nahario.

»Nun, was könnt ihr uns erzählen?«

Storzia holte aus dem Container einen Metallwürfel von etwa fünfundzwanzig *Orra* Kantenlänge und legte die Hand auf den Verschluß. Die Helfer tauchten die Dochte der Öllampen ein und öffneten die Läden vor den Fensteröffnungen.

»Wir, die Astronomen Amaranths, haben natürlich ebenso unsere Familien auf vielen Inseln wie beispielsweise Caciqe Aissa.« Umshadon hob die Hand; man schien sich auf ihn geeinigt zu haben. »Aber auch wir kennen den letzten Durchgang des Mondsilberfeuers nur aus Erzählungen, Berichten und Legenden. Ob es nun fünfzig oder siebzig Jahre her ist, wissen wir nicht. Keiner hat hier Brände, Dampf, Regenstürme und Orkane des Mondfeuers selbst erlebt. Kann es sein, daß der Strahl nicht immer in jenen bösen Jahren auf unsere Welt zielt, Jäger Cade?«

Cade nickte und rief:

»Durchaus. Wir kennen zu wenige Werte. Vielleicht ist es auch so, daß schon nächstes Jahr wieder der Ozean kocht.«

»Nur ein Caciqe weiß, an welcher Stelle das Heiligtum aus dem Wasser der Großen Ebbe auftaucht. Die Häuptlinge lernen das Segeln in kleinen Booten über lange Strecken, um den Ort sicher zu erreichen. Sprich, Aissa.« Ryhaenen zeigte auf Aissa. Der Häuptling schüttelte den Kopf und sagte verdrossen:

»Ich werde es nur Jäger Cade zeigen. In meinem Dorf auf Thut. Auf der Karte, die in seinem Haus hängt.«

»Versprochen? Geschworen?« Cade warf ihm einen prüfenden Blick zu, den Aissa ungerührt zurückgab.

»Geschworen. Mein Wort. Heute abend oder Mitternacht.«

»Einverstanden«, sagte Cade. »Wann erhebt sich der wichtigste Platz des Planeten endlich aus dem Wasser?«

»Auch das sage ich nur dir, Vater des Eisenschiffes.«

»Meinetwegen.«

Cade und seine Freunde hatten geahnt, daß dieses Geheimnis zu den bestgehüteten der Welt gehörte. Diskussionen oder Überlegungen, warum es so war, waren nutzlos. Jetzt erkannten sie, daß Aissa, wenn er dieses t'puoy offenlegte, gegen alles handelte, woran er glaubte. Cade nickte Storzia zu und legte seine Finger auf Amoureas Hand.

Storzia öffnete den Würfel, zog die Schutzkappe vom Weitwinkelobjektiv und machte mit der Sofortbildkamera eine Aufnahme der Versammlung. Während er auf die Entwicklung des großformatigen Fotos wartete, erklärte er Souad, wie dieses Gerät, nachdem man den Blitz abgeklemmt hatte, auf die Okulare des Fernrohres aufzuschrauben war.

Grinsend schwenkte er das zweidimensionale Farbfoto. Jedermann auf dem Bild war gestochen scharf abgelichtet.

»Zur Erinnerung«, rief er. »Cade, hast du die Funkgeräte schon verteilt?«

»Noch nicht.«

In der Truhe befanden sich noch drei Geräte. Der Jäger erklärte die Funktion, demonstrierte sie bei herausgezogener Energiezelle und ließ sich jeden Handgriff wiederholen und vorführen.

»Die Verbrecher können auf der Insel und auf ihrem Todesschiff jedes Wort mithören. Sie können es«, sagte er ernst und schob die Zelle wieder ein. »Ob sie lauschen oder nicht – niemand weiß es. Ihr dürft das Gerät nur benützen, wenn sie eure Insel überfallen. Und ihr müßt mich anrufen, wenn ihr wißt, an welchen Stellen das Meer kocht. Überflüssig zu sagen, daß ich von vielen Fischern und Caciqen diese Nachrichten hören muß. Dann kann ich jeden, der ein Gerät hat, rechtzeitig warnen. Verstanden?«

Er brauchte noch eine halbe Stunde, um zu erklären, wie das Kommunikationsnetz arbeitete. Souad murmelte:

»Ich habe noch genügend Brieftauben von Thut.«

»Weiß ich«, sagte Cade. Umshadon winkte einen Helfer heran und ordnete an, ein Frühstück für alle zu bereiten und genügend Essen und Getränke für die Männer und Frauen der *Nihil obstat* bereitzustellen. Er stand auf, breitete die Arme aus und sagte:

»Was wir tun können, damit ihr ohne Ärger nach Thut zurücksegeln könnt, tun wir. Gibt es noch etwas, Herr Chandra, was du brauchst? Können wir euch helfen? Haben wir alle Fragen beantwortet?«

Cade lehnte an der Tischkante und schüttelte nachdenklich den Kopf. Im Inneren des Hauses klirrte Geschirr und Besteck; es roch nach frischen Brotfladen.

»Mir fällt nichts mehr ein«, sagte er. »Alle Geschenke sind verteilt, alle Lasten heraufgeschleppt worden. Wir segeln in einer Stunde zurück.«

Jadar und Horze kamen herein. Cade rief:

»Wie steht der Wind, Schaumgekrönter?«

»Nicht gut.« Aissa breitete die Arme aus und machte beschwichtigende Gesten. »In ein, zwei Stunden weht er nicht geradewegs nach Thut, aber dreht nach Nord, vielleicht nach Nordost.«

»Können wir uns darauf verlassen?« fragte Amourea.

»Ja, Prinzessin.«

Amou und Cade blinzelten in die Sonnenscheibe hinein, die Amaranth mit rötlichgoldenem Licht überschüttete und die kristallenen Einschlüsse der Lavaquadern funkeln ließ. Papier und Stifte und aller andere Kram wurden weggeräumt und in gemauerten Fächern verstaut. Die Tische, mit gelbem Leinen bedeckt, füllten sich mit Geschirr. Storzia fand kleinere Humpen und füllte sie mit Bier. Als er neben Cade an der Brüstung der Piazza stand, murmelte er:

»Ich glaube, wir können zufrieden sein, Jäger?«

»Ich bin zufrieden.« Cade wischte Bierschaum von den Lippen. »Mehr erfahren wir nicht, weil sie nicht mehr wissen. Wüßte Aissa, was wir wissen, würde er sich grämen.«

»Soll er!« Storzia sah zu, wie die Helfer Essenpakete im Schiff verstauten und die Unordnung im Bilgenraum beseitigten. »Es ist schließlich sein Planet, den wir retten. Ist dir, Jäger der Klugheit, vielleicht der Gedanke gekommen, daß die Erde, deine Beta-Eridanis-Planeten, Khalakwolt und der Inselplanet irgendwie zusammenhängen?«

Cade stellte den leeren Krug ab und nickte.

»Ja. Mindestens zwei Vergessene Planeten. Wir, das Imperium, werden andere finden. Ich bin weit entfernt davon, Zusammenhänge zu erkennen, denn auch die Klügsten des Imperiums vermögen keine zu finden.« Er lachte. »Ich sag's dir, wenn ich's weiß.«

Aissa rief; sie setzten sich an den überreich gedeckten Tisch und merkten plötzlich, daß sie hungrig, durstig und müde waren. Cade spannte vom Mast zum Bug zwei Hängematten, und er schlief ebenso wie Amourea schon während des Ablegens und der ersten Segelmanöver.

In den Farbspielen riesiger Wolken, in denen die untergehende Sonne schwebte wie eine gigantische blutrote Kugel, tauchten die Umrisse der Insel auf. Vor einer halben Stunde hatte sich der Wind gelegt. Cade war vom Lärm und den Geräuschen geweckt worden, mit denen das Segel an die lange Rah gebunden wurde. Horze lo Venosta stand im Heck und hatte den Motor auf volle Fahrt geschaltet. Die *Nihil* glitt durch das glatte, graugrüne Wasser, direkt auf die Pfähle des Steges zu. Cade richtete sich gähnend auf, dann stutzte er und hielt die offenen Hände hinter die Ohren.

»Krach, Lärm und Donner – hoffentlich kommt nicht irgendein Verrückter aus der Flotte! Und hoffentlich ist es nur das Schiff von Kondavaala.«

Er kramte den Feldstecher hervor, säuberte die Objektive an seinem Sarong und suchte den wolkenlosen Himmel im Osten ab. Schließlich entdeckte er den Kondensstreifen, der dünner wurde und schließlich abriß, als das Raumschiff der Cryansed-Verbrecher mit einem letzten Donnern der Triebwerke im hohlen Vulkan landete.

Cade ließ die Schultern sinken und sagte:

»Also keine Panne. Hat uns die Jacht belästigt, Horze?«

»Wir haben sie einmal gesehen. Sie sind wie die Verrückten nach Süden gerast.«

»Auch unsere Delphine haben sich nicht gezeigt«, sagte Storzia. »In etwa einer Stunde sind wir wieder auf festem Inselboden.«

Cade kletterte aufs Bugdeck, schaute sich um und sah nur die weite, ruhige Wasserfläche. Die Küste Thuts und das Dorf strahlten friedliche Abendstimmung aus. Drei dunkelgraue Rauchsäulen zogen zwischen den Wipfeln fast senkrecht in die Höhe. Cade zog das Netz aus dem Wasser, entnahm ihm eine Bierdose und zwang sich, die Ruhe ringsum nur als Kulisse seiner Überlegungen zu empfinden: Die Reaktionen der Verbrecher waren nicht errechenbar, ebensowenig genau blieben Vermutungen über den Zeitpunkt beginnender Zerstörungen durch das Mondfeuer. Auch ob die Ebbe-Thingstelle größere Bedeutung hatte als ein archaischer Treffpunkt der Planetarier, war nicht weniger ungewiß.

»Geduld, Jäger Cade«, flüsterte Cade vor sich hin. »Das predigst du immer nur den anderen. Also: Schlaf dich aus, denk nach und warte in guter Ruhe.«

Wenigstens erfuhr er in mehr als einer Stunde von Häuptling Aissa zwei wichtige Einzelheiten. Commander DuRoy könnte sich wenigstens melden, und gegen die Landung eines Späherbootes auf dem Mond hätte er auch nicht das geringste einzuwenden gehabt.

Amourea hielt sich am Vordersteven fest und legte die Hand auf Cades Schulter.

»Nachdenklich? Melancholisch? Oder zählst du die Wellen?«

Er versenkte sich in ihre blauen Augen.

»Ich zähle deine Wimpern, Geliebte. Verglichen mit Logik, Vernunft und zielgerichtetem Handeln auf diesem Planeten ist dies eine zutiefst vernünftige Tätigkeit.«

Sie lachte ihn an, trank den letzten Schluck aus der Bierdose und streichelte seine Wange.

»O Cade. Man muß dich einfach lieben, wenn du in dieser Planetenuntergangsstimmung bist. Ich glaube, ich werde heute nacht, wenn du dich endlich rasiert haben wirst, ebenso dumme Sprüche flüstern.«

»Ich bitte dich darum.« Ein paar Kinder rannten, als sie das heranstürmende Boot sahen, auf den Steg hinaus. Es begann durchdringend nach gebratenem Fleisch und einem Gewächs zu riechen, das fatal an Knoblauch erinnerte. »Meine Laune verändert sich, wenn Aissa endlich redet.«

Jadar stellte sich hinter sie und hängte das triefende Taubündel über das Ende eines Spants. Ihre Augen trafen sich; Cades Freund grinste, deutete nach vorn und brummte:

»Wir schaffen es, Jäger. Geduld und Ruhe! Du hast bisher alles geschafft, was du wolltest – also: Heute abend ist großer Volkstanz unter den Dorfzedern. Aissa schlägt die Trommel. Und wir trinken Naqnaq.«

Cade wandte sich schaudernd ab und schwieg, bis er auf dem Steg stand und sich der Boden unter seinen nackten Sohlen beruhigt hatte. Er starrte den Caciqen an und deutete zu seinem spitzgiebligen Haus. Aissa nickte und warf die Tauschlinge über den moosbedeckten Festmacher.

KAPITEL 9

Am Morgen des ersten Gingoog verhinderte Hochnebel die Sicht auf Himmel und Wolken. Dunst breitete sich über den Wellen aus. Die See war fast spiegelglatt. Ein einzelnes Boot, dessen Insassen eine Seemeile vor Thut fischten, war gerade noch zu erkennen. Cade hatte dem Wirrwarr der Funkgespräche zugehört, indem er langsam von einem Kanal in den anderen schaltete. Er legte das Gerät weg und sagte:

»Irgendwo dort draußen jagen sie wieder.«

»Sieben Ungeheuer und ihre Crew. Zwanzig Sklaven. Wenige junge Leute«, sagte Cade. Der Häuptling drohte mit der Faust hinaus aufs Meer und wandte sich wieder den Monitoren zu. Sie zeigten den leeren Hafen Kondavaalas und die verlassenen Fronten der Paläste. Das Cryansed war in die Laderäume des Raumschiffes verladen worden. »Du weißt, daß Jadar in einem Kanu unterwegs ist. Zwanzig Ruderer.«

»Ja«, sagte Cade und schaltete einen Monitor ab. »Nun, Aissa?«

Der Wind hatte sich noch vor dem Morgen gelegt. Warme Feuchtigkeit lastete über Thut. Aissas Stimme war rauh, als er sagte:

»Meine Gedanken sind jetzt klar, Jäger. Es geht um den Planeten.« Aissa schlurfte auf die große plastische Karte zu. »Ich zeige dir auf der famosen Karte, wo die alte Kultstätte erscheint.«

Cade rutschte auf einer Planke der Terrasse aus. Vom Dach tropfte kondensierte Feuchtigkeit.

»Ich sage, daß du deiner Welt mit dem halben Bruch eines t'puoys den besten Dienst erwiesen hast. Heute zeigt sich das Meer von seiner wenig bewegten Seite.«

»Das Meer schläft nie«, sagte Aissa. »Nach Mittag wird sich der Nebel lichten.«

»Ob es an den üblen Dingen etwas ändert?«

Cade hängte sich ein Funkgerät an den Gürtel. Er tastete sich die schlüpfrigen Stufen abwärts. Auch das Gefieder der Aradine troff; der Vogel hockte dösend auf der Stange und ignorierte den Jäger. Unter den Baumwipfeln roch es nach kaltem Rauch. Die Szenerie strahlte Unbehaglichkeit aus, und mit jedem weiteren Schritt Cades auf dem Steg verstärkte sich dieses Gefühl. Nun, sagte er sich grimmig, es war genug Zeit, sich vorzubereiten. Er blieb dicht vor den niedrigen Wellen stehen und starrte in den Nebel. Auf Kanal 44 meldete sich Jadar und sagte, daß er etwa in einer Stunde in Thut sein würde. Cade kannte das Gefühl, das in seinem Inneren hochkroch wie langsame Vereisung, sehr genau. Er mochte es nicht. Das Warten im Nebel und die Unsicherheit über den Zeitpunkt der Katastrophe; es wurde zuviel. Cade senkte den Kopf, verfolgte das Muster der Schaumstreifen, sah einer Schule Lotosfischen zu und drehte sich abrupt um. Storzia, der zwischen den Geräten auf dem Tisch und der Terrasse hin und her lief wie ein Raubtier, warf einen langen Blick auf Cade, verstand wortlos und war eine Minute später neben seinem Freund.

»Wir sollten auf Jadar warten, Cade.«

»Ich hole ihn aus dem Kanu, Storzia«, sagte Cade. »Komm, zeigen wir, daß uns die Aufgabe nicht überfordert.«

Sie gingen zur Lehmhöhle und kletterten ins Beiboot. Beide Ausstiege waren geöffnet, schwere Laserwaffen starrten aus den Luken. Cade gurtete sich vor den Kontrollen an und klinkte das Funkgerät in eine Wandhalterung.

»Los. Zuerst Jadar.«

Cade bugsierte das Boot aus dem Eingang, ließ es über Büsche und zwischen Baumstämmen hindurch, deren Moosbewuchs tropfte, in Serpentinen hinunter zum Wasser driften. Er beschleunigte und fegte zwei Meter über den lautlosen Uferwellen dem Kanu entgegen. Nicht einmal der Fahrtwind, der ins Cockpit heulte, brachte Abkühlung. Nach wenigen Minuten verringerte Cade die Geschwindigkeit und flog Zickzackkurs, die Augen auf dem Bildschirm. Aus dem Nebel bohrte sich der Bug des Kanus hervor.

»Da sind sie. Klappe die Leiter aus.«

»Verstanden, Cade.«

Cade jagte das Boot auf das Kanu zu, bremste und drehte neben der Bordwand. Storzia rief den überraschten Ruderern zu:

»Laßt euch von Aissa bewirten. Die Fremden jagen die großen Fische. Jadar – herein zu uns.«

Mit wenigen Zurufen dirigierte er Cade zum Heck des Bootes. Jadar schob das Paddel unter den Sitz, warf die monströse Laserwaffe über die Schulter und packte die unterste Sprosse. Er stand erst auf, als sein Fuß sicher auf der Leiter stand.

»Wir sehen uns in Thut wieder.« Er winkte den Paddlern. »Jetzt fangen die heroischen Tage an, Schwachlungen.«

Er fiel schwer in den schmalen Sitz und gurtete sich an, während Storzia den Eingang durch die hochgeklappte Leiter sicherte und rief:

»Südost, Cade?«

»Genau dorthin, in Höchstgeschwindigkeit.«

Das Beiboot stieg in die Höhe und wurde schneller. Jadar schlug Cade anerkennend auf die Schulter und befestigte seine Waffe an Klemmen der Wand. Cade ließ das Boot steigen, bis vor den Linsen und den Öffnungen der Nebel brodelte. Plötzlich stießen sie ins grelle Sonnenlicht. Eine unübersehbar große Fläche aus strahlendem, sahnigem Weiß erstreckte sich unter der Pinasse. Cade schob den Regler des Radars hoch, schaltete den Autopilot ein und drehte sich um. Storzia und Jadar sahen sein entspanntes Gesicht.

»Wir greifen nicht an.« In kurzen Abständen blickte er auf den Ortungsschirm, der leer blieb. »Wir beobachten die Jagd. Ich vertraue den klugen Fischen.« Er grinste kurz. »Ich weiß, Wale und Delphine sind Säugetiere. Solange sie nicht von den sieben Verrückten umgebracht werden . . .«

Fünfzehn Minuten lang, mit mäßiger Geschwindigkeit, blieb das Boot auf Kurs. Ein ›Beep!‹ war zu hören, auf dem Schirm zeichnete ein längliches, scharfes Echo. Cade kippte den Schalter.

»Entweder die *Darkness* oder die *Nihil obstat*. Runter.«

Langsam glitt das Boot schräg abwärts, auf das Echo zu und durch die Hochnebelschicht. Als Jadar »Halt« rief, war die blauweiße Meeresoberfläche in weitem Umkreis zu überblicken. Mitten durch das Bild raste die Jacht und zog vier schneeweiße Linien.

»Jetzt haben sie Zuschauer.«

Jadar hielt sich mit der linken Hand am Bügel fest, an dem einige Waffen befestigt waren. Kein Sonnenstrahl traf auf das Wasser, aber es blieb fast unerträglich hell. Die Jacht raste, von der Position des Beibootes aus gesehen, schräg nach rechts und fuhr einen weiten Bogen aus. Zweimal sprangen riesige Körper aus dem Wasser. Kaum tauchte der Delphin wieder, änderte die Jacht den Kurs und raste auf die Stelle zu.

»Wenn Tritons Artgenossen dieses Spiel weiter betreiben«, Cade hielt Ausschau nach dem schwarzgrauen Körper eines Wales, »sind sie abends müder als wir.«

»Es sind einundvierzig Delphine und vier erwachsene Wale. Sie können sich abwechseln«, sagte Cade und ließ das Boot seitwärts unter die Nebeldecke treiben. »Was tun die Wale? Nachts singen und die Jäger reizen?«

»Sie werden nicht aufgeben, die Jäger. Sie sind verrückt darauf, unsere Fischlein zu töten.«

»Auch Triton gibt nicht auf«, versicherte Storzia.

Die Vorgänge waren von sehenswerter Großartigkeit. Fast unmerklich zwangen die Delphine, indem sie auftauchten und ihre Sprünge zeigten, in eine bestimmte Richtung. Nach Südwest. Wahrscheinlich ließen sich die Wale nicht von den Krillschwärmen vertreiben, die sich in entgegengesetzter Richtung tummelten. Das Schiff kurvte durch die Wellen, schnellte sich auf den Tragflügeln förmlich durch die Kämme der Dünungswogen und folgte den Senderechos und den Körpern, die weiß und silbergrau in riesigen Tropfenschauern und Gischtwolken schwammen. In unregelmäßigen Abständen feuerten die Lasergeschütze der Jacht. Dicke Blitze zuckten purpurn und hellrot ins Wasser und endeten in Fontänen aus Dampf und Wasser.

»Seht genau hin«, sagte Cade und veränderte die Position des Beibootes. »Sie sind halb verrückt. Unter Jagdfieber habe ich mir bisher etwas anderes vorgestellt.«

»Sie hören nicht eher auf, bis . . .« Storzia beobachtete die Jacht wieder durch das Doppelglas. »Ja; wann hören sie auf? Angeblich geht das schon seit letzte Nacht so.«

Cade nahm das Funkgerät und berichtete Horze und Amourea, was sich östlich der Insel Amaranth und der Polypeninsel abspielte. Er steigerte die Lautstärke und drehte das Gerät halb herum. Amourea sagte gerade:

»Häuptling Aissa, mit Leichenbittermiene, hat eben die Stelle der Kultstätte markiert. Solltest du Vance Horatio anfunken – wir haben die Koordinaten.«

»Moment. Ich schalte den Recorder ein.«

Amourea nannte zweimal langsam und deutlich die Koordinaten. Jadar und Storzia rechneten schweigend nach. Es war ein Gebiet der südlichen Hemisphäre, wie vermutet inmitten der dichtesten Massierung von Inselkreisen.

»Verstanden. Haben sich die Astronomen gemeldet?«

»Nein.«

Cade schaltete ab. Auf den Wellen zeichneten sich die ersten Schaumkronen ab. Große runde Flächen verloren den trügerischen stumpfen Glanz. Wind kräuselte das Wasser. Cade ließ das Boot steigen und zog sich in den Nebel zurück. Er hielt sich so weit von der Jacht entfernt, daß die Gefahr, geortet und unter Beschuß genommen zu werden, denkbar klein blieb.

Nach einer Weile hob Jadar die Schultern. Er wurde ungeduldig. Dort unten änderte sich nichts. Die atemlose Jagd ging weiter, und langsam verloren sich die Spuren der Tragflügel zwischen den Wellen.

»Die Delphine sind wirklich klug. Sie lösen einander ab, um die Jacht in die Irre zu führen.«

»Wenn das stimmt, können wir bis in die Nacht hinein hier zusehen.« Jadar schlug gegen den Kolben der Waffe. »Sollen wir nicht . . .?«

»Nein. Hast du die Feuerkraft bemerkt?« Cade sah die ersten Sonnenstrahlen durch große Löcher im Nebel zucken. Die Meeresoberfläche veränderte die Farbe. »Kein Gefecht. Wir fliegen zurück. In ein paar Minuten sind wir deutlicher zu sehen als ein Wal.«

Cade schob die Geschwindigkeitsregler nach vorn, versuchte im Nebel zu bleiben und steuerte das Boot in einem riesigen Halbkreis durch Sonnenlicht und Dunst zurück zum Dorfplatz. Die Einwohner liefen auf das Boot zu. Aissa, in den Fingern ein Fladenbrot, aus der rötliche Fischscheiben hingen, wich zwei Kindern aus und blieb vor Storzia und Cade stehen. Cade sprang in den Sand.

»Bald wirst du tiefer tauchen als je zuvor, Aissa.« Cade bemühte sich, salbungsvoll zu sprechen und nicht zu grinsen. »Danke für die Mitteilung. Wir werden miterleben, wie die Kultstätte auftaucht. Wir haben gesehen, daß die Delphine gewitzter sind als eure sieben Zwingvögte. Wahrscheinlich bekommen wir heute keinen Bericht von Triton oder Tethys.«

Der Häuptling wischte Fett von seinem Kinn.

»Was ihr anpackt, du und deine Freunde, ist verwirrend. Ich sprach mit vielen Häuptlingen. Wir sind sicher, daß wir den Kampf bald gewinnen.«

»Warum, glaubst du, ärgere ich mich seit etlichen Monden mit euren t'puoys herum?« Cade sah zu, wie Aissa den Rest seiner fetten Teigrolle herunterschlang. »Hat sich Horze gemeldet?«

»Nein, Jäger Cade.«

Jadar winkte Storzia. Sie bahnten sich einen Weg durch die Dorfbevölkerung und kletterten zu Amou und Zakhari hinauf.

Cade schärfte den Dörflern ein, nichts anzurühren und zog Aissa auf den Steg hinaus. Er sagte eindringlich:

»Die Verbrecher sind rasend. Angst, Wut und Rache beherrschen ihre Gedanken. Wenn das Heiligtum erscheint, wird das Universum acht Frauen und Männer vorstellen, die ihr begrüßen sollt. Sie beenden die Sklaverei, beraten euch und sorgen für bescheidenen Reichtum. In ein paar Stunden spreche ich mit dem Imperium. Zufrieden?«

»Wie könnte ich nicht zufrieden sein, Cade!«

Der Wind, der im Jagdgebiet den Nebel zerweht hatte, erreichte jetzt die Insel. Blätter raschelten, Asche stob aus dem Feuerkreis. Auch Aissa schien noch nicht begriffen zu haben, wie groß die Unterschiede zwischen der Herrschaft der Sklavenhalter und der erwarteten Änderung sein würden. Für die meisten Planetarier würde die Zukunft in kleinen, verständlichen Schritten kommen; mit allen Problemen. Cade löste sich aus seiner Nachdenklichkeit und sah zu, wie die erste Brandungswelle die Boote erreichte und die Planken dunkel färbte.

»Und darüber hinaus hoffen wir alle, daß die Mondglut unsere idyllische Insel verschonen wird, nicht wahr?«

Aissa stocherte zwischen den Zähnen und murmelte: »Jeder Insulaner denkt daran, wie er sich retten kann. Niemand weiß, was sein wird.«

Cade wartete nicht mehr länger auf Horze und ging in sein Haus zurück. Lange stand er, einen Becher Kh'olk in der Hand, auf der Terrasse. Der Nebel war kein Anzeichen dafür, daß der Ozean auf der Nachtseite zu kochen begann – aufgeregte Funkmeldungen hätten die Nachricht schon längst bis zur westlichen Helldunkelgrenze weitergegeben.

Als das Beiboot die letzten Spuren der Atmosphäre hinter sich gelassen hatte und unter der kalten Pracht der Sterne schwebte, beherrschte sich Cade, um nicht wie hypnotisiert den Mond anzustarren. Leise sagte Storzia:

»Wunderschön. Atembeklemmend gefahrvoll. Die Menschen unter uns: kleiner als Staubkörner.«

Über der nördlichen Hemisphäre stieß das Beiboot in den

Weltraum vor. Bald lag die gesamte Masse der Wasserwelt zwischen Kondavaala und der Jacht und der Pinasse. Cade schaltete die Kursautomatik und das Hyperfunkgerät ein. »Deine Sicht verleitet zur Geringschätzung des Individuums. Hüte dich vor Standpunkten hoch über den Objekten.«

Storzia hüstelte und verfolgte die Schaltungen Cades.

»Weisheit, dein Name ist Chandra.«

»Hoffentlich spreche ich mit Vance Horatio und nicht mit seinen Vasallen. Wenn's glüht und dampft, mein Freund, sind wir wieder dort unten.«

Auch Storzia vermied es, den riesigen Mond anzustarren. Der Krater war bis in die Mitte des Gestirns gewandert. Cade ließ sich vom Computer den Kode des Tages geben und stellte die Verschlüsselung ein. Der Sendeschalter klickte. Der Schirm zeichnete ein flirrendes holografisches Bild, und als Commander DuRoy verkleinertes Abbild ins Cockpit hereinzudrängen schien, pfiff Cade durch die Zähne.

»Macht und Herrlichkeit des Imperiums«, sagte er. »Hier sind wir. Armaggedon beginnt zu toben, Commander.«

»Ich sehe euch, Commander.« DuRoy lächelte, seine Augen blieben ernst. »Sprich.«

Cade nannte das Planquadrat der Kultstätte und was er vom Treffen der Häuptlinge wußte. Er schilderte die Eindrücke während der Waljagd und den Umstand, daß sie ununterbrochen weiterging. Er schloß:

»Ich überspiele, was wir aufnehmen konnten. In den nächsten Tagen wird der Brennpunkt des Mondes Wasser und Inseln berühren. Bitte, rechne den Zeitpunkt des ersten Kontaktes und den Auftrittsort aus. Sprich mit mir über den implantierten Ohrempfänger. Elf Tage lang sollen Feuer und Dampf wüten, sagen die Alten. Am sechsten Tag ist die größte Annäherung Doanlikhers an den Planeten, die größte Flut und Ebbe. Somit auch die Stunde des Imperiums-Auftritts. Deine Stunde, Mister Imperium!«

»Verstanden, General. Alles ist vorbereitet. Du weißt, daß wir die Mondsilberkatastrophe verhindern können?«

Cade hob die Hand und lehnte sich zurück.

»Ich hatte mehr als hundert Tage Zeit, um mich mit Hunderten Insulanern zu unterhalten und die Meinungen einzubeziehen, die Horze und Jadar gesammelt haben. Der mögliche Tod durch den rächenden Mond ist Teil ihrer seltsamen Moralgesetze. Und auf jeden Fall ist er ein t'puoy. Sie brauchen den Aspekt der blind zuschlagenden Bestrafung; eine Katharsis der Furcht.«

Er holte Atem und warf einen kurzen Blick auf Storzia. Der Gardist blickte ihn ungläubig an.

»Sie leben in einem maritimen Idyll, ohne Kälte und Armut. Tod und Verstümmelung sind selten. Ihr sorgenfreies Alter, sagen sie, ist ein Geschenk des Universums. Für alles, was während zwei Generationen an moralischen Verfehlungen passierte, dient der mörderische Mond als gerechte Strafe, die nicht jeden trifft, der aber niemand wirklich ausweichen kann. Niemand sagte mir die Wahrheit; ich mußte ein Mosaik zusammenstückeln.«

Storzia hielt den Atem an. Er sagte sich, daß er keinen Grund hatte, an Cades Worten zu zweifeln. Der Commander hatte konzentriert zugehört, und Cade sah die Überraschung in DuRoys Gesicht.

»Bei der Antrittsvorstellung, deren Regie du wohl übernimmst, sollte vielleicht darüber geredet werden. In einundsiebzig Jahren – wenn unsere unsicheren Daten verifiziert sind, kann vielleicht eine planetare Jurisdiktion den kosmischen Bestrafer überflüssig machen. Das sollen die Insulaner selbst entscheiden.«

DuRoy sagte halblaut:

»Ich ahne, warum du auf den Eridaniswelten so beliebt bist. Einverstanden, Jäger. Es wird so gemacht, wie du vorgeschlagen hast.«

»Gut. Falls die Verbrecher starten: Ihr fangt das Schiff ab?«

»Fünf Elitemannschaften und fünf moderne Kreuzer sind im Orbit des zweiten Planeten postiert. Solltest du die Triebwerke hören und mich anfunken, sind wir in einer halben Stunde da. Das kann ich nun wieder etwas besser als du.«

»Bleiben wir sachlich.« Es klang wie ein Vorschlag. »Ich zeige dir jetzt einige Minuten lang den Planeten und den Mond. Wenn du die Aufnahmen analysierst, kannst du die Stunde der trockensten Ebbe errechnen.«

»Empfangsbereit. Habt ihr alles, was ihr braucht?«

»Ja. Einschließlich vieler xenophiler Absonderlichkeiten. Willst du Storzia und mir noch etwas sagen?«

»Natürlich. Jedes erdenkliche Glück und beste Grüße ans Team.«

»Danke«, rief Storzia salopp. Die Pinasse drehte sich langsam, die Steuerung der Bordoptiken summte. Auf den Schirmen bildeten sich Ansichten von kosmischer Schönheit, die Bilder erreichten die Rechner der Astronomen in DuRoys Schiff.

Die Krümmung des Planeten mit dem schimmernden Saum der Lufthülle schob sich ins Blickfeld. Vor der Kulisse des stellaren Gewimmels driftete Doanlikher ins Bild, riesenhaft und voll im Sonnenlicht. Der Krater, ein Hohlspiegel von erschreckend großem Durchmesser, fing unsichtbare Lanzen Sonnenlicht ein und bündelte sie. An einer Stelle streifte der Strahl den äußersten Rand der Lufthülle und bildete dort einen Reflex von fast unerträglicher Grelle. Es schien, als würde die Spitze des Kegels in drei, vier Planetentagen das Meer berühren. Über einem Teil der Insel, unter Wolkenfeldern, zeichnete sich jetzt eine zungenförmige Lichterscheinung ab, heller als das Morgenlicht.

»Es reicht, Cade«, sagte DuRoy nach etwa zehn Minuten. Er war sichtlich sehr nachdenklich, fast erschüttert. »Es fällt mir schwer, die Überzeugung der Planetarier zu teilen, Cade.«

»Es bleibt dabei!« Die Pausen zwischen den Worten unterstrichen Cades Überzeugung.

»Einverstanden.« DuRoy drehte den Kopf zur Seite und fragte: »Genug gesehen, Soumaya?«

»Ja. Zusammen mit den Daten Prinzessin Gonavards haben wir mehr, als wir brauchen.«

Im Gegensatz zu Cade grüßte der Commander militärisch knapp.

»Ich melde mich, wenn es soweit ist. Gibt's bei euch auf den Inseln anständigen Fusel, oder soll ich die Proviantlast plündern?«

Cade lachte lustlos.

»Die Häuptlinge werden ihren Ehrgeiz daran setzen, die Pioniere der imperialen Schiffe zu lallenden Hauptpersonen eines planetaren Festes zu machen. Gib deiner Crew Urlaub bis zur Wiederbelebung. Ende?«

»Ende, Jäger« sagte DuRoy ernst. Schalter klickten; das Bild zog sich scheinbar in einen Punkt zurück. Storzia entließ pfeifend die Luft aus den Lungen.

»Freund und Jäger Cade, du verblüffst mich mehr und mehr«, sagte er und blickte an Cades Schulter vorbei auf die Strahlenlanze des Mondes. Sie leuchtete wie frischgeschmolzenes Silber. Die Pinasse glitt lautlos auf den Planeten zu. Schließlich brach Cade sein Schweigen.

»Man soll die Finger von Dingen lassen, von denen man ahnt, daß sie zu groß oder schwer für eben diese Finger sind, Storzia. Was du als meine vorgebliche Klugheit preist, ist, hoffentlich, Selbsterkenntnis und Genügsamkeit.«

Sie betrachteten die kleinen und größeren Punkte, Ovale und Sprünge, Krater und Bergketten des Mondes, dann die Inseln, die sich in unterschiedlich großen Kreisen gruppierten, die Brandungslinien, die lautlos erschienen und vergingen, hoben sich in leuchtendem Weiß und Grau vom dunklen Blau des Ozeans ab. Der Ortungsschirm entwickelte seine bizarren Linienmuster, als das Beiboot abwärts sank und einen Kurs steuerte, der als weiter Bogen über das Jagdgebiet der Sieben und zurück nach Thut führte. Storzia wagte einen vorsichtigen Scherz.

»Deine Ansichten über den Leidenswillen der Insulaner sind für mich Ausdruck kosmischer Weisheiten.«

»Du bist und bleibst ein dämlicher Gardist.« Cade machte eine Geste tiefer Resignation. »Zugegeben: ein ansehnlicher Bursche, ein guter Kämpfer, nicht auf den Kopf gefallen, aber irgendwo zurückgeblieben. Ich weiß nicht, was Zakhari an dir findet. Das war ein Kompliment.«

»Ich wissen. Jäger Cade auch sarkastisch sein können.«

Cade drehte sich um. Deutlich sah Storzia im vielfarbigen Licht des Instrumentenpaneels das Grinsen und die erhobene Faust.

»Warte bis wir unten sind. Im Ernst: Die Insulaner wollen es nicht anders. Deswegen hat sich Aissa auch so lange gequält. Ich glaube ihm die Skrupel.«

»Ich auch. Unten werden wir mit Jadar und Horze viel Naqnaq trinken.«

»Eine gute Alternative.«

Storzia schob sich neben dem Pilotensitz, quetschte sich auf den Platz des Kopiloten und hielt sich an einem der zahlreichen Metallbügel fest. Vor seinen Augen veränderten sich die Bilder der verschiedenen optischen Bereiche. Die Pinasse flog auf die Dämmerungslinie und die Nachtseite zu. Eine Stunde verging, bis Cade sagte:

»Da. Die *Darkness.*«

Er zeigte auf ein blau blinkendes Echo; Metall und größere Energieemissionen. Das Schiff raste nach wie vor in abenteuerlichen Kurven den Signalen der Delphine und Wale hinterher. Storzia sagte leise:

»Die Nachtjäger sind wirklich wahnsinnig geworden.«

Cade stimmte ein grimmiges Gelächter an. Er meinte es sarkastisch; Storzia verstand es nicht anders.

»Das wird uns lehren, dereinst mit HGH-Serum behutsam umzugehen. Ich werde mein Leben nur um wenige Monate verlängern.«

Storzia kicherte. Im grellen Mondlicht sah er die Kielspur der Jacht. Er runzelte die Stirn.

»Wenn ich etwas Unpassendes sage, wirfst du mich zu den Fischen. Ich schweige. Aber: Siehst du, was ich sehe?«

»Ja. Sie sind schnell, haben aber die Hydrofoilstützen eingefahren und motoren auf eigenem Kiel oder wie das nautisch korrekt heißen mag. Armer Triton.«

»Ich ahne, daß Triti und Tethy ihr Vergnügen haben.«

»Vielleicht hast du sogar recht.«

Mehr war nicht zu erkennen. Die Jagd schien sich weiter nach Westen verlagert zu haben. Fort von den großen Meeressäugetieren? Abgesehen von den veränderten Lichtverhältnissen gab es keinen Unterschied zur Jagd am Tag. Immer wieder blitzten energiereiche Laserstrahlen über die Wellen. Die Crew fing ein Signal oder mehrere auf, feuerte und änderte den Kurs, verfolgte den ›Wal‹; die Verbrecher verfluchten vermutlich die Heimtücke der Tiere und bewunderten die Fähigkeit, hier zu tauchen und plötzlich an unvermuteten Stellen aufzutauchen.

Mit der unbegrenzten Energie des mächtigen Schiffsantriebs rasten sie durch Wellen und Dünung.

Nach zehn Minuten sagte Cade:

»Unsere Gedanken sind voller Schadenfreude. Zu Recht. Ahnst du, welche hochgezüchtete und leicht zu handhabende Technik an Bord der *Darkness* eingebaut ist?«

»Ja.«

Manchmal zuckten mehrere Schüsse in Abständen von wenigen Sekunden in die Wellen. Weiße, rubinrote, grellgelbe Laserstrahlen und solche, deren Farbe schwer zu beschreiben war; etwas zwischen lavendelviolett und kupferpurpur verwandelten Salzwasser in kochenden Dampf.

»Perfekt, teuer und auf Kosten von Millionen Insulanern.«

»Sie werden der gerechten Strafe nicht entrinnen können«, sagte Storzia. »So steht es geschrieben.«

»So geschieht es hoffentlich bald.«

Das Beiboot zog drei Kreise. Die Sieben kümmerten sich nicht um die Pinasse. Selbst wenn ein riesiges Imperiumsschiff über der Jacht gekreist hätte, würde es von den Verbrechern nicht bemerkt worden sein. Cade drehte ab und jagte auf die dunkle Insel zu.

»Ich halte den Geisteszustand der Sklaventreiber für sehr bedenklich«, sagte er. »Unser Vorteil. Bist du auch so hungrig? Unser Dörfchen?«

Er zeigte auf die vielfarbigen Radarechos. Storzia meinte:

»Horze würde sagen: mehr Backbord.« Sie landeten auf der breitesten Stelle des Steges. Cade betätigte mehrmals den Schalter der Landescheinwerfer und genoß den Umstand, daß er viele Dörfler aus dem Schlaf riß. Er verriegelte den Backbordeinstieg, das Steuerbordluk wurde sorgfältig verschlossen. Nur in wenigen Häusern brannten Lichter. Cades, Aissas und Storzias Behausungen waren hell beleuchtet. Cade legte Storzia die Hand auf die Schulter und sagte:

»Lade Aissa zum Umtrunk bei mir ein, getarnt als Lagebesprechung.«

»Deine Weisheit ...« Storzia duckte sich und rannte davon.

Am Firstbalken war das Moskitonetz aufgehängt. Der Nachtwind, der mit den öligen Blättern raschelte, hatte Schwüle und Feuchtigkeit unter den Baumkronen und Dächern noch nicht vertreiben können. Im mehlfeinen Korallensand des Bodens waren zahlreiche tiefe Eindrücke. Aissa und eine seiner Frauen, Faridach, die Cade mit ungezieltem Mißtrauen betrachtete, saßen mit Amou, Storzia und Zakhari um den runden Tisch. Ein Dutzend Windlichter brannte mit bewegungslosen Flammen. Amou wunderte sich über Cades gelöste Stimmung; er war frisch geduscht, trug Muschelschmuck und Sarong und trank kalten Fruchtsaft. Er schien den haarfeinen Grat zwischen luzider Sicht und kühnen, trunkenen Gedanken erreicht zu haben.

»Du weißt, Aissa, daß dein Planet annähernd Kugelgestalt hat?« Aissa, augenscheinlich gesättigt, knurrte.

»Schon bevor ich die Imperiumsleute kannte, wußte ich, daß Salz im Meer ist.«

»Trefflich.« Cade packte einen annähernd kugelförmigen Krug und einen Stift und zog einige Linien auf dem Gefäß. »Gut, daß du mich erheitern willst, Caciqe. Es geht ja nur um das Leben von Planetariern. Du verstehst, was ich zeichne?«

Faridach und Aissa nickten.

»Der Mond verbrennt bei jedem der wahrscheinlich elf gefährlichen Durchgänge ein bestimmtes Gebiet. Eine Gerade, auch wenn der Planet kugelrund ist.«

Mit dem gelben Stift zog er eine weitere Linie, etwa in einem Fünfundvierzig-Grad-Winkel zum Äquator.

»Wenn das Meer zu kochen anfängt, wenn die Hitze den Planeten trifft, tut sie es entlang einer solchen Linie. Wahrscheinlich an einer Stelle, an den Polen etwa, wo niemand etwas davon sieht. Irgendwo, irgendwann, trifft die Linie eine Insel. Und da sich alles dreht, wird aus der Linie eine Spirale, die elf Tage und elf Nächte lang ist. Wir werden bald wissen, an welcher Stelle die erste bewohnte Insel getroffen wird, und wenn wir genau einen Tag später die zweite Reihe Meldungen haben, können wir neun genaue Linien ziehen. Dann können die anderen Inseln gewarnt werden. Klar?«

»Verstanden, Jäger.« Cade deutete auf Faridach und Aissa. Die Frau sagte ruhig:

»Mein Mann hat sieben Frauen. Seine Klugheit ist durch sieben zu teilen.«

Sie lächelte kühl und gewinnend. Cades Kiefer sank für mehrere Sekunden. Amourea rammte ihren Ellbogen in Cades Rippen. Zakhari kicherte, und Storzia suchte unter dem Tisch nach unbekannten Dingen. Todernst erwiderte der Jäger:

»Da es dein Vierzehn-Prozent-Gatte bislang versäumt hat, mit atemberaubenden intellektuellen Großtaten zu glänzen, Frau, darfst du mich nicht tadeln; mir entging dieser Umstand. Ihr werdet dafür sorgen, daß sich die Häuptlinge bei Aissa melden und ihm der Reihe nach sagen, welchen Teil der Insel die Hitze und Flammen getroffen haben. Erst dann können wir diese Linien ziehen. Stimmt's?«

Aissa überdachte das Problem, nahm einen großen Schluck Palmwein und nickte.

»Ich sorge dafür.« Amourea sah bewundernd zu, wie Aissas Adamsapfel hin und her hüpfte. Der Häuptling schwitzte und hatte seine hungerfaltige Haut von einer seiner Frauen mit duftendem Öl einreiben lassen. Cade zeigte auf die Planetenkarte an der Wand.

»Die sechste Nacht ist wichtig, Aissa. Dann ist die große Versammlung. Fast alle Häuptlinge treffen sich mit den Vertretern des Imperiums im Gebiet der Kultstätte. Vielleicht trifft der kochende Tod auch Thut, wer weiß? Dann stehen wir zwischen verkohlten Bäumen und gerösteten Vögeln, besonders solchen, die Fremde beschimpfen. Mein Vorrat an alten Scherzen ist nicht unerschöpflich. Leere deine Schale, Großlunge, halte ein waches Ohr ans Funkgerät und hilf dem Planeten.«

Aissas Fingerspitzen berührten fast die Deckenbohlen. Die schwarzhaarige Frau mit den Fächern aus Lachfalten in den Augenwinkeln strahlte Amourea an.

»Aissa kann schreiben und lesen. Sogar zeichnen. Ich hab's ihm beigebracht.«

»Die Nacht der Harmonie.« Zakhari schüttete verschiedene Getränke in Gläser, Becher und Schalen. Irgendwoher kam markerschütterndes Schnarchen. Amou sagte: »Jadar. Im Gästehaus.«

»Ich bin beruhigt.« Cades Geste umfaßte die Insel und die

weite Umgebung. »Wir hatten viel Zeit. Es dauerte zu lange, bis wir genug wußten. Niemand will Krieg und Tote und Zerstörung. Es wurde zuviel gestorben. Denkt an die alternden Sklaven der Verbrecher. Hier sind zwei zusätzliche Funkgeräte, Aissa. Wenn es nötig ist, machst du im Namen des Imperiums alle Inselhäuptlinge verrückt vor Angst.«

Sie wechselten einen langen Blick vollsten Verständnisses. Die gelöste Stimmung trog. Jeder wußte, worum es ging. Cade murmelte: »In einem halben Mond ist alles vorbei, und wir sind glücklich und zufrieden.«

»Als ihr die Sklaven befreit habt, Jäger Chandra«, sagte Faridach ernst, »haben wir nicht alles getan, was nötig war und ohne an die Gefahren zu denken?«

»Das habt ihr. So soll es bleiben und weitergehen.« Cade nickte schwer. »Wir sind nicht gekommen, um euch zu schaden.«

»Wir wissen es.« Faridach zog Aissa in die Höhe. »Jeder weiß es. Millionen auf dem Planeten, Jäger.«

Aissa deutete aufs dunkle Meer.

»Ich stelle fest, daß wir wissen, wovon wir reden. Jeder geht an seinen Platz und wartet. Ich bleibe noch eine Stunde bei meinem überaus weisen Freund, und wo, beim taumelnden Tang, steckt Horze lo Venosta?«

»Ich sprach mit ihm. Er wartet bei den Astronomen. Wenn sie die Wahrheit wissen, kommt er, schnell wie eine Langstreckentaube.«

Amourea brachte Aissa und Faridach zur Schiebetür. »Friede über eure Herzen«, sagte sie, schloß die Tür und lehnte sich schwer über Cades Schulter. Sie fragte neben seinem Ohr: »Und nun?«

»Und nun sitzen wir hier, sehen dem verfluchten Mond bei seiner Wanderung zu und denken darüber nach, was wir vergessen haben, meine Lieben. Mir fällt nichts dazu ein.«

Storzia räusperte sich.

»Du hast ihm natürlich auch noch nichts von der *Capsizal*-Höhle erzählt? Ich meine nur, weil ihr so verschwörerisch gegrinst habt.«

Cade hob das Glas und betrachtete durch den hellroten Wein die Flamme eines Windlichts.

»Nichts.«

Zakhari flüsterte:

»Jetzt fügt sich eines ins andere. Alles ist in Bewegung, wie jene Räder mit Zähnen. Dort tritt und schiebt Cade, dort ölt Jadar, hier feilt und glättet Storzia: Wie wird das enden?«

Amou seufzte und lächelte.

»Hättest du, Storzia, mehr von der einfachen Klugheit deiner Gefährtin. Wie es endet, Zakhari? Gut, wenn DuRoy mit den Spezialisten landet und der Mond sich wieder vom Planeten entfernt. Bis zu diesem Zeitpunkt sollten die Verbrecher ausgelöscht sein.«

Cade nahm genußvoll einen Schluck und sagte:

»Ich habe dem nichts mehr hinzuzufügen.« Hinter den schwankenden Baumkronen schob sich Doanlikher lautlos ins Blickfeld. Der Krater glühte, schimmerte und blendete.

KAPITEL 10

Amourea schmiegte ihr Gesicht in Cades Hand und genoß die Kühle seiner Finger. Ihre Augen glommen in der halben Dunkelheit wie geäderte Turmaline. Er flüsterte:

»Es war wirklich einfacher, im Sattel hinter Legenden auf Khalakwolt herzuhetzen. Ununterbrochene Aktion verhinderte das Nachdenken.«

»Jetzt brauchen wir nicht mehr lange zu warten . . .«, begann Amourea. Sie fühlte, wie er seine Muskeln anspannte, sich langsam aufrichtete, dann murmelte er:

»DuRoy. Der Empfänger. Still!«

Knochen und Knorpel übertrugen die dünne Stimme in sein Innenohr.

»Horatio spricht. Cade! Unser Späherboot auf Doanlikher meldet, daß der Fokus erstmals am Rand des Nordpols das Eis berührte und riesige Dampfwolken auslöst. Der Weg der Vernichtung führt zunächst östlich von Kondavaala über den

Äquator. Hier die Koordinaten des ersten Kontakts...« Er nannte die Zeit, Längengrad, Breitengrad und Minuten und Sekunden, wiederholte sie und fuhr fort: »Alle anderen Daten später. Wir rechnen. In sechs Nächten treffen wir uns. Viel Erfolg – Ende.«

Cade nahm den Finger aus dem Ohr und nickte.

»Es geht los. In etwa sechs Stunden ist die erste Hitzewelle östlich der Verbrecherinsel am Äquator.«

»Endlich!« Amourea richtete sich auf. Cade machte beschwichtigende Bewegungen. Er deutete auf das Funkgerät. Das Kontaktlicht leuchtete, und die Ziffern 44 blinkten noch aufgeregter. Cade rollte sich über das Bett und packte das Gerät.

»Cade Chandra hört«, sagte er und schob den Lautstärkeregler in die Höhe. Eine aufgeregte Stimme, die nicht gleich zu erkennen war, sprudelte Nachrichten aus dem Lautsprecher.

»Herr Chandra! Ich, Ruuniki, spreche von Amaranth-Island, der Astronomeninsel. Wir haben eben ausgerechnet, daß in mehr als sechs Stunden zum erstenmal die Meere kochen werden. Innerhalb der nächsten sechs Nächte wird der Strahl senkrecht herunterbrennen. Hörst du mich, Jäger?«

»Ich höre und verstehe jedes Wort«, sagte Cade. »Ich danke euch für die Nachricht. Hat Horze schon abgelegt?«

»Er ist auf dem Weg zum Schiff. Kennst du die Stelle...?«

»Wir wissen, wann und wo sich die Häuptlinge versammeln, Ruuniki. Beobachtet den Mond, notiert jede Sekunde, was ihr seht; das Imperium wird für alle Zeiten die Mondbahn und alles übrige ausrechnen. Noch etwas?«

»Nein, Herr Chandra. Ende.«

»Ende.«

Cade hatte gerade Zeit, das Gerät auszuschalten, Amou zuzuwinken und zwei Knoten in den zerknitterten Sarong zu schlingen, als er schwere Schritte auf den Treppenstufen spürte. Als er die Scheinwerfer im Arbeitsraum einschaltete, zog Aissa die Tür auf und schwenkte einen winzigen Papierstreifen in seiner Pranke.

»Von den Astronomen. Souad schickt eine Nachricht.«

Cade grinste und trat an die Karte.

»Lies vor.«

Aissa faltete die feuchte Folie, die eben noch am Bein einer erschöpften Taube befestigt gewesen war, behutsam auseinander. Cade erinnerte sich an DuRoys Angaben und zeichnete einen dicken, schwarzen Punkt an der betreffenden Stelle am oberen Kartenrand ein. Mit halbem Ohr hörte er, was Aissa vorlas; es war der fast identische Wortlaut dessen, was er eben erfahren hatte.

»Ausgezeichnet, eure Mondspäher«, sagte er. »Hier, Aissa, beginnt Eis zu schmelzen und kaltes Wasser zu verdampfen.«

Er zeigte auf den Punkt und drehte sich halb herum. Aissa sah zu, wie Cade mit Lineal und Stiften hantierte.

»Der Winkel des Strahls ist noch nicht völlig senkrecht. Erst in rund sechs Tagen brennt er fast so wie die Mittagssonne.«

Aissa stöhnte; seit er sich entschlossen hatte, nach langer Selbstkasteiung das t'puoy zu brechen, zeigte er einen schwer zu überbietenden Eifer.

»Zum erstenmal in unserer langen, unbekannten Geschichte werden wir alles über die Katastrophe erfahren.«

Cade wartete geduldig; erst dann, wenn sich Fischer oder Inselcaciqen meldeten, konnte er die erste Linie eintragen. Und das würde noch Stunden dauern. Amourea kam, in einem bodenlangen weißen Mantel mit Rubinfädenstickerei, hinter dem Wandschirm hervor und warf dem Häuptling ein gespanntes Lächeln zu.

»Denk an die sieben verrückten Delphinjäger«, mahnte sie. »Kann ich etwas für die Helden tun?«

Cade warf das Lineal auf den Tisch und sagte heiser:

»Mit uns zusammen warten.«

Sie schalteten auf den Funkgeräten die wichtigsten Kanäle und stellten die Geräte so auf, daß sie von der Terrasse aus deutlich zu sehen waren. Der Mond schien durch dunkle Wolken zu stürmen. Cade, Amou und Aissa setzten sich in die knarrenden Sessel aus Bambusgeflecht und warteten geduldig.

Der erste Funkanruf kam von Fischern, die nordöstlich vor Kondavaala mit Schleppnetzen fischten. Cade hörte schweigend zu, was Aissa und seine unbekannten Partner sprachen, verstand nur die Hälfte und ließ sich die wichtigsten Einzelheiten übersetzen. Zwar ahnten die Fischer nichts von der Gradeinteilung, aber dafür wußten sie um so genauer, welche Inselchen in ihrer Nähe waren. Aissa markierte die Stellen. Die Fischer hatten von einer mächtigen Dampfsäule gesprochen, die östlich von ihnen hinter einem gleißenden Strahl und einem rötlich-gelben Fleck auf dem Meer in die Höhe brodelte; unübersehbar groß und von einem tiefdröhnenden Brausen und Donnern begleitet.

Cade zog zwischen dem Punkt an der Eisgrenze und dem Gesprenkel der Inselchen eine Linie und verlängerte sie über den Äquator hinaus in die Richtung der südlichen Polkappe. Eine Stunde später meldete sich der Häuptling einer runden Insel, die genau auf der feinen, schwarzen Linie lag. Den Namen der Insel kannte nur Aissa. Cades Linie führte von Ostnordost nach Westsüdwest. Er vollführte eine entsprechende Gebärde.

»Morgen, nachdem die Hitze über den Südpol gebrannt hat, wird sie irgendwo hier, nahe Thut womöglich, wieder zuschlagen.«

Er deutete auf eine Anzahl Stellen westlich seiner ersten Eintragung. Als nach dreißig Minuten die nächste aufgeregte Mitteilung aus dem Lautsprecher des zweiten Funkgerätes plärrte, konnten sie erkennen, daß Cades Eintragung stimmte: Zwischen den betroffenen Inseln lag viel freies Wasser, und die Schäden auf bewohntem Gebiet würden beim ersten Durchgang wohl noch gering sein. Es traf fast nur unbewohnte Wälder, Weiden und unberührte Wildnis.

»Wir bleiben heute verschont, Aissa«, sagte Cade. »Aber wenn die sieben Inselfürsten noch dort jagen, wo ich sie gesehen habe, stecken sie heute nach Mittag mitten in Dampf, Sturm und Nebel. Du willst in dein Haus? Wecke, bitte, Storzia auf – er soll zu mir kommen.«

»Hoffentlich werden sie erstickt, geröstet und verbrannt mitsamt ihrem verdammten Schiff.« Aissa spuckte über das Geländer und fügte einen gräßlichen Fluch hinzu.

Cades Phantasie reichte mühelos aus, um sich vorstellen zu

können, welche Naturgewalten die glühende Spitze der gebündelten Sonnenglut auslöste. Sechsundzwanzig Stunden, einen Umlauf lang, verdampften schlagartig gewaltige Wassermassen. Die Spitze des Kegels schleppte mächtige Bänke hochbrodelnder Wolken hinter sich her. Gewitter und Stürme, Nebel und Hurrikane waren die Folgen, und der Sturm türmte die Wellen zu riesigen Brechern auf. Horze und Jadar hatten den Erzählungen alter Fischer zugehört: Damals waren Wasserhosen und Wirbelstürme verheerend über das Meer und die Inseln hinweggefegt. Welche Ausdehnung der glühende Kreis wirklich hatte, wußte auch Cade nicht. Er wartete auf die nächste Nacht. Dann würden Meldungen eintreffen, die genauer schilderten, an welchen Stellen nackter Fels verglühte, Gestrüpp oder dschungelhafte Flora oder die Weiden im Inselinneren in Flammen aufgingen. Aus dem Lautsprecher kam auf Kanal 1 wildes Stimmengewirr.

Storzia, ein Funkgerät am Ohr, stürzte in den Raum. Cade suchte die Kanäle nach wichtigen Durchsagen ab. Er schaltete sich mehrmals in Gespräche ein und markierte sorgfältig weitere Punkte.

Schließlich konnte er sehen, daß die projizierte Gerade stimmte.

»Der erste Tag und die erste Nacht verlaufen einigermaßen glimpflich«, sagte er. »Wenn unsere Freunde schnell laufen und sich in Höhlen verstecken, brennt auf diesen Inseln nur ein Teil der Weiden und Wälder ab und ein paar Palmen am Ufer. Kennst du die Insel, Faridach?«

Sie nickte schweigend. Sie verhielt sich so, wie Cade geahnt hatte. Die Dorfbewohner waren von dem kommenden Schrecken auf seltsame Weise fasziniert. Sie sehnten den brennenden Mondstrahl ebenso intensiv herbei, wie sie ihn fürchteten. Es war Schicksal, die Verwüstungen und den Tod zu ertragen.

»Wie groß wird die Hitze sein, Cade?« fragte Amourea. Cade hob die Schultern.

»Ich denke immer an einen Schweißlaser, wenn ich mir das Mondfeuer vorstelle. Wie heiß? So heiß wie der konzentrierte Strahl eines riesigen Brennglases. Genug, um uralte Bäume anzuzünden, die voll im Saft stehen. Ich denke, daß viele Brände in den Regenstürmen wieder gelöscht werden, von denen der Effekt begleitet wird. Wie auch immer – elfmal umrundet ein Konglomerat aus Hitze, züngelnden Flammen, Blitzen, Rauch und Dampf den Planeten. Wir werden es bald selbst erleben.«

Er setzte sich und musterte die Gesichter seiner Freunde. Sein Blick ging wieder zur Karte.

»Wenn wir heute nacht den Kurs der Vernichtung besser kennen, sehen wir zu, wie die Sieben auf die Gefahr reagieren.«

Faridach runzelte die Stirn und sagte:

»Sie kennen die Gefahr nicht, Jäger. Woher sollten sie es wissen? Die jungen Sklaven, die sie fingen, kennen nur die Legende und halten sie für ein Märchen aus fernen Tagen. Dampf und Stürme, das sind Erscheinungen des frühen Herbstes für die Verbrecher auf dem riesigen Schiff.«

Storzia nickte.

»Die Alten, die es besser wissen, sagen nichts, oder sie erinnern sich auch nur noch nebelhaft daran.«

Cade deutete mit dem Lineal auf einen Punkt der nach Süden verlängerten Linie. »Denkt an diese Umstände, wenn ihr mit dem Imperium verhandelt.« Er nickte Faridach zu. »Wir starten mit dem Beiboot, nach der Abenddämmerung, und zwar hier.« Die Linie befand sich östlich des Gebietes, in dem die *Tale O'Darkness* jagte. »Wir filmen, was dort vorgeht. Ab morgen sind wir klüger. Willst du mitkommen, Amou?«

Sie schüttelte den Kopf.

»Nimm Zakhari mit. Sie hat das Ausmaß des Schreckens noch nicht begriffen. Zeige ihr, worum es geht.«

»Einverstanden.«

Neunzig Minuten später kam Aissa ins Arbeitszimmer. Er hatte Dutzende Meldungen eingeholt, und seine Notizen in winzigen Schriftreihen, die nicht zu seiner massigen Gestalt paßten, schilderten, was Fischer und Insulaner sahen: Unaufhaltsam brannte der Strahl über Meer und Inseln, genau auf der ersten Linie der Planetenkarte.

Das letzte, blutrote Sonnenlicht strahlte durch drohende Wolkenbänke. In fast zweitausend Metern Höhe schwebte das Beiboot über dem Meer. Rechts voraus schäumte das Meer mit gewaltigen Brechern über die vielen Riffe und Felsbänder, von denen die Polypeninsel ihren Namen hatte. Die niedrige Insel warf keinen Schatten mehr, das Meer war dunkelblau und von zahllosen weißen Dreiecken gezeichnet. Hinter der Pinasse erstreckte sich quer über den Horizont eine grausilberne Wolkenbank, in der riesige Flächengewitter tobten. Sie kroch langsam von Nordost heran und verdeckte den fokussierten Strahl des Mondes. Bald würde sie das südliche Seegebiet erreicht haben. Zakhari sagte mit dünner Stimme:

»Zum erstenmal, Cade, sehe ich eine Welt aus dieser Höhe, aus einem Fenster deines Bootes. Ich fürchte mich ein wenig. Kannst du verstehen, warum?«

»Ja. Es ist ungewohnt. Wir fallen nicht herunter, Zak. Kannst du das Schiff der Verrückten sehen?«

»Nein. Deine Instrumente ... sehen sie auch nichts?«

»Noch nicht.«

Die Dämmerung über dem Äquator dauerte nur Minuten. Zwischen den Wolkenbänken im Westen zuckten riesige Strahlbündel parallel zum Wasser. Inmitten der Wolkenfront riß ein breiter, keilförmiger Einschnitt auf. Nach einigen Minuten Flug breitete sich vor der Pinasse ein großartiges Panorama vieler unterschiedlicher Bewegungen und Spuren in den Wellen aus; es war überlagert von einer Stimmung, die Endgültigkeit ausstrahlte, Raserei und schwer greifbaren Wahnsinn. Eine Aura schieren Vernichtungswillens lag über dem Bild.

»Sieh genau hin, Zakhari«, sagte Cade. Seine Blicke wechselten vom Voraus-Monitor zu den unterschiedlichen Ansichten, die der Radarschirm wiedergab. Das Beiboot sank leise summend etwa fünfhundert Meter tiefer.

»Die Delphine ... das Schiff ... was tun sie dort, Cade?«

Aufregung und Ratlosigkeit schwangen in Zakharis Stimme.

»Sie wollen töten. Sie schäumen vor Wut und Enttäuschung, weil es ihnen nicht glückte, einen Delphin – den sie für einen Wal halten, wenn ich nicht irre – mit diesem gewaltigen Aufwand zu lasern.«

Die Jacht fuhr in den kurzen Wellen wieder auf den Tragflügeln und fegte mit Höchstgeschwindigkeit durch das Meer. Gewaltige Fontänen und breite Gischtstreifen markierten ihren Kurs. Er bestand fast ausschließlich aus eng gefahrenen Viertelkreisen. Die Delphine tummelten sich westlich der *Darkness*. Das Schiff raste in die Grelle der letzten Sonnenstrahlen hinein, feuerte unentwegt auf jedes erkannte oder eingebildete Ziel, und eben tauchte zwischen der Insel und der Jacht der langgestreckte, schwärzliche Rücken eines Wales auf. Ein Schwarm Delphine umgab ihn; die Tiere versuchten den Koloß abzudrängen, sprangen in die Höhe, tauchten ein und rasten durch die Wellen. Es waren zu viele, sinnlos, sie zählen zu wollen.

»Ich ahne, daß unsere Delphine genau wissen, was sie tun«, sagte Cade. »Halt dich fest, Mädchen.«

Eine Einstiegsluke war halb geöffnet, sämtliche Optiken bestrichen den Bereich, der vor dem Bug der Pinasse lag. Zakhari starrte entweder über Cades Schultern oder hängte den Kopf aus dem Luk. Der Abstand zwischen der Jacht und dem Wal, der immer wieder auftauchte, schrumpfte langsam. Die farbigen Laserstrahlen zuckten unverändert nach allen Seiten. Die Delphine sprangen, tauchten und wichen den aufkochenden Fontänen aus. Cade zeigte nach Nordost.

»Von dort kommt die Glut, Zakhari.«

Die Verbrecher und ihre kleine Sklavencrew schien von dem Verhängnis, das sich inmitten der Dampfwolken verbarg, noch immer nichts zu ahnen. Die Sonne erlosch unvermittelt, die Laserstrahlen zuckten in glühender Intensität auf. Cade steuerte das Boot weiter nach Nordwest, aus dem möglichen Bereich des Glutstrahls und stöhnte auf.

»Kannst du dir denken, was in einigen Minuten passieren wird?«

Zakhari atmete schwer. Ihre Augen wurden größer, ihr Gesicht nahm einen ungläubigen Ausdruck an. Der Wal tauchte und verschwand schnell in der Tiefe. Die vielen Spuren der Delphine blieben deutlich, auch für die Jäger an Bord der Jacht, aber die Tiere bewegten sich von dem Punkt, an dem der Wal verschwunden war, nach rechts und links. Ohne die Geschwindigkeit zu verringern, preschte die Jacht auf dem anliegenden Kurs weiter. Hinter dem Heck breiteten sich gewaltige helle Wolken aus Schaum aus, die dreieckigen Spuren verschmolzen lautlos miteinander. Cade und Zakhari hielten den Atem an.

Zwischen den Bugstützen des dahinrasenden Schiffes und den ersten Untiefen und Unterwasserriffen schrumpfte in erschreckender Schnelligkeit der Abstand. Seit Sekunden blieb die Jacht auf geradem Kurs. Cade schüttelte sich, griff nach dem Handfunkgerät und schaltete Kanal 33 ein.

»Horze lo Venosta«, rief er. »Hier Cade! Sofort das Segel herunter und mit Höchstgeschwindigkeit zum Nordteil der Krakeninsel. Wo immer du bist, mach schnell. Ich warte hier im Beiboot, mit Zakhari.«

Horzes Antwort war von beruhigender Sicherheit.

»Seit einer Stunde bin ich auf diesem Kurs unterwegs. Ich hab' die Nachricht von Aissa und Amourea. Du bleibst an Ort und Stelle?«

»Ja. Du mußt auf das Mondfeuer achten. Es kommt genau auf uns zu.«

»Verstanden. Eigentlich müßtet ihr uns schon auf dem Radar erkennen.«

»Nicht im Sturm, im Gewitter und in beginnender Nacht.«

»Wie auch immer. Ihr wartet. Ende?«

»Wir warten.« Cade sprach, ohne seinen Blick von den Bildern auf dem Monitor losreißen zu können. »Wir bleiben hier.«

Sämtliche Schweinwerfer der *Tale O'Darkness* waren aktiviert und bestrichen die Wellen. Im weißen Licht der Strahlenkegel blitzten, ebenso wie im Widerschein der Laserstrahlen, die Delphinkörper auf. Zakhari hangelte sich nach vorn und zwängte sich in den Kopilotensitz. Mit jedem Atemzug wuchs das nächtliche Dunkel. Die Insel sah auf dem Ortungssystem wie ein Gebilde aus zwei nebeneinanderliegenden Händen mit gespreizten Fingern oder wie ein phantastisch geformter Oktopus aus. Zwischen dem Jachtbug und den ersten verschwommenen Riffen sprang kein Delphin mehr in die Luft. Offensichtlich erkannte in der letzten Sekunde der Rudergänger der Jacht, daß eine Strandung unmittelbar bevorstand. Das Schiff drehte hart nach Backbord und legte weit über. Es war die falsche Richtung.

Cade legte seine Hand auf Zakharis aufgeregte Finger und hielt die Griffe der Steuerung fest. Mehrere Sekunden verstrichen; die *Darkness* bäumte sich auf, sank auf den eigenen Kiel zurück – das Heck sank ein, als der erste Felsen aus Korallen und Lava gerammt wurde. Cade und Zakhari warteten auf das Geräusch der Kollision.

Das Schiff hob sich über die erste Untiefe, zertrümmerte die Unterwasserbarrikade und hob sich aus dem Wasser. Einen unglaublich langen Augenblick schien es in der Bewegung erstarrt. Trümmer lösten sich von der langgestreckten Ellipse; Gestalten wirbelten im flackernden Licht über Bord und schlugen wie Geschosse ins Wasser. Die Jacht schlitterte auf die nächsten Felsen, warf sich hin und her und wurde in voller Länge aus dem Wasser hochgerissen. Die Laser brannten im Dauerfeuer. Die Scheinwerfer erloschen nacheinander. In einer langgezogenen Spirale ratterte die Jacht funkensprühend über die Felsen zwischen zwei Krakenarmen auf den Mittelpunkt der Erhebung zu. Flammen, Blitze, Funken und Rauch hüllten die hellen Planken ein. Ein Beiboot löste sich aus den Klammern und flog auf die Felsen. Es verging in drei mächtigen Detonationen. Der aufgerissene Bug der Jacht schob sich in die Felsen, das Heck türmte sich wieder in die Höhe, und die *Darkness* überschlug sich. Der Kiel zersplitterte und verwandelte sich in einen auseinanderstiebenden Hagel glühender Trümmer, die nach allen Seiten davongesprengt wurden. Die Reste des Schiffes wurden von der Wucht der Geschwindigkeit über einen schrägen Hang aus faltiger Lava geschoben, zerstreuten sich und wirbelten hoch, donnerten auf das Gestein, kippten nach rechts und links und wurden zertrümmert. Ein einzelnes Lasergeschütz feuerte und schwenkte einen dicken, rubinroten Strahl ziellos durch den Regen aus Trümmern, Wasser und Rauch. Ein anderes Beiboot schlug wie eine Bombe mitten auf der Insel ein und verging in einer gewaltigen Detonation. Die Schallwellen, übertönt vom schneidenden Heulen des Sturms, schlugen ins Innere der Pinasse. An mehr als sieben Stellen riß der Wind den schwarzen Rauch zur Seite und ließ große Flächen erkennen, in denen es glühte, blitzte und brannte. Eine Brandungswelle deckte einen Teil der Reste mit kleinen Trümmerstücken und weißem Gischt zu. Die Reste der Jacht, nicht mehr als Teile des Kiels, der Stringer und einiger Spanten, lagen auf dem höchsten Punkt des felsigen Schildkrötenbuckels. Als sich Cades Beiboot drehte und langsam hinunterschwebte, zuckte eine letzte, weiße Feuerzunge senkrecht hoch und verschwand in den herandriftenden Wolken. Zakhari zog die Luft mit scharfem Zischen ein und keuchte halblaut:

»Cade! Neben uns! Vorsicht.«

Die Pinasse summte zur Seite, etwa eintausend Meter weit. Cade erkannte, was Zakhari aus dem Augenwinkel durch die Öffnung des Luks gesehen hatte: Der Strahlenkegel kam heran.

Aus der Schwärze, zwischen Wolkenlöchern und Flächenblitzen, endete eine feuriggoldene Kegelspitze in einem ovalen Fleck, dessen Durchmesser nicht mehr betrug als hundertfünfzig Meter. Der Sturm stand gegen die lautlose Strahlenflut und jagte den grellweißen Dampf zurück nach Nordost. Die Gewitterwand hinter dem Strahl reichte bis zu den Sternen. Die Donnerschläge und das grauenhafte Zischen schüttelten die Pinasse und marterten die Ohren Cades und Zakharis. Der strahlende Fleck zog über das unruhige Meer und näherte sich der Polypeninsel.

»Jetzt sehen wir es.« Cade schob den Geschwindigkeitsregler nach vorn. Das stumpfnasige Boot wich im rechten Winkel der Vernichtungsbahn aus. Der heulende Sturm riß und zerrte an der Pinasse.

Aus der blitzestarrenden Wolkenfront löste sich ein gewaltiger silberner Keil und verschwand im All jenseits der Lufthülle. Der Glutfleck, in dem er endete, berührte die ersten winzigen Ausläufer der Riffe und schien endlos lange darauf zu verweilen. Unfaßbare Mengen Dampf kamen zischend aus dem Meerwasser. Cade berührte eine breite Taste auf dem Nebenpult. Das Luk schloß sich binnen weniger Sekunden. Der Jäger rief Horze an und sagte eindringlich:

»Cade spricht. Horze, kannst du mich noch hören?«

Die Antwort des Kapitäns war von vielfältigen Geräuschen überlagert. Offensichtlich kämpfte sich auch die *Nihil obstat* durch den beginnenden Orkan.

»Ich verstehe dich, Cade. Was ist los?«

Cade brüllte fast.

»Abdrehen, Horze. Sieh zu, daß du Thut anlaufen kannst. Hier ist niemandem mehr zu helfen.«

»Verstanden!«

Der Rand des grellstrahlenden Flecks hatte die ersten, trümmerbedeckten Felsen erreicht. Die Dampfmassen rissen auf, und an mindestens einem Dutzend Punkte in dem Feld zerfetzter Trümmer flammten schwere Brände auf. Die Reste des Schiffes, halb ausgeglüht und zur Unkenntlichkeit deformiert, brannten und glühten ein zweites Mal. Plastikteile schmolzen und breiteten sich brennend wie dünne Lava über die Felsen aus. Die Felsen begannen zu schimmern und zu leuchten; es sah aus, als würden sie sich wie schmelzendes Wachs verformen. Die Nacht lastete pechschwarz über dem Archipel, und rund um die Insel zuckten Blitze. Immer wieder schoben sich Nebelschwaden und Dampfgeysire vor die Strahlenlanze der unsichtbaren Sonne. Cade ließ das Boot langsam in eine ruhigere Luftschicht dicht über dem kochenden Meer absinken. Er roch den Angstschweiß von Storzias Freundin. Sie atmete flach und versuchte, auf den Bildschirmen mehr als Wirbel und Linien zu erkennen. Die Optiken wurden immer wieder von Dampf verschleiert. Cade schaltete die Landescheinwerfer ein; plötzlich standen wieder klare Bilder auf den großen Monitoren. Unter dem Boot schäumten Brandungswellen, überstrahlt von der Helligkeit; Gischt und wirbelnde Trümmer, vermischt mit losgerissenem Tang wurden auf die Felsen geworfen und wieder heruntergespült. Langsam kroch die ovale Walze aus Glut und Hitze über die Insel. Cade mußte die Leistung der Lautsprecher drosseln. Die Außenmikrophone übertrugen das kreischende Heulen des Sturms, den pausenlosen Donner, das Gurgeln der Dampfmassen und das Knistern der Blitze. Es dauerte länger als eine Viertelstunde, bis die Glutzone über die Insel hinweggekrochen war. Das windgepeitschte Gras und die struppigen Büsche loderten auf wie Zunder. Als das strahlende Oval weiterkroch, nahmen die Dampfwolken den Optiken jede weitere Sicht. Die Zerstörung zog hinter der Front aus Wolken und Gewitter in die Finsternis weiter. Als Cade die Pinasse näher an die Stelle der Zerstörung heransteuerte und die Scheinwerfer schwenkte, waren weder Leichen noch schwimmende Menschen zu sehen, nicht einmal Trümmer. Auch als er auf Infrarot und Wärmestrahlung umschaltete, war nichts mehr zu erkennen.

»Sie sind alle tot, Cade? Auch die jungen Sklaven?«

»Ich fürchte, es hat keiner überlebt. Der Aufprall war furchtbar, Zakhari. Ich suche noch eine Weile. Vielleicht haben Triton und seine Artgenossen den einen oder anderen retten können. Aber bei diesem Sturm . . .?«

»Nichts zu sehen.« Ihr zitternder Finger deutete auf die Monitoren.

»Wir fliegen zurück nach Thut.«

In Schlangenlinien ließ Cade die schwankende Pinasse vor den Riffen dahindriften, drehte an den Steuerhebeln der Scheinwerfer und suchte das Wasser ab. Nichts. Die Hurrikanfront packte das Beiboot und schüttelte es wie einen Palmenstamm. Cade rief:

»Ich würde sie schon irgendwie aus den Wellen fischen, Zak.« Ein Schauer Regentropfen oder Hagelkörner prasselte gegen die stählernen Wandungen der Pinasse und erzeugte ein ohrenbetäubendes Rasseln. »Aber ich sehe niemanden. Wir müssen zurück.«

»Nur Gischt und Sturm.«

Cade versuchte, nach Nordost auszuweichen. Im Rücken der Glutfront schlugen die Wolken aus allen Richtungen zusammen. Donnerschläge begleiteten mit dröhnendem Krachen den Rückflug der Pinasse. Jenseits der Polypeninsel war bis zur südpolaren Kappe nichts als freies Meer; heute nacht würde kein Insulaner mehr sterben müssen. »Wird Horze den Sturm überleben?« rief Zakhari durch das Lärmen. Cade zog das Beiboot in die Höhe und schaltete probeweise den Autopiloten ein.

»Er würde mich rufen, wenn er in Gefahr wäre. Die *Nihil* ist ein ausgezeichnetes Schiff.«

»Ich weiß: Sie schwebt über den Wellen.«

Zakhari wandte sich von den Schirmen ab, während die Pinasse sich gegen den Druck des Sturmes stemmte und auf Nordkurs ging. Cade hatte lange genug nach Überlebenden gesucht; er mußte einsehen, daß niemand von der Besatzung der *Tale O'Darkness* die Strandung und die Vernichtung der Jacht überlebt hatte.

Stürme wüteten über den Inseln. Durch dichte Wolken steuerten Cade und der Kursrechner die Pinasse nach Thus zurück. Cade landete die Pinasse neben dem Feuerkreis des Dorfplatzes. Die Baumkronen schüttelten sich, Regenschauer peitschten auf die Blätter und die Hausdächer. Der Sturm, der die Brandungswellen gegen den Steg schmetterte, zerrten an der Pinasse. Mächtige Wellen rollten in den Bereich des Lichtscheins. Das Beiboot sank in den nassen Kies zwischen den Stürzen von Storzias Haus. Die Fischerboote waren fast bis zum Dorfplatz hinaufgezogen worden. Als Zakhari und Cade aus dem Einstieg kletterten, hämmerten im grellen Licht der Blitze breite, weiße Bahnen großer Hagelschlossen gegen Baumstämme, auf Plattformen und gegen den runden Bug der Pinasse. Die Brecher verwandelten sich an der Korallenmauer vor dem Platz in steile Fontänen. Cade faßte Zakhari an der Hand und duckte sich unter der Terrasse.

»Kein Licht. Storzia ist bei uns.« Er faßte nach Zakharis Hand und zerrte sie zur Treppe. »Wir erzählen dem Häuptling, was wir gesehen haben. Aissa sorgt dafür, daß es sich schnell herumspricht.«

Sie rannten und stolperten durch Blitzeflackern, Donner und das scheinbar ausgestorbene Dorf, die Stufen hinauf und in den Schutz des tropfenden Vordaches. Nur in wenigen Häusern war Licht. Als Cade hinter sich die Tür zuwuchtete, war er bis auf die Haut durchnäßt. Aissa, Brionada und Lvoff starrten ihn an wie eine übernatürliche Erscheinung.

»Was ist passiert, Cade?« Jadar kam näher. Zakhari rief:

»Wir sind naß, aber gesund. Die Jacht, die *Tale O'Darkness*, hat die Polypeninsel gerammt. Alle sind tot.«

Cade fing das Badetuch auf, das ihm Amourea zuwarf. »Mit Höchstgeschwindigkeit auf die Klippen gerast. Die Delphine haben sie auf die Klippen gelockt. Die Verbrecher waren halb verrückt vor Jagdlust. Die Maschinen detonierten, und dann kam das glühende Oval vom Mond. Wir haben nach

Überlebenden gesucht und niemanden gefunden. Horze ist hierher unterwegs. Es ist möglich, aber unwahrscheinlich, daß die Delphine einen Sklaven gerettet haben. Ich bezweifle es. – Eure Feinde, Aissa, sind ausgelöscht. Ohne jeden Kampf, Caciqe.« Cade nickte Storzia und Jadar zu und verschwand hinter der Mauer. Selbst Amourea starrte fassungslos hinter ihm her.

Storzia deutete schließlich auf das Funkgerät und sagte zu Aissa:

»Gib es an die anderen Häuptlinge weiter. Die Bahn des Verderbens zieht weiter. Morgen mittag kennen wir den Abstand zwischen beiden Linien.«

Cade rief aus dem Bad: »Sturm und Regen werden viele Inseln retten. Aber du hättest das große, gleißende Oval sehen sollen, Aissa!«

»Das ist die bessere Nachricht in der Katastrophe«, sagte Jadar. »Los, Aissa, nimm dein Funkgerät und verkünde die fröhliche Botschaft.«

»Ich warte, bis der Donner aufhört«, sagte der Häuptling. Brionada fügte hinzu:

»Sonst ist er morgen früh wieder heiser.«

Das Haus zitterte unter den Sturmstößen. Ununterbrochen schlug Regen, mit Hagel vermischt, gegen die Mauern und die wenigen Glasflächen. Von allen Dächern rannen breite Bahnen Wasser. Der Orkan zog langsam weiter, und als das schmerzhaft laute Krachen verebbte, hockte sich Aissa in einen Winkel und verständigte jeden Häuptling, der im Bereich des Senders lag. Die Nachricht verbreitete sich in Etappen, aber binnen weniger Stunden rund um den Planeten.

»Wir warten auf Horze. Es sollte nicht mehr lange dauern. Ich ahne, daß er auch trockene Handtücher brauchen wird.«

»Hast du einen solchen Sturm schon einmal erlebt, Häuptling?« fragte Storzia. Amourea versorgte Zakhari mit einem trockenen Bademantel. Brionada und Lvoff machten beruhigende Gesten.

»Ja. Wir kennen stärkere Stürme. Das da draußen ist nicht ungewöhnlich«, sagte Brionada. »Unsere Männer haben alle Mauern und Häuser so gebaut, daß sie weit stärkere Stürme überstehen. Ab und zu fliegt einmal ein morsches Dach davon . . .«

Cades Funkgerät blinkte. Er riß es vom Tisch und schob den Lautstärkeregler hoch.

»Es wäre hilfreich, wenn ich ein Licht im Hafen Thuts sehen könnte. Ich bin kurz vor der Insel, aber hier draußen ist es reichlich ungemütlich, Cade.«

Storzia sprang auf und zog einen schweren Handscheinwerfer aus einer Raumkiste. Cade nickte ihm zu und sagte:

»Horze! Auf meiner Terrasse wird vorübergehend ein Leuchtturm eingerichtet. Er blinkt einfach auf See hinaus. Einverstanden?«

»Bestens, Jäger. Aber sofort, wenn wir bitten dürfen.«

Storzia stand schon vor der Brüstung und betätigte den Intervallschalter. Ein schenkeldicker Lichtstrahl zuckte durch den Regen nach Süden über die Brandung.

»Du solltest das Licht sehen können, Horze«, sagte Cade. Horze lachte und schloß:

»Alles hell und klar, Jäger.«

Aissa schaltete das Funkgerät ab und kam an den Tisch.

»Und wenn das Meer wieder ruhiger ist, werden wir Schiffe ausrüsten und nach Kondavaala fahren. Amourea hat gesehen, daß noch einige Sklaven in den Palästen auf ihre Herren warten. Diesmal werden wir in aller Offenheit den Hafen einer Insel benutzen, die uns gehört. Vielleicht fährt dein Freund mit dem schwebenden Schiff mit uns?«

»Er wird begeistert sein«, sagte Cade wenig hoffnungsfroh. »Du sagst, daß unser gemütliches Heim heute nicht abgedeckt wird?«

»Ganz sicher nicht«, sagte Brionada. »Lvoff, geh zu Porlaghi und Astrali und sage ihnen, daß der wilde Kapitän kommt. Sie brauchen trockenes Zeug, Essen und Trinken und ein warmes Quartier.«

»Ich bin gleich bei euch und kümmere mich selbst um alles«, rief Aissa seinen Frauen nach.

Cade schaukelte vorsichtig im knarrenden Sessel und zählte, skandiert von kurzen Wetterleuchten, an den Fingern ab.

»Die Sklavenhalter, ein schlimmes Kapitel eures Planeten,

sind tot. Niemand wird den fünf Walen nachstellen. Sie können sich ungehindert vermehren und euch den Krill wegfressen. Den Delphinen geht es auch gut, und daß sie eure Ozeane nicht überbevölkern, dafür sorgen allerlei Haie und anderes Getier mit scharfen Zähnen. Ob die *Tale O'Darkness tatsächlich* raumflugtauglich gewesen ist, wird nie jemand herausfinden. Auf der Insel liegen nur noch zerfetzte und geschmolzene Trümmer herum. Das Raumschiff der Verbrecher gehört natürlich euch Insulanern, dem ganzen Planten. Ihr werdet einen Piloten brauchen oder zwei; das ist kein billiges Geschäft. Es kommt also der Wohlstand mit allen seinen Verpflichtungen auf euch zu, Caciqe.«

»Ich kann es noch nicht glauben, Jäger«, sagte Brionada. Aissa breitete die Arme aus. »Keine Sklaven mehr. Keine Furcht. Und für unser Cryansed so vieles, was wir brauchen können.«

Das wütende Heulen entfernte sich nach Osten, fegte in Richtung auf Kondavaala über das Meer. Das Zittern der Häuser ließ nach. Horze schwenkte seinen Scheinwerfer im Kreis.

»Und in diesem Sturm müßt ihr Häuptlinge zum Versammlungsplatz segeln«, sagte Cade und bemühte sich, nicht zu lachen. »Was passiert, wenn der eine oder andere zu spät kommt?«

Aissa bemerkte die Ironie, blieb aber ungerührt, selbst als er am Steg das Geschrei von Horzes Crew und die Kommandos des Kapitäns hörte.

»Solange ich mich erinnern kann, hat noch niemals ein Häuptling bei der Versammlung gefehlt. Selbst wenn er eine Stunde zu spät kommt, bedeutet es keine Schande. Wir sind alle gute Segler.«

»Nicht mein Problem«, brummte Cade. Aissa winkte zum Schiff hinunter und schloß:

»Immer, wenn sich die Häuptlinge treffen, fangen die Stürme an, die Winde der letzten Sommertage. Deswegen sind nur die besten Segler Caciqen geworden. Das ist alter Brauch auf den Inseln.«

»Und wahrscheinlich habt ihr auch die besten Boote. Schicke, bitte, Horze zu uns, Aissa. Ich warte auf Nachrichten, und für ihn ist genug Naqnaq da.«

Cade wartete, bis Storzia die Tür geschlossen hatte. Aissa sagte:

»Ich, zum Beispiel, bin weniger als zwei Tage und Nächte unterwegs.«

»Auch wir werden dort sein. Pünktlich. Vermutlich mit weitaus mehr Aufwand und einigen neuartigen Ideen.«

Aissa konnte schon wieder lachen. Er strahlte die beiden Frauen, Storzia und Cade an. Jadar brachte ihn und die Frau bis zur obersten Stufe.

»Ihr habt die Verbrecher von Kondavaala besiegt und die Sklaven befreit, mit vielen Listen und großem Mut. Alle anderen Häuptlinge sagen das gleiche. Wenn ihr die besten Frauen und Männer des Imperiums seid, dann ist uns das Imperium willkommen. Wir wissen, daß die neue Zeit viel Ungewohntes bringt. Viel Ärger. Viel wird sich ändern. Aber nichts kann so schlimm sein wie fünfundzwanzig Jahre Sklaverei und Ausbeutung.«

»Richtig.«

Jadar winkte. Noch troff das Dach, Pfützen schimmerten auf den Brettern, aber die Brise vom Meer war kühler und trockener. Aissa drehte sich auf dem Treppenabsatz um und hörte: »Vor allem zahlen sie besser, die Kaufleute des Imperiums. Und pünktlicher.«

»Fertig, Cade?« fragte Jadar. Der Jäger nickte und sog erleichtert die frische Luft ein. »Das Häuptlingswort des Tages am Ende einer furchtbaren Nacht. Aber – es ist, o ihr Häuptlinge, noch lange nicht vorbei.«

Ruhig, die Schalen voller Naqnaq vor sich, warteten die fünf auf Horze. Leise sagte Cade:

»Bis die Leute vom Imperium aufkreuzen, werden wir unser Raumschiff holen. Soll ich Aissa mitnehmen und ihm den Reichtum des Planeten zeigen?«

»Warum eigentlich nicht?« sagte Amou. »Sein Herz wird hüpfen vor Freude.«

Über dem Meer breiteten sich wolkige Felder zuckender Helligkeit aus. Das Wetterleuchten schickte nur noch leises Donnergrollen bis zu Aissas Dorf. Reste zerfetzter Blätter und kleine Insekten fielen zusammen mit schweren Tropfen aus den Baumkronen. Ein Windstoß ließ die Lichter flackern und verwirbelte den Geruch des Getränks. Horzes Brustschmuck klirrte, als er sich vorbeugte und die Schale aufhob.

»Auf uns, Freunde. Eine lange Nacht, wie?« Er trank und musterte Cade. »Es ist vorbei?«

»Es ist erst vorbei, wenn ich weiß, daß sich drei Millionen Insulaner freuen.«

Cade trank mit winzigen Schlucken und hörte, was Horze berichtete. Von der Astronomeninsel waren sie auf dem Weg zum Jagdgebiet gewesen, hatten versucht, den Weg der Zerstörung abzuschätzen, als Horze den ersten Funkruf Cades auffing. Der Sturm hatte Crew und Schiff hart gefordert, aber sie waren ohne Verletzungen und Beschädigungen in ruhigeres Fahrwasser gelangt.

»Die Hälfte der Gefahr ist vorbei, Freunde«, sagte Cade und streckte die Beine aus. Er sehnte sich danach, mit Amou allein zu sein. »Nachdem wir alle anderen Insulaner von den Schneisen der Verwüstung benachrichtigt haben, wird sich meine gute Laune wieder eingestellt haben. Drei Stunden nach Sonnenaufgang? Sagst du's dem Caciqen, Horze?«

Der Kapitän nickte und leerte die Schale. Jadar murmelte:

»Gehen wir schlafen und gönnen wir dem wackeren Jäger seinen Nachtschlaf.«

Cade grinste.

»Schließlich warten harte Tage auf uns alle. Los, raus mit euch.«

Ehe Zakhari Storzia folgte, blies sie einige Lichter aus und schob die Tür langsam hinter sich zu.

KAPITEL

11

Als Storzia den letzten Landescheinwerfer eingeschaltet und auf die Decke der Höhle ausgerichtet hatte, ging Aissa mit schweren Schritten auf die ersten Pylone und Tropfsteingebilde zu. Die stechenden Lichtkegel glitten über das silbern schimmernde Panorama. Als Cade die Pinasse zum Heck der *Capsizal* steuerte, wich der Häuptling mit Bewegungen eines Schlafwandlers dem Beiboot aus. Die Halterungen klirrten. Amourea stand in der Schleusenkammer und rief:

»Was du siehst, Häuptling, gehört euch allen. Ein paar hunderttausend Tonnen Cryansed. Wenn ihr das Zeug auf einmal auf den Markt bringt, ist der Preis für alle Zeiten ruiniert.«

Aissa schwieg und stolperte weiter durch den feinen Sand. Er zuckte zusammen, als die schweren Zuhaltungen krachten, von denen das Boot im Rumpf festgehalten wurde. Storzia sprang aus der Schleuse.

»Das alles ... ist Cryansed?« Er stotterte und schirmte seine Augen gegen die Reflexe der Scheinwerferstrahlen ab. Storzia ließ den Handscheinwerfer blinken und lief auf den Caciqen zu.

»Wahrscheinlich alles«, sagte er. »Komm. Die Höhle ist riesengroß.«

Er fand einen Durchgang zwischen den bizarren Stalagmiten und leuchtete mit breitgefächertem Strahl den Sand an. Aissas Finger zitterten. Er atmete stoßweise und keuchend. Er achtete nicht darauf, daß sich die *Capsizal* mit summenden Antigravelementen aus den Vertiefungen im Sand langsam hob. Storzia sagte:

»Triton und Tethys haben uns diese Höhle gezeigt.«

Die Raumschiffscheinwerfer schufen in der Höhle ein flirrendes Licht aus Millionen Reflexen. Der Strahl des kleinen Scheinwerfers erfaßte im Sand, unter einem pilzähnlichen Steingewächs, einen etwa fünf Meter langen Meeressaurier. Er war ebenso versteinert wie das Gelege aus Eiern, um das er sich vor Urzeiten schützend geringelt hatte. Die Eier hatten die Größe von Säuglingsköpfen.

»Ein Grund«, Aissa setzte dreimal an, ehe seine Stimme klar wurde, »ein Grund, sie zeit ihres Lebens mit Leckerbissen zu füttern.«

»Und ihnen schöne Namen zu geben.« Storzia drückte Aissa den Scheinwerfer in die Pranken. »Du kannst – ihr könnt – ihnen die spannendsten Geschichten eurer t'puoys erzählen.«

Storzia mußte ein wenig rütteln und reißen, dann legte er sechs Eier in einer Reihe in den Sand.

»Für unsere Spesen«, sagte er und sammelte sie in der Armbeuge ein. »Du gestattest, Caciqe?«

Aissa machte eine wegwerfende Handbewegung, hob die heruntergefallenen Eier auf und ging kopfschüttelnd mit Storzia weiter. Es dauerte fast eine halbe Stunde, bis sie von der Rückwand der Höhle wieder zum Einstieg in die *Capsizal* zurückkamen. Amourea winkte sie in die Schleuse.

»Mach's dir bequem, Aissa«, sagte sie. »Deine Beute, Storzia?«

Storzia packte die Eier in eine Raumkiste und schleppte sie in den Aufenthaltsraum.

»Der Wein von Terra, Cade, wird von Jahr zu Jahr teurer. Ein Ei für jedes Chandra-Team-Mitglied. Keine Sorge. Caciqe. Wir ruinieren deine Preise nicht.«

In seine letzten Worte mischte sich das Zischen der zugleitenden Schleusentüren. Cade dirigierte die *Capsizal* zum Wasser und ließ sie langsam aufsteigen, bis das Heck genügend weit von der Basis der mauerartigen Riesenklippe entfernt war. Mit atemlosem Staunen betrachtete der Häuptling die Einrichtung und das Cockpit des großen Raumschiffes, die unzähligen Lichtzeichen und Kontrollfelder, die Instrumente und die Schirme, auf denen in der Helligkeit des Tages lebensechte Bilder der Umgebung auftauchten. Er atmete erleichtert, als er die vertrauten Wellen und Wolken wiedererkannte.

»Ich denke, wir landen auf dem Kap der Blitze. Einverstanden?« fragte Cade den Häuptling.

»Ja. Ein guter Platz für dein Sternenschiff.«

Cade flog einen Umweg und kreiste in geringer Höhe über der Polypeninsel. Sturm und Wellen hatten alle kleineren Trümmer und Bruchstücke der Jacht von den Klippen gerissen. Einige schwere Blöcke, bis zur Unkenntlichkeit verschmort, waren in Spalten der höchsten Erhebungen verschmolzen, wahrscheinlich Teile der Maschinen. An fast allen Stellen überzog glasartiger Glanz das geäderte Gestein.

»Die Hitze war also doch so stark, daß sie den Fels ein paar Zentimeter tief schmolz«, sagte Storzia. »Oder gab es diesen Überzug schon?«

»Ich weiß es nicht. Aber ich bin ganz sicher, daß sich alle einundsiebzig Jahre die glühende Spur an einer anderen Stelle um den Planeten zieht. Vielleicht ging irgendwann schon einmal die Glut über diese Insel. Das können nur die Computer der Imperiums-Astronomen ausrechnen. Im Wasser gibt es keine Spuren.«

»Wir wissen es auch nicht besser.« Der Häuptling seufzte. »Einen Rat, Jäger.«

»Jeden, Aissa.«

»Soll ich den anderen Häuptlingen sagen, was ich gesehen habe? Ich meine, daß sie es später erfahren sollen. Sonst sind sie übermütig, wenn sie mit deinen Imperiumsfreunden sprechen.«

Cade lachte. »Die wissen's auch noch nicht. Mein Rat: Wartet mit diesem Wissen, bis ihr mit den acht neuen Vertretern auf Kondavaala sprecht, im kleineren Kreis.«

»So halten wir es. Heute muß ich mein Boot ausrüsten und segeln.«

Cade richtete die Nase des Schiffes auf Baladaou aus.

»Nimm mein Boot. Es hat einen starken Motor und ein größeres Segel.«

»Gern. Ich wollte dich schon bitten, es mir genau zu zeigen.«

Cade umflog die langgestreckte Insel einmal, ließ Luftaufnahmen ausdrucken und kreuzte dann über das hügelige Inselinnere zurück nach Thut. Die *Capsizal* wurde auf der ebenen, tafelbergartigen Fläche des östlichen Kaps abgesetzt. Als sie ausstiegen, konnten sie von hier die *Nihil obstat* ruhig am Steg liegen sehen. Die Mannschaft klarte das Boot auf. Ohne Hast spazierten die vier hinunter ins Dorf. Aissa sah nach dem Stand der Sonne und zeigte nach Nordost.

»Ich komme mit euch und warte auf die Meldungen. Dann wissen wir . . .«

». . . welchen Weg der Strahl aus Mondsilber heute nimmt«, sagte Storzia.

Die folgenden viereinhalb Stunden kam eine genaue Meldung nach der nächsten ein. Cade zeichnete entlang einer Reihe von Punkten wieder eine Gerade, die parallel zum ersten Strich lag. Er maß dreimal und so genau wie nur irgend möglich die Abstände und zeichnete nach Westen zu weitere neun Linien in gleichen Abständen. Er schob Aissa, als er fertig war, auf die Karte zu und erklärte ihm, welchen Weg der Strahl nehmen würde, ehe er harmlose Lichteffekte in der Lufthülle hervorbringen würde. In drei Tagen war die größte Annäherung: Der Strahl brannte dann nahezu senkrecht herunter.

»Warne die Häuptlinge der Inseln, die du als gefährdet erkennst«, sagte Cade. »Du kannst jeden Punkt und recht genau die Stunde ablesen. Hier, die roten Sternchen, dies sind die Zeitmarken.«

»Ich störe euch nicht, wenn ich in deinem Sessel sitze und in drei Funkgeräte spreche?«

»Nein«, sagten Storzia und Cade gleichzeitig. »Die Flut hat

fast höchsten Stand. Wir spielen ein wenig mit Triton und Tethys.«

Während Aissa die Meldungen funkte, zogen sich Cade und Storzia um und schleppten ihre vielfältige Ausrüstung zum Ende des Steges. Sie wollten die Sender wieder einsammeln, die ihren Zweck überraschend gut erfüllt hatten. Storzia hatte gesagt, daß er, wäre er ein Delphin, nicht ständig einen verräterischen Peilsender mit sich herumschleppen wollte; er wettete gegen Cade, daß die Delphine ohnehin die Hälfte der Geräte vorsätzlich verloren hatten. Wie es sich bald herausstellte, gewann Cade die Wette haushoch.

Stürme, Hochnebel und treibende Wolken, aber auch strahlende Sonne während langer Stunden kennzeichneten das Wetter zwischen Baladaou und den Archipelen im Westen. Das Meer war von einer mächtigen, auslaufenden Dünung beherrscht. Ab und zu erreichten Ausläufer der Stürme, die nach Süden und Norden zogen, das Gebiet der äquatorialen Inseln. Die Spur der Vernichtung glitt jetzt jenseits des Punktes, an dem die Kultstätte lag, um den Planeten, weit westlich von Kondavaala und Baladaou. Morgenrot und Abenddämmerungen waren von schreckerregenden Wolkenspielen begleitet. Manchmal zogen tagsüber seltsame Wolkenwirbel in nie gesehenen Farben und Strukturen vor der Sonne über den Himmel. Es schien, als würden sich Dampfschlieren den unsichtbaren Sternen entgegenbewegen. Cade steuerte das Raumschiff durch die nächtliche Dunkelheit auf die Kultstätte zu. Sie war, nach DuRoys Berechnungen, pünktlich vor einer halben Stunde aufgetaucht. Als die *Capsizal* langsamer wurde und rund eineinhalbtausend Meter über dem riesigen, trockengefallenen Meeresgrund schwebte, hielt Cade Chandra das Schiff an und deutete auf die Bildschirme.

»Ich halte dieses Arrangement für ein kennzeichnendes Bild. Es zeigt uns, daß auch ohne Imperium die Häuptlinge längst begriffen hatten, daß sie alle Mitglieder eines Planetenvolkes sind. Diese Einigkeit macht sie zu selbstbewußten Partnern des Imperiums.« Er lächelte zufrieden.

Das Bild war zweifellos einmalig.

Abseits der drei Hauptinseln des Archipels war eine ebene Fläche aufgetaucht, in deren Mitte sich ein großer, niedriger Hügel erhob. Die runde Fläche wies einen Durchmesser von mehr als viertausend Metern auf. Im Zentrum ragten viele spitze Menhire etwa dreißig Meter hoch auf, im Osten fehlten im Säulenkreis einige Steine. Ein breiter Kreisring schloß sich außerhalb der Pylone an. Es war ein Tangwald, der in einen zweiten Kreisring mit größerem Durchmesser überging, einer Algenwiese über Schlickgrund. Schätzungsweise eineinhalbtausend Boote, Seite an Seite, lagen auf der Algenwiese. Der Bug eines jeden Bootes deutete auf den Mittelpunkt der Säulenanlage.

In jedem Boot befanden sich zwei abgeschirmte Lichter. Ein mehrfacher Ring aus kleinen, schwächeren Lichtpunkten umschloß den Fuß des trockengefallenen Hügels. Die Häuptlinge, die sich außerhalb der Kultstätte versammelt hatten, trugen Fackeln. Um die Füße der Pylone loderten aus großen Schalen blakende Fischölflammen.

»Das hat wirklich eine beeindruckende Größe und Feierlichkeit.« Jadar trug über dem auffallenden Gürtel einen mächtigen, funkelnden Cryansed-Muschelschmuck. Unter dem weißen Sarong streckte er hohe Stiefel aus schillernder Fischhaut hervor. »Tagsüber sähe es einigermaßen trostlos aus.«

»Wart's ab«, sagte Cade. »Es ist die entscheidende Nacht des Planeten. Auch für uns.«

»Ich will bald dort hinunter.« Auch Amourea hatte sich auf die Nacht der Zusammenkunft vorbereitet. »Ich muß dabei sein. Man lernt niemals zuviel.«

Die ebene Fläche, aus der die Steinmonumente ragten, schien aus stumpfschwarzem Gestein, die Pylone aus mattem Silber zu bestehen. Tausende winziger Lichter und deren Reflexe schufen inmitten der Finsternis ein Bild beeindruckender Größe.

»Wenn heute nicht alle Caciqen, Häuptlinge und Dragomane zusammengekommen sind, so doch die meisten«, sagte Storzia. Er versuchte die Pylone zu zählen. Cade sagte:

»Bisher war das Treffen auf der Kultstätte die einzige Möglichkeit, Nachrichten schnell auszutauschen. Deswegen haben die Kondavaala-Herren ihnen auch nicht ein einziges Funkgerät eingetauscht.«

Unhörbar und unbemerkt sank die *Capsizal* bis auf zweihundertfünfzig Meter hinunter. Storzia nickte und meinte halblaut:

»Neunundvierzig Steinsäulen. Fünf hätten in der östlichen Lücke Platz.«

»Siebenmal sieben. Heilige Zahl«, flüsterte Zakhari überwältigt. »Glaubst du, Cade, daß die Insulaner diese heilige Stätte selbst errichtet haben?«

Cade schüttelte den Kopf und ließ das Raumschiff näher auf den Ringsaum flackernder Lichter zutreiben. »Wann, Zak, hätten sie dazu die Zeit gehabt? Wir erleben heute nacht eine der längsten Trockenperioden. Knapp sieben Stunden. Um das da zu bauen, brauchen viele Männer viele Jahre.«

»Oder waren es Korallenpolypen?« fragte sich Storzia laut. Amou hob die Schultern.

»Wann mischen wir uns unter die Häuptlinge?« Jadar versuchte, auf den Vergrößerungen der Holoschirme das Schiff Horzes oder den Kapitän selbst zu erkennen. Er und seine Crew hatten Aissa und die Häuptlinge von Troynovant zum Kultplatz gebracht.

»Erst gegen Ende der Feierlichkeiten«, entschied Cade. »Dies ist die Nacht des Imperiums.«

Obwohl sich in der polierten Metallhülle des Raumschiffes unzählige Sterne und Tausende Lichter irisierend spiegelten, hatten die Häuptlinge die *Capsizal* noch nicht gesehen. Außerhalb der Säulen fand reger Austausch statt; ständig wanderten die Fackelträger von einer Gruppe zur anderen. Von den Feuerstrahlen stiegen dicke Rauchfäden auf und wurden vom Seewind in der Höhe der Pylonenspitzen verweht und verwirbelt. Der Mond verbarg sich im Südwesten hinter den Wolkenmauern, in denen Blitze zuckten. Niemand hatte bis jetzt den inneren Kreis betreten. Amourea im Kopilotensitz deutete auf die Monitoren.

Der Transponderreflektor blinkte. Aus flimmernden Buchstaben erschien ein Namenszug. Cade und Jadar pfiffen gleichzeitig durch die Zähne:

»Die *Goldene Legende*. DuRoys schönstes und größtes Schiff.«

»Der Chef ist pünktlich. Für mich keine Überraschung«, sagte Storzia und grinste breit. Wahrscheinlich würden die Schiffsastronomen festgestellt haben, daß sich der Mond Doanlikher vom Planeten entfernte. »Aber welche Überraschung wird sich der Commander ausgedacht haben?«

»Bin ich Hellseher?« sagte Cade. Die Frauen und Männer aus Cades Team waren von den Häuptlingsfrauen mit neuem, weitaus prächtigeren Brust- und Handgelenkschmuck beschenkt worden. Brionada hatte sie in einer feierlichen Stunde darüber aufgeklärt, daß es die größte Auszeichnung war, die je einem Fremden zuteil geworden war. Cade hatte sich gezwungen, zu schweigen; sie stellten die ersten Fremden seit vielen Jahrhunderten dar, von den Inselherrschern abgesehen.

Schwach waren die Wellen zu erkennen. Sie versickerten weit außerhalb der Algenwiese in den dunklen Gewächsen des Tangwaldes. In drei Stunden und wenigen Minuten würde sich die Sonne hinter dem Horizont hochschieben. Dann kam die Morgenflut. Jadar schlug mit der flachen Hand auf seinen Magen.

»Eigentlich dachte ich daran, daß die Häuptlinge eine gewaltige Zeremonie oder ein rituelles Fischbraten veranstalten würden. Oder ein Massenbesäufnis.«

»Kommt vielleicht noch.« Storzia sah zu, wie das Signal des Schiffes deutlicher und größer wurde. Auf dem Paneel des Bordfunkgerätes blinkten Leuchtfelder. Die *Goldene Legende*, ein Kugelschiff, kam lautlos zwischen den Sternen hervor und senkte sich zum Lichtkreis.

»Vielleicht will Vance Horatio landen?« Cade wies Amou auf das Funkgerät hin. Sie schaltete Monitor und Beleuchtung ein, drehte sich herum und ging auf Empfang. Die Insassen warteten, bis das Hologramm sich aufgebaut hatte. Amourea, Cade und Storzia stöhnten in echter Verblüfftheit auf.

»Frau Professor Tsamourgeli El Sayr«, sagte Cade und verbeugte sich. »Werden Ihre Magnifizenz wieder schweißtreibende Ausdruckstänze vorführen?«

Tsamourgeli, deren Ähnlichkeit mit Amoure und Leamoun, der Amazonenfürstin und Geliebten des Weisen Orcido Kanopus bemerkenswert groß war, trug zu einem abenteuerlichen Kopfputz und weißen Stiefeln ein knappes Kostüm in Art des maritimen Insulaner-Schmucks. Sie lächelte fröhlich und schüttelte den wohlfrisierten Kopf.

»Keinen Tanz«, sagte sie. Die Linsen zoomten auf ihr Brustbild und das Gesicht ein. »Aber einen Auftritt für die versammelten Würdenträger. DuRoy läßt fragen, ob wir landen sollen. Irgendwo im Wasser . . .?«

»Wenn das Schiff schwebt und seine Masse nicht gerade einen Tsunami provoziert, ist es besser, in der Luft zu bleiben.«

»Verstanden. Erster Landeplatz ist übrigens die Insel der Sieben.«

»Die Savanne auf der nördlichen Hälfte«, schlug Cade vor. »Ich bin gespannt, was ihr euch ausgedacht habt.«

»Bis gleich, Cade.« Tsamourgeli winkte.

Noch war auch die *Goldene Legende* nicht bemerkt worden. Sie schwebte senkrecht über den Stelen; Luken öffneten sich, und gleichzeitig mit der kalkigen Helligkeit aus den Öffnungen wurden Positionslichter, Landescheinwerfer, viele andere Lichter und eine Batterie Kampflaser eingeschaltet, die nach allen Seiten farbige Blitze feuerten. Die Illumination verwandelte die kugelförmige Konstruktion in ein Gebilde, das dem brennenden Mond nicht unähnlich und eher noch beeindruckender war. Erstaunte Ausrufe von mehr als eineinhalbtausend Männern vermischten sich in einem dröhnenden Aufschrei. Fackeln und Gestalten erstarrten mitten in den Bewegungen. Das Schiff sank tiefer und fuhr mit summenden Triebwerken in einem engen Kreis um die Steinsäulen. Während das Lichtspektakel weiterging, fingen die Außenmikrophone der *Capsizal* leise Musik auf, die mit jedem Takt lauter wurde und über die Versammlung hinwegdröhnte.

»Das nenne ich Stil!« Jadar brach in polterndes Gelächter aus. »Die Imperiumshymne!«

Zwei Minuten und zweiunddreißig Sekunden lang trillerten, dröhnten und krachten Flöten, Trommeln und Gongs. Der Chorschluß gab dieser Darbietung vor der Kulisse aus blitzerfüllter Nacht und vor so vielen Zuhörern eine faszinierende, fast magische Bedeutung. Die Wolken rissen kurz auf und zeigten die obere Hälfte des Mondes. Nicht nur Zakhari war sichtlich ergriffen.

»Macht und Schönheit des Imperiums«, sagte Cade. »Das ist kaum mehr zu steigern.«

»Da wäre ich nicht ganz so sicher.« Amourea kicherte und hielt inne. Eine Frauenstimme sprach eindringlich und langsam in der Hochsprache der 2001 Inseln.

»Mächtige Häuptlinge!

Es gibt keinen besseren Augenblick für euren Planeten, um die Gesandten des Imperiums zu empfangen. Jäger Cade Chandra und seine Freunde bereiteten euch auf diese Stunde vor. Wir sind gekommen, um alle Fragen zu beantworten. Ihr, mächtige Großlungen, bestimmt selbst, wie unsere Freundschaft werden wird. Bald kommen Sonne und Flut; wir wollen eure Versammlung nicht ungebührlich stören.«

Das Lasergewitter hatte aufgehört. Die *Goldene Legende* bog aus der Kreisbahn wieder zum Mittelpunkt der Kultstätte. Aus den strahlenden Schleusen schwebte ein Schwarm blinkender Beiboote, formierte sich im Orbit um die Riesenkugel zu einem Keil und kam in geringer Höhe auf den Steinkreis zu.

»Früher hätte ich einen solchen Aufzug als protzige Machtdemonstration bezeichnet«, sagte Cade. Er grinste, als er die beiden Gestalten auf der angestrahlten Ladefläche des vordersten Gleiters erkannte. Die übrigen Boote blieben zurück, schwirrten durcheinander und bildeten einen Kreis um die Säulen.

»Und als was bezeichnest du heute diese Demonstration?«

»Als klug durchdachte, machtvolle Protzerei. Aber in jeder Sekunde dramatisch, nicht ohne Würde und überzeugend für die Männer mit den vielen t'puoys.«

Storzia und Jadar hatten ihre helle Freude. Der chromfunkelnde Gleiter schwebte durch die Lücke in den Steinkreis hinein, landete in dessen Mitte und stieg wieder auf, nachdem die zwei Gestalten würdevoll die Ladefläche verlassen hatten. Als sie allein im Zentrum der dunklen Felsplatte standen, umflakkert von den Fischölflammen, schalteten sämtliche Gleiter die Scheinwerfer ein und richteten sie auf das Paar. Amourea stellte die äußerste Vergrößerung ein und kicherte, als wäre sie überrascht.

»Vance Horatio und Tsamourgeli.«

»Ein schönes Paar!«

Beide sprachen gleichzeitig den gleichen Text. Unsichtbare Sendermikrophone strahlten die Worte zu den Lautsprechern der Gleiter. Die Schalleffekte waren einmalig und verfehlten ihre Wirkung nicht.

»Wir sind Freunde dieser Welt. Sonst hätten wir nicht aussterbende Wale und kluge Delphine ausgesetzt. Unsere besten Freunde kämpften für euch und an eurer Seite: Cade Chandra, Prinzessin Gonavard, Storzia Grur und Zakhari, Jadar Kastor und Kapitän Horze lo Venosta. So wie wir zu euch kamen, um euch kennenzulernen, so laden wir euch ein, zu uns zu kommen, ins große Schiff, das auf der Insel der toten Sklaventreiber landet.«

Erst jetzt, im grellen Scheinwerferlicht, sah die Crew in Jadars Schiff, daß außerhalb des Pylonenkreises im Westen, fünfzig Schritte entfernt, eine hohe Steintafel aufragte. Zögernd kamen einige Häuptlinge durch die Zwischenräume der Steinnadeln auf die Imperiumsboten zu. DuRoy und Tsamourgeli schüttelten Hände und lächelten ernst und gewinnend in die Runde. In einer kleinen Runde entdeckte Storzia Horze und die Männer der *Nihil*. Die beiden Boten sprachen weiter.

»Wir werden euch den Preis für Cryansed zahlen, das dieses seltene Mineral wirklich wert ist. Die Laderäume«, sie deuteten synchron nach oben, »sind voller Güter und Waren, die ihr braucht und bis heute nicht kennen durftet. Dinge für eure Kinder; Botschaften anderer Welten des Imperiums, Maschinen und Werkzeuge. Vier Männer und vier Frauen werden als Vermittler und Helfer bei euch leben.

Sie warten auf euch in den ehemaligen Palästen. Sie beraten euch gut, betrügen nicht und helfen, wo sie können. Kein t'puoy wird angetastet. Wir wollen, daß jetzt eine Freundschaft anfängt, die diese Bezeichnung verdient und in der jeder gleich viel wert ist. Wir fliegen nun zur Insel Kondavaala. Die vier Paare sollen auf euren Booten segeln; es sind Vertreter der neuen Zeit.«

Tsamourgeli und DuRoy deuteten wieder in die Höhe. Die Häuptlinge, die nahe genug herangekommen waren und die

Frau anstarrten, bekamen feuchte Augen und einen träumerischen Gesichtsausdruck. Ein Beiboot landete und entließ acht Menschen, die ähnlich wie die Häuptlinge gekleidet waren. Tsamourgeli nannte die Namen der Frauen, DuRoy stellte die Männer vor. Auch die neuen Vertreter des Imperiums sprachen mit den Häuptlingen, die von allen Seiten herbeiströmten.

DuRoy und seine schöne Begleiterin bestiegen den Gleiter, schwebten zu den wartenden Fahrzeugen hinauf, die sich nacheinander wieder einschleusten.

Minuten später schwebte das Schiff senkrecht in die Höhe, kam in den Bereich des Sonnenlichts und zog als leuchtender Punkt nach Osten.

»Bei Kraim!« Storzia schlug sich auf beide Schenkel. »Erstklassig. Nicht einmal dir, Jadar, wäre eine solche Schau eingefallen.«

»Stimmt. Das Werk von professionellen Gestaltern.«

Cade lehnte sich zurück, streckte die Beine aus und hob die Hand.

»Während ihr euch in Bewunderung ergeht, solltet ihr genauer hinsehen. Merkt ihr etwas?«

»Ich bin fast sicher, daß auch die Obelisken aus Cryansed sind«, sagte Amourea. »Oder vielleicht nur vom Mineral überzogen.«

»Gut.« Cade nahm ihre Hand und küßte die Fingerspitzen. »Und weiter . . .?«

Sie zuckte mit den Schultern und blickte von einem Voraus-Monitor zum anderen. Cade steuerte das Raumschiff auf eine freie Fläche zwischen den Booten und der Steinfläche zu.

»Diese Steintafel im Westen?«

»Sie hat etwas damit zu tun. Ich glaube, wir sollten uns die ganze Anlage aus der Nähe ansehen. Und filmen; Storzia, holst du bitte Scheinwerfer? Ist deine Kamera funktionsbereit, Amou?«

»Ja.«

Die acht Administratoren waren in der Menge untergegangen. Die Objektive fingen lachende Gesichter und freundschaftliche Gesten auf. Der Innenraum hatte sich gefüllt. Zwischen den Booten, deren Lichter zum Teil leergebrannt waren, gab es immer mehr freie Flächen. Die Häuptlinge drängten sich, um die acht Fremden aus der Nähe zu sehen. Cade sagte:

»Wir landen.«

Jetzt bemerkten die ersten Häuptlinge die *Capsizal.* Das Schiff blinkte mit den Scheinwerferaugen und setzte auf. Das Schleusenluk öffnete sich geräuschlos.

Aissa drängte sich durch die Gruppen der Häuptlinge. Er sprang, hinter sich Horze lo Venosta, durch die Ranken und Blätter des Tangwaldes, die flach am feuchten Boden ausgebreitet lagen.

»Ich war sicher, daß ihr auch kommen würdet, Jäger Cade.« Der Caciqe winkte. »Nun haben wir die Gewaltigkeit des Imperiums kennengelernt.«

»Gesehen, ja. Kennengelernt? Noch lange nicht.« Cade schüttelte Aissas Pranken. Die Vertreter des Imperiums waren von der Menge eingekeilt und beantworteten Fragen. »Ihr habt ein großes Sternenschiff gesehen und eine Demonstration der Technik. Mehr werdet ihr erfahren, wenn ihr die *Goldene Legende* auf Kondavaala besucht.«

Cade bahnte seinem Team einen Weg zur nächsten Säule, der ersten rechts von der Lücke. Die höchsten Wolkenränder begannen sich gegen die Dunkelheit des Firmaments, in dem die Sterne blinkten, deutlicher abzuzeichnen.

»Alles zu seiner Zeit.« Aissa begrüßte Cades Freunde mit gleicher Lautstärke und Freude; wahrscheinlich dachte er unausgesetzt an die Höhle, von der nur er etwas wußte. Er zeigte gegenüber anderen Häuptlingen, wie vertraut er mit den Helden war. »Bald kommt die Sonne.«

»Und die Flut. Deswegen sind wir hier.«

Die Steinsäulen trugen tatsächlich einen dicken Überzug von Cryansed. Das Mineral hatte sich gleichmäßig an den Stein angelegt. Zeichen und Bilder in den Flanken der Pylone waren deutlich und scharf geblieben. Amourea filmte mit großer Sorgfalt, und Storzia leuchtete aus zwei Scheinwerfern. Jadar fuhr mit dem Zeigefinger die vertieften Linien nach. Cade sagte:

»Ich bin sicher, Häuptling Aissa, daß weder die Säulen noch

die Zeichen von den Bewohnern dieser Welt stammen. Also nicht von euch!« Die Umstehenden senkten schweigend die Köpfe. Wieder hatte ein Fremder ein t'puoy berührt. Cade wich den Flammen aus, tastete sich entlang einiger Säulen weiter und zog Amou am Arm heran. Storzia schaltete die Scheinwerfer aus.

»Säulen und Zeichen sind älter als die Besiedlung des Planeten durch späte Nachfahren der Galaktischen Flüchtlinge. Storzia, du leuchtest die Glyphen und Basreliefs parallel zur Fläche aus. Amou filmt alles systematisch ab. Klar?«

»Wenn du dich gelegentlich ins beste Licht stellst . . .«

Das flächige Licht riß die Flanke der nächsten Säule aus der grauen Dunkelheit. Während sich Cade und Storzia ablösten und das Licht so ausrichteten, daß die Vertiefungen durch die Schatten noch schärfer erschienen, lösten sich einzelne Gruppen auf. Die Häuptlinge, von denen fast ein jeder sein Imperiums-Funkgerät trug, gingen zurück an Bord ihrer Boote. Auch der innere Kreis leerte sich zögernd. Umringt von Häuptlingen wurden die Administratoren zu den Booten begleitet. Im Osten verging das Dunkel über dem Horizont.

»Wir treffen uns in Thut, Cade?« rief Aissa. Cade stellte den Scheinwerfer ab und verabschiedete sich von Crew und Besatzung der *Nihil obstat*. »Oder soll ich mit meinen Häuptlingen Kondavaala anlaufen?«

»Letzteres. Wir kommen auch mit dem Raumschiff dorthin.«

Cade verließ sich auf Horze. Der Kapitän würde in seinem Sinn handeln.

»So halten wir's.«

Sie filmten weiter. Jadar stand vor der Säule, die gegenüber der östlichen Lücke aufragte. Er hatte die Arme in die Seiten gestemmt und blickte durch ein großes, rundes Loch im Stein. Cade nickte. Er war sicher, ein weiteres Geheimnis lag vor ihnen.

»Weiter!« sagte er. »Sonnenaufgang und Flut warten nicht auf uns.«

Als Cade, Jadar und Amou die Hälfte der Säulen gefilmt hatten, drehte sich Jadar herum, winkte und schob seinen Arm durch das Loch. »Uralt, Cade – wie Poters Palast, nicht wahr?«

»Wir werden es gleich erleben.«

Sie schafften es noch vor dem ersten Sonnenstrahl, sämtliche Zeichen auf allen Säulen zu filmen. Cade ließ den Arm sinken und schaltete den Scheinwerfer aus, winkte zu einigen Booten hinüber, die jenseits der Algenwiese bereits schwammen und schaukelten. Cade deutete auf die Steintafel und ging auf dem groben Stein bis zu der hochkant stehenden Tafel. An einigen Pylonen entstand eine Art Parallellicht; Amou filmte einige markante Darstellungen ein zweitesmal und bewunderte die langen Schatten, die sich im Tang verloren. Durch die Öffnung zuckten die ersten rötlichen Sonnenstrahlen und trafen die Tafel. Weißes Licht folgte im nächsten Atemzug. Im Schatten des durchlöcherten Obelisken waren Cade, Jadar und Storzia bis zu dem hohen Rechteck gegangen. Der Basalt war ohne jede Ablagerung. Millimeterweise kroch ein Kreis grellen Sonnenlichts abwärts und nach rechts.

»Es ist wohl das letzte t'puoy, das wir kennenlernen werden«, sagte Jadar und ging zur Seite, so daß Amourea ungehindert die Objektive auf die Zeichen und Bilder richten konnte. »Aber was es bedeutet, ahnt wohl keiner, wie?«

»Die Zeichen haben entfernte Ähnlichkeit mit Hieroglyphen einer schon vergessenen terranischen Kultur. Ägypten. Ich weiß das auch nur aus den frühen Tagen meiner Halbbildung. Wir haben immerhin einiges herausgefunden.«

Er ließ einige Atemzüge lang die monströsen Steinnadeln, deren Schatten, das milchige Gegenlicht und die etwa einen Quadratmeter große Kartusche auf sich wirken. Nur eine halbe Stunde in jedem Jahr fiel der Platz trocken, und die Sonnenstrahlen leuchteten durch den Zielstein hindurch diesen Punkt an. Was immer hier eingemeißelt oder eingebrannt worden war – es war bedeutend.

»Vor unendlich langer Zeit gab es auf dem Planeten andere Wesen. Sie starben aus oder flogen weg. Sie hinterließen diese Anlage; vielleicht findet man weitere Stätten der Bedeutung. Ist dies ein wohlkalkulierter Hinweis auf ihre Existenz? Sicherlich. Kluge Köpfe und Sprachcomputer des Imperiums werden sich mit den Zeichen beschäftigen. Wir nicht mehr länger, denn gleich kriegen wir nasse Füße.«

Der Kultplatz lag verlassen da. Immer mehr Segel entfalteten sich im Sonnenlicht rings um die Anlage. Jadar nahm Storzia und Cade die schweren Scheinwerfer ab, als sie zum Schiff zurückgingen. Amou schlenkerte die Kamera.

»Vielleicht findet man heraus, ob die Insel künstlich oder die Archipele die Spuren einer Naturkatastrophe sind oder wohin die alte Rasse gezogen ist.«

»Vielleicht.« Cade nahm schweigend den Eindruck der leeren Kultstätte in sich auf. »Vermutlich dauert die Entzifferung sehr lange.«

Storzia packte Zakhari an den Hüften und half ihr auf die Stufen des Einstiegs. Cade folgte als letzter und ließ die Luke zugleiten.

»Die Nacht ist vorbei.« Er ließ das Schiff steigen. »Die Folgen sind nicht mehr unsere Sache. In kurzer Zeit sind wir an anderen Orten. Wir sollten unsere Gedanken und die Wirklichkeit nicht zu sehr miteinander verbinden.«

Die *Capsizal* umflog langsam die Kultstätte. Ein riesiger Ring von Brandungswellen verengte sich. Die Algenweiden bewegten sich im Wasser wie Gras im Wind, die letzten Boote kamen frei und segelten davon; strahlend leuchtete die Steinwand in der Sonne auf. Überschüttet vom Glanz des Sonnenaufganges schrumpften die Schatten der Pylone. Storzia sagte mit einem Ton von Ehrfurcht:

»Die Altvorderen hatten ebenso gute Fachleute für wirkungsvolle Darstellungen wie DuRoy. Es ist außerhalb aller meiner Träume.« Er löste nur zögernd die Blicke vom Heckschirm. »Und es ist schön, Jäger.«

»Wenn ihr die Bilder vorlegt, wird sich Zweitausendein Islands im Mittelpunkt imperialen Interesses wiederfinden.« Jadar stand auf und suchte den Weg zur Kombüse. »Setzt du mich vor meinem verwaisten Restaurant ab, Cade?«

»Überredet.«

Weit hinter dem Heck des Schiffes verwüstete Doanlikher fünf Tage lang den Planeten. Unter dem Schiff richteten sich, während die Wellen um die Füße der Steinsäulen strudelten, die langen Algenstränge zu wiegenden Gewächsen auf.

»Wir haben mit den Häuptlingen die Frage, was mit dem

Mondkrater geschehen soll, nicht besprochen.« Jadar verteilte Kh'olk mit Zucker und Alkohol. Unter ihnen glitt ein Teil der weit auseinandergefächerten Flotte vorbei.

»Ich sprach mit drei Dutzend Häuptlingen.«

»Was sagten sie, Jadar?« fragte Zakhari.

»Sie würden in sieben Jahrzehnten darüber nachdenken. Erst einmal warten sie ab, was sich in der Freundschaft mit dem Imperium ändert. Aissa ist übrigens der gleichen Ansicht.« Cade schob die Geschwindigkeitsregler nach vorn. »Auch das geht uns nichts mehr an, Freunde.«

Der Funkverkehr auf allen Kanälen und von Bord der *Goldenen Legende* war beträchtlich. Noch während des Fluges waren medizinische Teams zu den Verstecken der befreiten Sklaven auf Susukida gestartet. Jadars Pranke legte sich schwer auf Cades Schulter, als er dem Jäger den Becher auf das Armaturenbrett stellte. Unter dem Schiff schienen die äquatorialen Inseln nach achtern zu rasen.

»Unsere Zeit hier endet, Cade?«

»Nach gebührender Zeit, die wir in guter Ruhe verbringen.« Er lächelte Amou zu. Sie hatten einen sonnigen Urlaub mehr als verdient. »DuRoy bringt euch dorthin, wo ihr das beste Leben habt. Bestimmt es selbst. Amou und ich gehen zurück zu den vielen Sonnen und Planeten des stellaren Flusses Eridinanus. Dort ist unser Platz.«

Storzia blies in das heiße Getränk, strahlte Zakhari an und erklärte in verbindlichem Tonfall:

»Ein Zephir weht im Süden unserer Herzen, wenn wir auf Khalakwolt etwas von Cade und Amourea hören.«

»Wenn die Sehnsucht zu groß wird«, murmelte Cade scheinbar verdrießlich, »dann hilf uns. Wir haben viele leere Schreibtische.«

Storzia winkte ab.

»Du findest mich schnell, Jäger, wenn du mich wieder brauchst. Khalakwolt – dort ist *unser* Platz.«

Jadar sprang auf.

»Und dort unten, Cade, ist mein Platz. Bis zum Abflug der *Legende*. Wir sehen uns beim Hafenfest. Versprochen?«

»Wie?«

»Wenn sich alle im Hafen von Kondavaala versammeln, wird natürlich ein Fest daraus. Mit gebratenem Fisch und viel Naqnaq.«

Cade stöhnte, verzichtete auf eine Antwort und steuerte die *Capsizal* bis zum Ende des Steges von Troynavant. Jadar Kastor sprang aus der Schleuse ins Wasser und watete zum Strand. Er winkte, bis das Schiff außer Sicht war. Cade landete neben dem Vulkanversteck auf Kondavaala. Hinter dem Stumpf aus überwucherter Lava ragte die riesige *Goldene Legende* in den blauen Morgenhimmel.

Amourea streifte die Bänder des Übersetzungsgerätes ab und reichte sie an Porlaghi. Das Delphinrudel tobte um Cades kleines Boot, das der Südwind langsam auf Thuts Strand zutrieb.

»Ihr braucht keine Sorgen zu haben, Prinzessin Amou«, sagte Aissas jüngste Frau. Amou war ebenso braun geworden wie Porlaghi, aber so mühelos zu schwimmen und zu tauchen würde sie niemals lernen. »Fischer, Taucher, Schwimmer und Delphine, sie verstehen einander auch ohne Worte. Und mit diesen Geräten ...« Sie betrachtete das große Monogramm in Cades Badetuch, ehe sie sich Gesicht und Hals abtrocknete. »Sie sind euch ans Herz gewachsen, nicht wahr?«

Tethys überschlug sich fast zweimal in der Luft und überschüttete die Frauen mit einem salzigen Guß. Sie schnatterte laut und vergnügt. Amourea richtete ihren Blick auf die Terrasse ihres Hauses. Dort winkte Aissa.

»Vieles ist uns ans Herz gewachsen. Wir würden am liebsten nicht wegfliegen oder bald wiederkommen.«

Storzias Haus war leer. Mit Horze, dessen halber Crew und Zakhari war Storzia längst wieder auf Khalakwolt, tüchtig, zuverlässig und dank des Cryansed-Sauriereies reich. Zumindest begütert. Und im stillen hoffte er auf die nächste Krise irgendwo im Universum, die nur Jäger Cade würde lösen können. Amou lächelte wieder. Jetzt nicht mehr traurig.

Cade ließ sich von Triton zum Boot schleppen und hielt sich am Dollbord fest. Ein mächtiger Sonnenreflex wurde von der Hülle der *Capsizal* aufs Meer hinausgeblitzt. Die Blätter der

Bäume hatten sich rötlich, gelb und golden gefärbt, das Moos auf der Felsklippe gilbte. Auch das Wasser war kühler geworden.

»Nun, meine schönen Schwimmerinnen, schon wieder hungrig?« Er blinzelte Salzwasser aus den Augen. Triton schob sich unter ihn und wollte ihn vom Boot wegzerren. Cade bog das Mikrophon wieder vor die Lippen und sagte:

»Aufhören, Triton. Du mußt erwachsen werden. So wie ich.«

Der Delphin schnatterte und tauchte. Der Schlag seiner Finne ließ das Boot schaukeln. Cade nützte den Schwung und wälzte sich aufs Bugdeck.

»Ab morgen muß das arme Tier mit Aissa sprechen«, brummte er und streifte die Handschuhe ab. »Hast du verstanden, Fisch aller Fische? Aissa schwimmt und taucht sowieso besser als ich.«

Er wartete die quäkende Antwort aus den Ohrstöpseln ab und grinste. Er übersetzte:

»Wenn dein liebenswerter Gatte mein Freund ist, sagt Triton, dann zeigt er ihm – vielleicht! – eine neue Höhle voll Cryansed.«

Cade warf die Flossen ins Boot und zog die Schot des Segels straff durch. Porlaghi wickelte ihre Leckerbissen aus den feuchten grünen Blättern.

»Dann wird er die Urenkel Tritons auch noch mit gegrilltem Fisch mästen«, sagte sie lachend. Triton, der sich von Amou und Cade streicheln ließ, begleitete das Boot bis zu der kleinen Bucht, die unter dem Felsplateau des Raumschiffs lag. Das Aufdonnern der Triebwerke hallte von Kondavaala herüber.

»Der neue Pilot programmiert einen Probestart«, sagte Cade. »DuRoy hätte diesen Job am liebsten an sich gerissen. Wußtest du, daß er und Tsamourgeli . . .?«

»Nein«, sagte Amou. »Aber es lag nahe.«

In wenigen Tagen würden sie auf einem der Eridanis-Planeten zwischen Achernar und Beteigeuze zusammentreffen. Auch der Commander hatte an anderen Stellen wichtigere Arbeiten; keinen Krieg, glücklicherweise.

»Aissa hat euer Gepäck zum Schiff bringen lassen«, sagte Porlaghi. Ihre schneeweißen Zähne funkelten. »Er will euch heute abend, bevor ihr fliegt, bewirten. Besser, als es Jadar könnte, hat er gesagt.« Sie seufzte. »Und wir, seine Frauen, haben die meiste Arbeit. Ist das auf euren Planeten auch so, Amou?«

»Hm«, machte Cade. Er sammelte seine Ausrüstung ein und sah traurig zu, wie Tethys und Triton ihre Sprünge und Kapriolen zeigten und sich dabei langsam aus der winzigen Bucht entfernten.

Als das Rudel nach Süden schwamm, wandte sich Cade an Aissas Frau und sagte: »In unserer Welt, die gar nicht so viel anders ist, gibt es für die Frauen und die Männer gleich viel Arbeit. Im besten Fall macht sie Spaß. Wenn es so bleibt, wie es hier war, ist es gut. Ich fürchte nur eines.«

Amourea, die neben Porlaghi den Hang hinaufkletterte, lachte schallend.

»Er fürchtet, mehr Zeit in Jadar Kastors Restaurant zu verbringen als an seinem Schreibtisch. Ich werd's ihm schon austreiben.«

Das Boot lag am Strand; ein Geschenk für Aissas künftige Söhne. Porlaghi half Amou und Cade, die Ausrüstung im Schiff zu verstauen. Als die beiden in der Schleuse standen, war neben dem Schiff auf Tüchern und Blättern ein Picknick angerichtet. Aissa stand mit verschränkten Armen schwitzend vor der Abendsonne und grinste wie ein satter Hai.

Schweigend genossen Cade und Amou den Sonnenaufgang hoch über Thut. Amou lehnte an seiner Brust, er hatte die Arme um sie gelegt, und beide sahen der Brandung zu. Austernkraniche kreisten über den Wellen und stießen ihre trompetenden Rufe aus. Als sie unter den Sonnenstrahlen blinzelten, flüsterte Cade Chandra:

»Alles ist getan, viel zu viel wurde gesagt: Wir fliegen zurück. Siehst du die Segel?«

Im Süden zogen strahlende Dreiecke langsam nach rechts. Amou hob den Kopf. Cade versenkte sich in ihre blauen Augen und dachte flüchtig an die Farbe des Meeres.

»Ich sehe sie. Wenn wir jetzt nicht fliegen«, sie wand sich aus seinen Armen und zog ihn ins Schiff, »dann bleiben wir hier, und das gäbe, Geliebter, jeden vorstellbaren Ärger.«

»Komm. Der Flug dauert lange. So viel Zeit haben wir, die weißen Strände von Zweitausendeins Islands zu vergessen.«

Die Schleusentüren glitten zu. Sonnenlicht funkelte über den Rumpf, als er sich lautlos hob, einen halben Kreis über Thut flog und dann den Sternen entgegenjagte.

ENDE

Band 23 125

Hanns Kneifel

Jäger der Erinnerung

Deutsche Erstveröffentlichung

Khalakwolt ist eine düstere, primitive Welt, eine Welt, in der die Menschen ohne Erinnerungen ein freundloses Leben führen. Einst muß alles anders gewesen sein, einst müssen sie gewußt haben, wer sie sind und woher sie kamen. Doch nun liegt ein dunkler Schleier des Vergessens über dem Planeten – bis Poter Skuardi, der Herrscher von Khalakwolt, seinen tüchtigsten Mann ausschickt, um das Rätsel ihrer Herkunft zu lüften.
Cade Chandra macht sich auf eine lange, gefahrvolle Reise durch schier endlose Wüsten. Tatsächlich findet er einen sonderbaren Weisen, aber was der alte Mann über ihre Welt zu berichten weiß, klingt so phantastisch, daß nur ein Verrückter es glauben könnte – und doch scheint es wahr zu sein.

BASTEI LÜBBE

Sie erhalten diesen Band im Buchhandel, bei Ihrem Zeitschriftenhändler sowie im Bahnhofsbuchhandel.